P9-DDD-159

WDRAWN

EL ZORRO

FREDERICK FORSYTH

EL ZORRO

Traducción de
Carlos Abreu Fetter y
Efrén del Valle Peñamil

S

PLAZA ⫿ JANÉS

Título original: *The Fox*
Primera edición: febrero de 2019

© 2018, Frederick Forsyth
© 2019, Penguin Random House Grupo Editorial, S. A. U.
Travessera de Gràcia, 47-49. 08021 Barcelona
© 2019, Penguin Random House Grupo Editorial USA, LLC.
8950 SW 74th Court, Suite 2010
Miami, FL 33156
© 2019, Carlos Abreu Fetter y Efrén del Valle Peñamil, por la traducción

Adaptación del diseño original de cubierta de Mulcaheydesign.com:
Penguin Random House Grupo Editorial / Gemma Martínez
Imágenes: © Getty Images © Shutterstock

www.megustaleerenespanol.com

ISBN: 978-1-949061-79-6

Impreso en Estados Unidos – *Printed in USA*

Penguin
Random House
Grupo Editorial

*Para Freddy Jr., Sofía, Felix y Nicholas.
Creced fuertes, sed felices y pensad
en el abuelo de vez en cuando.*

*Y un agradecimiento a mi investigador estrella,
Marcus Scriven, que localizó a tantos expertos
desconocidos, y a Jamie Jackson, cuyos
conocimientos sobre el mundo militar son
impresionantes. Gracias también a aquellos
que hablaron conmigo a título confidencial,
amparándose en el anonimato.*

1

Nadie los vio. Nadie los oyó. Como debía ser. Las oscuras figuras de los soldados de las fuerzas especiales, casi invisibles, se deslizaban a través de la noche cerrada en dirección a su objetivo, la casa.

El centro de casi todos los pueblos y las ciudades está siempre iluminado, incluso a altas horas de la noche, pero se encontraban en un barrio de las afueras de una provinciana localidad inglesa, donde el alumbrado público se había apagado a la una de la madrugada. Eran las dos, la hora más oscura. Un zorro solitario los observó pasar, pero el instinto le indicaba que no interfiriera con aquellos seres, cazadores como él. Ninguna luz procedente de las casas rasgaba la penumbra.

Se cruzaron solo con dos humanos, ambos peatones y ambos borrachos, que volvían de una larga juerga con sus amigos. Los soldados se fundieron con jardines y arbustos para desaparecer, negro sobre negro, hasta que los hombres se alejaron tambaleándose hacia sus casas.

Sabían con exactitud dónde estaban; habían pasado muchas horas estudiando con todo detalle las calles y el objetivo. Las fotografías habían sido tomadas desde coches en marcha y drones que sobrevolaban la zona. Habían memorizado hasta la última piedra y bordillo que aparecían en las imágenes, ampliadas y fijadas a la pared de la sala de reuniones de Stirling Lines, el cuartel general del SAS, el servicio especial aéreo británico, situado en las afueras de Hereford. Los hombres, calzados con botas blandas, no cometían errores.

Eran una docena, y entre ellos había dos norteamericanos, por insistencia del equipo estadounidense que se había instalado en la embajada de Londres. Había también dos miembros del SRR británico, el regimiento de reconocimiento especial, una unidad incluso más secreta que el SAS y el SBS, el servicio especial de la Marina. Las autoridades habían optado por recurrir al SAS, conocido simplemente como «el Regimiento».

Uno de los dos miembros del SRR era una mujer. Los estadounidenses suponían que se trataba de una cuestión de paridad de género. En realidad era por lo contrario. Las observaciones habían revelado que uno de los habitantes de la casa objetivo era de sexo femenino, e incluso los tipos duros de las fuerzas especiales británicas intentan actuar con un poco de caballerosidad. La presencia del SRR, conocidos en el grupo como «los ladrones de Su Majestad», era para que pusieran en práctica una de sus principales habilidades: el acceso encubierto.

La misión no consistía solo en entrar en la casa y reducir a sus ocupantes, sino también en asegurarse de no dejar testigos en el interior ni de que nadie escapara. Se aproximaron desde todas las direcciones, aparecieron a la vez alrededor de la valla, por la parte delantera, la trasera y los costados, atravesaron el jardín y cercaron el edificio sin que ningún vecino o habitante de la casa los viera u oyera algo.

Nadie percibió el ligero chirrido del cortador de vidrio con punta de diamante cuando describió un círculo perfecto en una ventana de la cocina, ni el leve crujido que emitió el disco cuando lo desprendieron con una ventosa. Una mano enguantada se coló por el agujero y descorrió el pestillo de la ventana. Una figura negra pasó del alféizar al fregadero, saltó al suelo sin hacer ruido y abrió la puerta trasera. El resto del comando entró con sigilo.

Aunque todos habían estudiado el plano del arquitecto, inscrito en el catastro cuando se construyó la casa, llevaban gafas de visión nocturna (NVG) por si el propietario había instalado obstáculos o incluso trampas. Comenzaron por la planta baja, pasando de una habitación a otra para confirmar que no hubiera centinelas, personas durmiendo, sistemas de detección de intrusos o alarmas silenciosas.

Pasados diez minutos, el jefe del comando, satisfecho con el registro, hizo una señal con la cabeza y guio a una columna de cinco por la estrecha escalera de lo que a todas luces era una casa unifamiliar normal y corriente de cuatro habitaciones. Los dos estadounidenses, cada vez más desconcertados, se quedaron abajo. Ellos no habrían entrado así en un nido de terroristas sumamente peligrosos. En su país, el asalto a una casa como esa habría requerido varios cargadores de munición. Saltaba a la vista que esos ingleses eran bastante raritos.

Los que estaban abajo oyeron exclamaciones de sorpresa procedentes de arriba. Las voces cesaron de inmediato. Después de diez minutos más de mascullar órdenes entre dientes, el jefe del comando emitió su primer informe. No utilizó internet ni un teléfono móvil, susceptibles de ser intervenidos, sino una señal de radio codificada como las de antes.

—Objetivo tomado —anunció en voz baja—. Cuatro ocupantes. Esperen al amanecer.

Quienes lo escucharon sabían qué ocurriría a continuación. Todo estaba planificado y ensayado.

Los dos estadounidenses, ambos de los Navy SEAL, dieron parte a la embajada en la orilla sur del Támesis, en Londres.

Había una razón muy sencilla para que el asalto del edificio se hubiera realizado de forma tan expeditiva. A pesar de una semana de vigilancia encubierta, aún cabía la posibilidad, teniendo en cuenta el daño infligido a las defensas del mundo occidental desde aquella casa de aspecto inofensivo situada a las afueras, de que dentro hubiera hombres armados. Tras la inocente fachada podían ocultarse terroristas, fanáticos o incluso mercenarios. Por eso se le explicó al Regimiento que no había otra alternativa que preparar una operación que contemplara «la peor de las situaciones posibles».

Sin embargo, una hora después el jefe del comando se comunicó de nuevo con sus superiores.

—No van a creerse lo que hemos encontrado aquí.

A primera hora de la mañana del 3 de abril de 2019, un teléfono sonó en una modesta habitación del Club de las Fuerzas Especiales, ubicado en una anónima casa adosada en Knightsbridge, un barrio exclusivo del West End londinense. La lámpara de la mesilla de noche no se encendió hasta el tercer timbrazo. Una vida entera de práctica hizo posible que el durmiente estuviera al instante despierto y plenamente operativo. Bajó los pies al suelo y echó un rápido vistazo a la pantalla iluminada antes de llevarse el aparato al oído. También miró el reloj que estaba junto a la lámpara. Eran las cuatro de la madrugada. ¿Es que esa mujer nunca dormía?

—Sí, primera ministra.

Era evidente que la persona del otro lado de la línea no había pegado ojo en toda la noche.

—Adrian, lamento despertarte a estas horas. ¿Podrías reunirte conmigo a las nueve? Tengo que recibir a los estadounidenses. Me temo que su actitud será bastante beligerante, así que agradecería tu asesoramiento y consejo. He quedado con ellos a las diez.

Siempre con aquella cortesía chapada a la antigua, aunque en realidad no estaba pidiéndole un favor, sino dándole una orden. Ella lo llamaba por su nombre de pila, en aras de la amistad. Él siempre se dirigía a ella por su título.

—Por supuesto, primera ministra.

No había nada más que añadir, así que cortaron la comunicación. Sir Adrian Weston se levantó y se dirigió al pequeño pero adecuado baño para ducharse y afeitarse. A las cuatro y media bajó las escaleras, pasó junto a los retratos enmarcados en negro de todos los agentes que entraron en la Europa ocupada por los nazis hacía tanto tiempo y nunca regresaron, saludó con una inclinación de la cabeza al guardia nocturno que vigilaba detrás de la recepción y salió del edificio. Conocía un hotel en Sloane Street con un café que abría toda la noche.

Poco después de las nueve de la mañana de un soleado día otoñal, el 11 de septiembre de 2001, el birreactor de pasajeros American Airlines 11 que realizaba el vuelo de Boston a Los Ángeles, efectuó un viraje brusco en el cielo sobre Manhattan y se estrelló contra la torre norte del World Trade Center. Cinco árabes pertenecientes al grupo terrorista Al Qaeda lo habían secuestrado después del despegue. El hombre que había tomado los mandos era egipcio. Contaba con el apoyo de cuatro saudís que, armados con un cúter cada uno, habían reducido a la tripulación y la habían escoltado a toda prisa hasta la cabina de vuelo.

Unos minutos después, otro avión de pasajeros que volaba demasiado bajo apareció sobre Nueva York. Era el United Airlines 175, que también había partido de Boston con destino a Los Ángeles y del que también se habían apoderado cinco terroristas de Al Qaeda.

Estados Unidos y, al cabo de unos momentos, el mundo entero descubrieron con incredulidad que lo que en un principio habían tomado por un trágico accidente era en realidad algo muy distinto. El segundo Boeing 767 chocó contra la torre sur del World Trade Center de forma deliberada. Ambos rascacielos sufrieron daños terminales en su parte central. Alimentados por el combustible de los depósitos llenos de los aviones, estallaron varios incendios que empezaron a fundir las vigas de acero que mantenían en pie los edificios. Un minuto antes de las diez de la mañana, la torre sur se derrumbó y quedó reducida a un montón de escombros al rojo vivo; la torre norte corrió la misma suerte media hora después.

A las 9.37 horas, el vuelo 77 de American Airlines, que había partido del aeropuerto internacional de Dulles, en Washington, rumbo a Los Ángeles, y también con los depósitos repletos, se precipitó sobre el Pentágono, en la margen virginiana del río Potomac. Otros cinco árabes se habían apoderado de él.

El cuarto avión de pasajeros, el United Airlines 93, que había despegado de Newark con destino a San Francisco, fue secuestrado en pleno vuelo, al igual que los otros, pero en este caso una revuelta de los pasajeros acabó con el rapto, aunque ya era demasiado tarde para salvar la aeronave, que cayó sobre unas tierras de cultivo en Pensilvania.

Antes de que anocheciera ese día, conocido simplemente como el 11-S, casi tres mil personas, tanto estadounidenses como de otras nacionalidades, habían muerto. Entre ellas figuraban la tripulación y los pasajeros de los cuatro aviones, casi todos los ocupantes de las torres gemelas del World Trade Center y ciento veinticinco personas del Pentágono. Además de los diecinueve terroristas suicidas. Ese día Estados Unidos no solo sufrió una profunda conmoción, sino que el país quedó traumatizado. Aún lo está.

Cuando un gobierno estadounidense recibe un golpe tan fuerte, toma dos medidas: exigir y llevar a cabo la venganza, y gastar mucho dinero.

Durante los ocho años de presidencia de George W. Bush, y los primeros cuatro de Barack Obama, el país desembolsó un billón de dólares para crear la estructura de seguridad más mastodóntica, engorrosa, duplicada y tal vez ineficaz que el mundo había conocido jamás.

Si las nueve agencias de inteligencia interior de Estados Unidos y las siete agencias exteriores hubieran cumplido con su deber en 2001, el 11-S jamás habría tenido lugar. Había señales, pistas, informes, soplos, indicios y cosas extrañas que habían sido observadas, denunciadas, archivadas e ignoradas.

Lo que siguió al 11-S fue una explosión del gasto que cortaba literalmente la respiración. Había que hacer algo, y que el gran público estadounidense tomara buena nota de ello, y así se hizo. Se crearon un buen número de agencias nuevas para que duplicaran y reprodujeran el trabajo de las que ya existían. Brotaron como setas miles de rascacielos nuevos, ciudades enteras de ellos, que pertenecían y estaban gestionados en su mayor parte por empresas del sector privado ansiosas por sacar tajada de la ingente cosecha de dólares.

El gasto gubernamental generado en torno a la pandémica palabra «seguridad» estalló como una bomba nuclear sobre el atolón Bikini, pagada sin quejas por el siempre confiado, esperanzado y crédulo contribuyente estadounidense. Este ejercicio ocasionó una proliferación tan grande de informes, tanto en papel como en internet, que solo se ha llegado a leer cerca del diez por ciento. Sencillamente, no hay tiempo ni personal suficientes, a pesar del presupuesto exorbitante, para procesar toda esa información. Por otro lado, durante esos doce años sucedió algo más: el ordenador y su sistema de archivo, la base de datos, se convirtieron en los líderes del mundo.

Cuando el inglés que buscaba un lugar donde desayunar temprano cerca de Sloane Street era un joven oficial en el Regimiento de Paracaidistas, y luego en el MI6, los informes se creaban y se almacenaban en papel. Eso requería tiempo y espacio, pero el acceso, la copia o la extracción y el robo de documentos secretos —en otras palabras, el espionaje— eran muy complicados, y la cantidad de información que podía extraerse en un lugar y momento determinados era bastante pequeña.

Durante la Guerra Fría, que en teoría terminó con las reformas introducidas por el soviético Mijaíl Gorbachov en 1991, los grandes espías como Oleg Penkovski solo podían sustraer la cantidad de documentos que eran capaces de llevar encima. La cámara Minox y el microfilm que producía permitía ocultar hasta cien documentos en una lata de pequeñas dimensiones. El micropunto hizo que las copias fueran aún más diminutas y transportables. Pero el ordenador lo revolucionó todo.

Se cree que, cuando el desertor y traidor Edward Snowden voló a Moscú, llevaba encima un millón y medio de documentos en un lápiz de memoria lo bastante pequeño como para poder introducírselo en el ano antes de pasar por el control de aduanas. En los viejos tiempos, como dicen los veteranos, habría hecho falta una columna de camiones para transportar ese volumen de información, y un convoy es algo que suele llamar la atención al pasar por una puerta de embarque.

De modo que, conforme el ordenador tomaba el relevo de los humanos, los archivos que contenían billones de secretos pasaron a almacenarse en bases de datos. A medida que esa misteriosa dimensión conocida como el ciberespacio se volvía más compleja y extraña, menos cerebros humanos entendían su funcionamiento. La delincuencia también evolucionó, pasando del hurto al desfalco financiero, y luego al fraude informático actual, que permite el robo de más riquezas que en toda la historia de las finanzas. Por lo tanto, el mundo moderno ha dado origen al concepto de los activos ocultos informatizados, pero también a la figura del hacker, el ladrón del ciberespacio.

Sin embargo, algunos de esos hackers no roban dinero, sino secretos. Por eso un comando angloestadounidense de soldados de las fuerzas especiales estaban asaltando de noche una casa de aspecto inofensivo en la periferia de una localidad inglesa de provincias y deteniendo a sus ocupantes. Y por eso uno de los soldados murmuró al micrófono de su radiotransmisor: «No van a creerse lo que hemos encontrado aquí.»

Tres meses antes del asalto, un equipo de genios informáticos estadounidenses que trabajaban en la Agencia de Seguridad Nacional en Fort Meade, Maryland, también descubrió algo que tampoco podían creer. Al parecer, la base de datos más secreta de Estados Unidos, seguramente del mundo, había sufrido un ataque informático.

Fort Meade, como indica la palabra *fort*, «fuerte», es, en sentido estricto, una base del ejército. Pero es mucho más que eso. Alberga la temida agencia de seguridad nacional, o NSA. Protegido de la vista de intrusos por densos bosques y carreteras de acceso restringido, es tan grande como una ciudad. No obstante, la máxima autoridad del lugar no es un alcalde, sino un general de cuatro estrellas.

Fort Meade es también la sede de esa rama de todas las agencias de inteligencia conocida como ELINT, o inteligencia electrónica. Dentro de su perímetro, varias filas de ordenadores espían el mundo. ELINT intercepta, escucha, graba, almacena. Si intercepta algo peligroso, avisa.

Como no todo el mundo habla inglés, traduce de todos los idiomas, dialectos y jergas que se emplean en el planeta Tierra. Encripta y descodifica. Hace acopio de los secretos de Estados Unidos por medio de una serie de superordenadores que contienen las bases de datos más clandestinas del país.

Estas bases de datos no están protegidas por un puñado de trampas o escollos ocultos, sino por cortafuegos tan complicados que quienes los crearon y quienes los monitorizaban a diario estaban convencidos por completo de su impenetrabilidad. Hasta que, un día, uno de aquellos guardianes del alma digital estadounidense se quedó mirando con incredulidad la prueba que tenía delante.

Lo comprobaron una y otra vez. No podía ser. No era posible. Al final, tres de ellos se vieron obligados a solicitar una entrevista que le arruinó el día al general. Alguien había hackeado su base de datos principal. En teoría, las claves de acceso eran tan sofisticadas que nadie podría acceder al corazón del superordenador sin ellas ni traspasar el dispositivo de seguridad conocido como «la cámara de aire». Y, sin embargo, alguien lo había logrado.

En todo el mundo se producen miles de ataques informáticos al día. En su inmensa mayoría se trata de intentos de robar dinero; tentativas de ataques a las cuentas bancarias de ciudadanos que depositan en ellas sus ahorros creyendo que están a buen recaudo. Si el hackeo tiene éxito, el ladrón puede hacerse pasar por el titular de la cuenta e indicarle al ordenador del banco que transfiera dinero a su propia cuenta, a muchos kilómetros y a menudo a muchos países de distancia.

Ahora, todos los bancos e instituciones financieras tienen que cercar las cuentas de sus clientes con barreras protectoras, que por lo general son claves de identificación personal que el pirata informático no puede conocer y sin las cuales el ordenador del banco se niega a transferir un solo penique o centavo. Este es uno de los precios que el mundo desarrollado paga en la actualidad por su dependencia absoluta de los ordenadores. Resulta sumamente engorroso, pero es mejor que el empobrecimiento y se ha convertido en una característica irreversible de la vida moderna.

Otro tipo de ataques son los intentos de sabotaje perpetrados por pura maldad. Una base de datos vulnerada puede recibir instrucciones para sembrar el caos y provocar un colapso funcional. Por lo general, para lograrlo hace falta la inserción de un código malicioso llamado *malware* o troyano.

También en este caso se hace necesario proteger la base de datos con intrincados dispositivos en forma de cortafuegos con el fin de pararle los pies al hacker y mantener seguro el sistema informático.

Algunas bases de datos son tan secretas y esenciales que la seguridad de un país entero depende de que permanezcan a salvo de los ciberataques. Los cortafuegos son tan complejos que sus desarrolladores aseguran que son inexpugnables. No solo un revoltijo de letras y números, sino también jeroglíficos y símbolos que, si no se introducen en el orden exacto, deniega el acceso a todo el mundo menos a un operador autorizado que dispone de las claves de acceso correctas.

Una de estas bases de datos se encontraba en el corazón de la agencia de seguridad nacional en Fort Meade y encerraba billones de secretos de vital importancia para la seguridad de Estados Unidos.

El acceso no autorizado fue silenciado, por supuesto. Era inevitable. La buena noticia es que los escándalos de ese tipo hunden carreras profesionales. Pueden derribar ministros, diezmar departamentos, hacer estremecer los cimientos de gobiernos enteros. Sin embargo, aunque se mantuvo oculto al público y, sobre todo, a los medios de comunicación y a esos condenados periodistas de investigación, el despacho oval tenía que saberlo...

Cuando el hombre del despacho oval comprendió al fin la magnitud del daño que se había infligido a su país, se puso furioso, hecho un basilisco. Dictó una orden presidencial. «Localícenlo. Enciérrenlo. En una prisión de máxima seguridad, en algún lugar situado muchos metros por debajo de las rocas de Arizona. Para siempre.»

La búsqueda del pirata informático duró tres meses. Habida cuenta de que el equivalente británico de Fort Meade, el

GCHQ, siglas del cuartel general de comunicaciones del gobierno, gozaba también de categoría mundial y los británicos eran aliados, se les pidió que colaboraran desde el principio. Los británicos formaron un equipo dedicado a esta única tarea liderado por el doctor Jeremy Hendricks, uno de sus mejores ciberrastreadores.

El doctor Hendricks trabajaba para el centro nacional de ciberseguridad británico, el NCSC, en Victoria, en el centro de Londres, una rama del cuartel general de comunicaciones del gobierno, con sede en Cheltenham. Como su nombre indica, se trata de una organización especializada en la prevención de ataques informáticos. Es una especie de guardián centrado en estudiar al enemigo: el hacker. Por eso sir Adrian pidió consejo a Ciaran Martin, director del NCSC, quien de mala gana pero con nobleza le cedió al doctor Hendricks. Sir Adrian, por su parte, le aseguró que sería solo un préstamo temporal.

En un mundillo que empezaba a estar dominado por adolescentes, Jeremy Hendricks era un veterano de más de cuarenta años, esbelto, pulcro y reservado. Ni siquiera sus colegas sabían gran cosa de su vida privada, y él lo prefería así. Nunca hablaba de su homosexualidad y había elegido una existencia íntima de discreta castidad. Esto le permitía disfrutar sus dos pasiones: los ordenadores, objeto también de su profesión, y los peces tropicales, que criaba y cuidaba en peceras en su piso de Victoria, situado a poca distancia de su lugar de trabajo.

Se licenció con honores en informática por la Universidad de York, cursó un doctorado y luego otro en el Instituto Tecnológico de Massachusetts antes de volver al Reino Unido, donde fue fichado de inmediato en el GCHQ. Era experto en detectar los diminutos rastros que suelen dejar los hackers sin darse cuenta y que acaban por revelar su identidad. Sin embargo, el ciberterrorista que había penetrado en el ordenador de Fort Meade estuvo a punto de vencerlo. Después del asalto a aquella casa de las afueras, al norte de Londres, él fue uno de los primeros que pudo entrar, gracias al papel fundamental que había desempeñado en la localización del origen del ataque informático.

El problema residía en que había tenido muy pocas pistas que seguir. Se habían producido otros ataques con anterioridad, pero fueron mucho más fáciles de rastrear, y además habían ocurrido antes de que la multiplicación y la mejora de los cortafuegos hicieran que la penetración resultara prácticamente imposible.

El nuevo pirata no había dejado rastros. No había robado, saboteado ni destruido nada. Al parecer se había limitado a entrar, echar un vistazo y marcharse. No se había detectado algo tan esencial como una dirección IP, el protocolo de internet que sirve como número de identificación, como marca de origen.

Investigaron todos los precedentes conocidos. ¿Se había registrado una intrusión similar de otra base de datos? Examinaron hasta desfallecer una serie de datos analíticos. Descartaron, una por una, comunidades de hackers de todo el mundo. No habían sido los rusos que trabajaban desde un rascacielos de la periferia de San Petersburgo. Tampoco los iraníes, ni los israelíes, ni siquiera los norcoreanos. Todos ellos eran muy activos en el mundillo de la piratería informática, pero cada uno tenía su sello distintivo, como el «puño» personal de un telegrafista.

Finalmente, les pareció detectar media dirección IP en una base de datos aliada, una especie de huella dactilar emborronada descubierta por un agente de policía. No bastaba para identificar a nadie, pero sí para buscar una coincidencia si volvía a suceder. Se pasaron el tercer mes cruzados de brazos, esperando. Hasta que la huella dactilar apareció de nuevo, esta vez en el ataque a la base de datos de un importante banco internacional.

Esta intrusión planteó otro enigma más. El que la había llevado a cabo había tenido a su disposición, durante su paseo por la base de datos del banco, los medios para transferir cientos de millones a su propia cuenta en algún país lejano y luego borrar cualquier rastro para siempre. Pero no lo había hecho. Al igual que en Fort Meade, no había modificado, destruido ni robado nada.

Al doctor Hendricks el pirata le recordaba a un niño curioso que vagaba por una tienda de juguetes y, una vez satisfecha su curiosidad, salía tranquilamente. No obstante, esta vez, a diferencia del ataque en Fort Meade, había dejado un rastro diminuto que Hendricks no tardó en descubrir. Para entonces, el equipo de rastreo ya le había puesto un apodo a su presa. Era tan escurridizo que lo llamaron «el Zorro». Aun así, una identificación positiva era una identificación positiva.

Hasta los zorros se equivocan. No muy a menudo, solo de vez en cuando. Lo que Hendricks había descubierto formaba parte de una IP que coincidía con la media huella descubierta en la base de datos aliada. La completaba. Aplicaron ingeniería inversa al rastro y, para considerable vergüenza del contingente británico, comprobaron que apuntaba a Inglaterra.

Para los estadounidenses, esto demostraba que el Reino Unido había sufrido algún tipo de invasión, la ocupación de un edificio por parte de saboteadores extranjeros de habilidades inimaginables, tal vez mercenarios que trabajaban para un gobierno hostil, y muy probablemente armados. Querían un asalto expeditivo al edificio.

Al parecer, el hacker responsable de los ataques se alojaba en una vivienda unifamiliar de un barrio residencial a las afueras de Luton, en el condado de Bedfordshire, justo al norte de Londres, por lo que los británicos se inclinaban por un asalto en plena noche, silencioso, invisible, sin generar alarma y sin publicidad. Se salieron con la suya.

Los americanos enviaron un comando de seis SEAL, los instalaron en la embajada de Estados Unidos bajo los auspicios del agregado militar (que pertenecía al cuerpo de marines) e insistieron en que por lo menos dos de ellos participaran en la operación junto con el SAS. Y así se llevó a cabo, sin levantar las sospechas de un solo vecino.

En el interior no había extranjeros, mercenarios ni pistoleros. Solo una familia de cuatro miembros que dormían como troncos: un contable absolutamente perplejo, identificado como Harold Jennings, su esposa Sue y sus dos hijos, Luke, de dieciocho años, y Marcus, de trece.

A eso se refería el sargento primero cuando, a las tres de la madrugada, había dicho: «No van a creerse...».

2

Todas las cortinas de la planta baja estaban cerradas. La luz llegaría con el amanecer, y había vecinos tanto delante como detrás. Pero una casa con las ventanas tapadas no levantaría sospechas ni a un lado ni a otro de la calle. Las personas que se levantan tarde no son más que objeto de envidia. Los miembros del comando que se habían quedado abajo permanecían en cuclillas, por debajo de la altura de las ventanas, por si acaso a alguien se le ocurría echar un vistazo al interior.

En la planta superior, se ordenó a los cuatro detenidos que se vistieran con ropa normal, que hicieran una maleta cada uno y que aguardaran allí. El sol salió, dando paso a un radiante día de abril. La calle empezó a cobrar vida. Dos vecinos madrugadores se marcharon en su coche. El repartidor del quiosquero distribuía los periódicos del día. Lanzó tres, que cayeron con un golpe seco sobre el felpudo, y el adolescente dio media vuelta y se alejó por la calle.

A las ocho menos diez escoltaron a la familia hasta la planta baja. Se les veía pálidos y afectados, sobre todo al hijo mayor, pero no opusieron resistencia. Los dos estadounidenses, que aún llevaban los pasamontañas negros, los miraban con hostilidad. Aquellos eran los agentes o terroristas que tanto habían perjudicado a su país. Sin duda los enviarían a prisión sin fianza durante una temporada. Los acompañaba el grupo que había subido al primer piso, incluida la mujer del SRR. Todos esperaron en silencio en el salón, que permanecía con las cortinas echadas.

A las ocho, un monovolumen camuflado como un taxi paró junto a la entrada. Dos de los hombres del SAS habían cambiado el mono negro por un elegante traje oscuro con camisa y corbata. Ambos ocultaban una pistola bajo la axila izquierda. Guiaron a los miembros de la familia, cada uno con su equipaje, hasta el taxi. Ninguno de ellos hizo el menor amago de resistirse o escapar. Si algún vecino curioseaba, pensaría simplemente que la familia se iba de vacaciones. El coche arrancó. Solo entonces el comando que permanecía en el interior de la casa se relajó. Sabían que tendrían que aguardar a que pasaran las horas de luz, inmóviles y en silencio, antes de poder escabullirse amparados por la oscuridad, tal como habían llegado. La casa vacía, con todos los sistemas apagados, permanecería cerrada hasta mucho más tarde.

El jefe del comando recibió un mensaje breve que confirmaba que la familia se encontraba bajo custodia en un lugar seguro. Respondió dándose por enterado. Era un suboficial de alto rango y veterano en operaciones llevadas a cabo tanto en suelo británico como en el extranjero. Estaba al mando porque el Regimiento solo encomienda las operaciones nacionales a los suboficiales. Los oficiales, llamados con sorna «Ruperts», planean y supervisan, pero no entran en acción dentro del Reino Unido.

A las diez llegó una furgoneta grande con el distintivo de una empresa de interiorismo. Seis hombres con monos de trabajo blancos se bajaron a toda prisa del vehículo y entraron en la casa cargados con fundas protectoras para los muebles y escaleras de tijera. Varios vecinos los vieron, pero apenas les prestaron atención. Supusieron que los Jennings habían decidido realizar algunas reformas mientras estaban de vacaciones.

En el interior, los hombres dejaron el material en el suelo

del recibidor y el doctor Hendricks los guio a la planta de arriba, donde debían acometer su auténtica misión: registrar la casa y limpiarla de todos los dispositivos electrónicos. No tardaron en centrarse en el desván, donde descubrieron una cueva de Aladino de equipo informático y periféricos. Por lo visto, habían convertido la buhardilla en un nido de águila privado.

Alguien había creado un refugio particular bajo las vigas que sostenían el tejado. Contenía un escritorio, mesas y sillas que parecían compradas en tiendas de segunda mano, adornos y chucherías que debían de tener algún valor personal, pero no había fotografías. El lugar de honor lo ocupaban el escritorio, la silla colocada frente a él y el ordenador que tenía encima. El doctor Hendricks se quedó asombrado cuando lo examinó con detenimiento.

Estaba acostumbrado a toparse con los equipos informáticos más complejos del mercado, pero aquello era de lo más normal. Podía comprarse en cualquier hipermercado de las afueras y en las tiendas comunes y corrientes. Todo parecía indicar que el padre le había consentido a su hijo un capricho que podía permitirse. Pero ¿cómo demonios había conseguido este vencer a los mejores cerebros de la informática del mundo occidental con aquel equipo? Y ¿cuál de los chicos había sido?

El científico del gobierno esperaba tener el tiempo y la oportunidad de averiguar quién había accedido a la base de datos de Fort Meade, así como de entrevistarse con ese genio de los ordenadores; un deseo que sir Adrian no tardaría en hacer realidad.

Le costó muy poco percatarse de que no se trataba de un superordenador como los que solían utilizarse en el GCHQ, la enorme miniciudad en forma de rosquilla situada en las inmediaciones de Cheltenham, en el condado de Gloucestershire. Sin embargo, aunque era un equipo comprado en un hipermercado y asequible para todo el mundo, lo que descubrieron, examinaron y se llevaron había sido modificado y mejorado de forma ingeniosa, supusieron que por el propietario.

Terminaron hacia el mediodía. El desván volvió a ser lo que había sido antes, un cascarón hueco bajo las vigas de la casa, cuando el equipo de informáticos se marchó con su botín. Tras las cortinas, aún echadas, los soldados de la unidad de asalto permanecieron sentados, a salvo de las miradas de posibles curiosos, matando el tiempo hasta las dos de la madrugada, hora en la que, ellos también, se escurrieron en la oscuridad y desaparecieron. Ningún vecino los había visto llegar ni los vio marcharse.

Durante su infancia, Adrian Weston nunca pensó en ser espía, y menos aún jefe de espías. Hijo de un veterinario y criado en el campo, su mayor anhelo era convertirse en soldado. Se alistó en el ejército en cuanto alcanzó la mayoría de edad y se graduó en un colegio privado. Una vez aceptado como aspirante a oficial, consiguió ingresar en la Real Academia Militar en Sandhurst.

Aunque no obtuvo el sable de honor el año de su graduación, era uno de los alumnos más destacados, de modo que, cuando tuvo la posibilidad de elegir regimiento escogió el de paracaidistas. Esperaba tener más de una ocasión de entrar en combate. Después de luchar durante dos años contra el IRA en Irlanda del Norte, probó suerte en la universidad, con una beca del ejército, y se licenció en historia con un promedio de notable. Fue después de la graduación cuando uno de los profesores le propuso una cena en privado. No había nadie más presente, aparte de otros dos hombres.

Antes de terminarse el melón del primer plato supo que eran de Londres y que pertenecían al servicio secreto de inteligencia, el MI6. El profesor de historia era un ojeador, un cazatalentos, un reclutador. Weston cumplía todos los requisitos: procedía de una buena familia, había estudiado en centros de prestigio, había obtenido buenos resultados en los exámenes, había pertenecido al Regimiento de Paracaidistas; era uno de los nuestros.

Entró a trabajar en «La Firma» una semana después. Recibió formación y, más tarde, comenzaron a encargarle misiones. Durante las vacaciones escolares había convivido con una familia alemana como alumno de intercambio, por lo que hablaba un alemán fluido y ágil. Tras un curso intensivo de tres meses en la escuela de idiomas del ejército, había añadido el ruso a sus conocimientos. Pasó al departamento de Europa Oriental; eran los años de Brézhnev y Andrópov, la Guerra Fría estaba en su apogeo. Aún no había llegado la época de Mijaíl Gorbachov y la desintegración de la URSS.

Para ser riguroso, sir Adrian ya no estaba a sueldo del gobierno, lo que conllevaba ciertas ventajas. Una de ellas era la invisibilidad. Otra, en virtud de su contrato como asesor personal de la primera ministra en asuntos relativos a la seguridad nacional, era el acceso a las altas esferas. Sus llamadas eran atendidas; sus consejos, escuchados. Antes de jubilarse llegó a ser subdirector del servicio secreto de inteligencia en Vauxhall Cross, a las órdenes de Richard Dearlove.

Cuando sir Richard se jubiló en 2004, Adrian Weston decidió no optar a su sucesión, ya que no deseaba trabajar para el primer ministro Tony Blair. Le había indignado el modo en que había engañado al Parlamento sobre el informe falso acerca de Iraq.

Se trataba de un documento que en teoría «demostraba» que Sadam Husein, el brutal dictador iraquí, poseía armas de destrucción masiva y estaba dispuesto a utilizarlas, por lo que era necesario invadir su país. Tony Blair le aseguró al Parlamento que había pruebas «irrefutables» de que dichas armas existían. El Parlamento votó a favor de que el Reino Unido participara en la invasión estadounidense en marzo de 2003. Fue un desastre que propició que el caos devastara todo Oriente Próximo y que naciera la máquina del terror conocida como Estado Islámico, el ISIS, aún activa a escala mundial quince años después.

Para respaldar su afirmación, Blair citó como fuente al respetado servicio secreto de inteligencia, y la afirmación constituyó la base del informe sobre Iraq. No era más que una sarta de patrañas. La única información desde dentro de Iraq que había obtenido el MI6 era el testimonio de una única fuente, y en el mundo de los servicios de inteligencia jamás se actúa a partir de testimonios de este tipo a menos que vayan acompañados de pruebas documentales en extremo convincentes. Y no existía ninguna.

Tampoco existían esas armas, tal como demostró la invasión y subsiguiente ocupación de Iraq. El informador era un iraquí embustero cuyo nombre en clave era Bola Curva y que huyó a Alemania, país que también le había creído. Cuando la farsa salió a la luz, el gobierno británico acusó al MI6 de proporcionar información errónea, a pesar de que la organización había advertido a Downing Street en repetidas ocasiones que el testimonio era muy poco fiable.

Leal en extremo, sir Richard Dearlove guardó silencio, tal como mandaba la tradición, hasta que se jubiló, e incluso mucho tiempo después. Cuando se marchó, Adrian Weston decidió retirarse también. No quería quedarse, ni siquiera en calidad de número dos, pues sabía que el sucesor sería un esbirro de Blair.

Sir Richard se convirtió en director del Pembroke College, en Cambridge, mientras que Adrian Weston, tras recibir el título de sir de una reina agradecida, se retiró a su casita en la campiña de Dorset a leer, escribir y, de vez en cuando, visitar Londres, donde siempre podía alojarse en una de las habitaciones de huéspedes, pequeñas pero confortables y económicas, del Club de las Fuerzas Especiales.

En 2012, tras una carrera como kremlinólogo especializado en el puño de hierro con el que Moscú dominaba sus satélites europeos, y con varias misiones peligrosas tras el telón de acero en su haber, escribió un artículo que captó la atención de la recién nombrada ministra del Interior del gobierno Cameron. Recibió en su rústico retiro una carta escrita a mano en la que ella le pedía un almuerzo privado fuera del ministerio.

La señora Marjory Graham, aunque nueva en el gabinete, era muy astuta. En el Carlton Club —que por tradición solo contaba con socios masculinos, pero admitía mujeres como miembros asociados—, le explicó que entre sus nuevas responsabilidades se encontraba el servicio de seguridad, o MI5. Sin embargo, deseaba pedirle una segunda opinión a alguien que perteneciera a una rama distinta del mundillo de la inteligencia, y su artículo sobre la agresividad creciente de las autoridades rusas le había causado buena impresión. ¿Podía hacerle una consulta a título muy personal? Tres años antes del asalto a la casa de Luton, David Cameron había dimitido y ella había sido investida primera ministra.

El artículo que había despertado su interés y que se había difundido solo en círculos privados, se titulaba simplemente «Cuidado con el oso». Adrian Weston había dedicado su trayectoria profesional a estudiar el Kremlin y a sus sucesivos líderes. Había observado con satisfacción el ascenso al poder de Mijaíl Gorbachov y las reformas que había introducido, incluida la abolición del comunismo mundial y de la URSS, pero había asistido con consternación al saqueo de un país humillado por el régimen del alcohólico Boris Yeltsin.

Despreciaba a los mentirosos, estafadores, ladrones, sinvergüenzas y delincuentes que ni siquiera se molestaban en disimularlo, que habían despojado a su patria de sus riquezas, se habían convertido en multimillonarios y hacían ostentación del dinero robado comprándose yates gigantescos y mansiones enormes, muchas de ellas en el Reino Unido.

Sin embargo, mientras Yeltsin se sumía en un estupor etílico, Weston se fijó en un pequeño exmatón de la policía secreta de mirada fría y cierta afición a hacerse fotos homoeróticas cabalgando con el torso desnudo por Siberia con un rifle cruzado sobre el pecho. Su artículo advertía que el comunismo estaba cediendo paso a una agresividad de extrema derecha disfrazada de patriotismo que parecía infestar el Kremlin desde que el exchequista había ocupado el lugar del beodo, y señalaba los estrechos vínculos entre el *Vozhd* —palabra que en ruso significa «el jefe» o, en el mundo del hampa, «el padrino»— y los bajos fondos del crimen organizado.

El hombre que había alcanzado el dominio absoluto sobre Rusia había empezado como comunista y había tenido el privilegio de unirse al brazo exterior del KGB, el primer alto directorio, y de que lo destinaran a Dresde, en Alemania Oriental. Sin embargo, cuando se hundió el comunismo regresó a su Leningrado natal, que había recuperado el nombre de San Petersburgo, y se incorporó al equipo del alcalde. De allí saltó a Moscú y comenzó a trabajar para Boris Yeltsin. Siempre al lado del gigante alcoholizado de Siberia que asumió la presidencia tras la caída de Gorbachov, se hizo cada vez más indispensable.

Y, mientras tanto, cambió. Se desencantó del comunismo, pero no del fanatismo. Simplemente, una cosa sustituyó a la otra. Dio un pronunciado giro hacia la derecha, enmascarado tras la religiosidad y la devoción a la Iglesia ortodoxa y el patriotismo extremo. Y entonces descubrió algo.

Se dio cuenta de que Rusia estaba bajo el férreo control de tres bases de poder. La primera era el gobierno, con su acceso a la policía secreta, las fuerzas especiales y las fuerzas armadas. La segunda había surgido después del expolio de Rusia y de su patrimonio durante el mandato de Yeltsin: el de los oportunistas que habían adquirido a través de burócratas corruptos todos los recursos minerales de su tierra a precios irrisorios. Se trataba de los nuevos plutócratas, oligarcas, multimillonarios instantáneos. En la Rusia actual, nadie podía llegar a nada si no poseía cantidades ingentes de dinero. La tercera era el crimen organizado, llamado también «ladrones legales» o *vori v zakone*. Las tres se interrelacionaban para formar una hermandad.

Cuando un tambaleante Yeltsin renunció y entregó las riendas a quien tenía a su lado, el hombre ahora conocido como el *vozhd* se apropió de las tres y procedió a utilizarlas, recompensarlas y dirigirlas. Y, con su ayuda, se convirtió en uno de los hombres más ricos del mundo.

Sir Adrian se percató de que quienes habían discrepado del nuevo *vozhd* no llegaban a una edad muy avanzada si se quedaban en Rusia, y sufrían más accidentes mortales que la media si se instalaban en el extranjero, pero seguían criticándolo. La advertencia que lanzó entonces resultó ser profética, y aunque no gozaba de popularidad en todos los círculos, pareció impresionar a la señora Graham. Mientras tomaban el café, él aceptó su oferta.

Llegó ante la familiar puerta negra del número 10 de Downing Street a las nueve menos cinco. Le abrieron antes de que tocara siquiera el ornamentado aldabón de latón. Había vigilantes en el interior. Conocía al portero, que lo saludó llamándolo por su nombre y lo guio por la escalera curva, flanqueada por los retratos de los anteriores ocupantes de la casa. Una vez arriba, lo invitaron a entrar en una pequeña sala de reuniones situada a pocos metros del despacho de la primera ministra. Ella, que llevaba trabajando desde las seis, lo recibió a las nueve en punto.

Sin perder un segundo, Marjory Graham le explicó que el embajador estadounidense llegaría a las diez y que para entonces sir Adrian debía estar al tanto de todo. Él ya estaba al corriente de la vulneración de la ciberseguridad de Estados Unidos que se había producido tres meses atrás, pero no sobre los recientes sucesos acaecidos en territorio nacional. Ella le hizo un resumen breve pero meticuloso de lo que había ocurrido en un barrio residencial del norte de Luton.

—¿Dónde está ahora esa familia? —preguntó.

—En Latimer.

Estaba familiarizado con la pequeña y pintoresca aldea asentada en el límite entre Buckinghamshire y Hertfordshire. A las afueras de la localidad se alza una antigua casa solariega requisada por el gobierno durante la Segunda Guerra Mundial para alojar en ella a los oficiales alemanes capturados. Recluidos en aquel marco elegante, combatían el aburrimiento charlando entre ellos. Cada una de sus palabras había quedado grabada, y la información resultó muy útil. Después de 1945 la mansión se había utilizado como refugio para desertores del bloque del Este de cierta relevancia, por lo que estaba a cargo del MI5. A quienes formaban parte de aquel mundillo les bastaba con oír hablar de «Latimer» para entender a qué se referían.

Sir Adrian se preguntaba si al director general del MI5 le haría gracia que le endosaran sin previo aviso a una familia problemática que carecía de autorización de seguridad. Lo dudaba.

—¿Cuánto tiempo estarán allí?

—El mínimo posible. El problema tiene dos vertientes. ¿Qué podemos hacer con ellos? Y ¿cómo manejamos el asunto con los americanos? Empecemos por la primera. Según los informes de la casa, se trata de cuatro residentes y, a juzgar por la disposición del equipo informático en el desván y de la impresión inicial causada por el hijo mayor, lo más probable

33

es que él sea el responsable. Adolece, por así decirlo, de cierta fragilidad mental. Parece haberse sumido en un estado casi catatónico, por lo que tendremos que realizarle un examen clínico. Entonces nos encontraremos ante una cuestión legal. ¿De qué podemos acusarlo, si es que podemos acusarlo de algo, con alguna posibilidad de que lo condenen? Por el momento, no tenemos la menor idea.

»Pero los americanos no son nada indulgentes. Si nos atenemos a los precedentes, querrán una extradición rápida seguida de un juicio en Estados Unidos y una condena muy larga de privación de libertad.

—Y usted, primera ministra, ¿qué quiere?

—Quiero evitar una guerra con Washington, sobre todo teniendo en cuenta quién ocupa ahora el despacho oval, y quiero evitar un escándalo aquí en el que la opinión pública y los medios se pongan de parte de un adolescente vulnerable. ¿Tú qué piensas?

—Por ahora, primera ministra, no sé qué pensar. Con dieciocho años el muchacho es un adulto a efectos legales, pero dado su estado es posible que tengamos que consultar a su padre, o a los dos progenitores. Me gustaría hablar con todos ellos. Y escuchar la opinión del psiquiatra. Como medida inmediata, debemos pedirles a los americanos que nos den unos días antes de revelar el asunto a la prensa.

Se oyeron unos golpecitos en la puerta, y una cabeza asomó en el umbral. Era el secretario personal.

—Ha llegado el embajador de Estados Unidos, primera ministra.

—En la sala del gabinete. Dentro de cinco minutos.

Los estadounidenses eran tres y se habían sentado, pero se pusieron de pie cuando entró la primera ministra con su reducido equipo de cuatro personas. Sir Adrian, el último en llegar, se sentó en la última fila. Estaba allí para escuchar. Y para aconsejar más tarde.

Como muchos embajadores estadounidenses en destinos codiciados, Wesley Carter III no era un diplomático de carrera. Donante de sumas estratosféricas al partido republicano, procedía de una familia propietaria de un imperio comercial de pienso para ganado con sede en Kansas. Era un hombre corpulento, campechano y simpático que rebosaba cortesía del viejo continente. Sabía que las negociaciones auténticas recaerían sobre las personas que lo acompañaban: su número dos, el subsecretario del departamento de Estado, y su agregado legal, cargo que siempre ocupaba un miembro del FBI. Los saludos y apretones de manos duraron varios minutos. Los empleados, uniformados con chaqueta blanca, les sirvieron café y se retiraron.

—Es todo un detalle por su parte recibirnos pese a que le hemos avisado con tan poca antelación, primera ministra.

—Oh, vamos, Wesley, ya sabe que siempre es bienvenido. Y respecto a los extraños acontecimientos de Luton, usted tenía a dos de sus hombres allí. ¿Le han presentado un informe?

—Así es, primera ministra. Supongo que lo de «extraños» sin duda es un ejemplo de los famosos eufemismos británicos —comentó el representante del departamento de Estado, Graydon Bennett. Quedó claro que los dos profesionales tomarían la palabra a partir de ese momento—. Pero los hechos no dejan de ser los hechos. Ese muchacho ha causado enormes daños a nuestro sistema de bases de datos en Fort Meade de forma deliberada, y arreglarlos costará millones. Creemos que lo mejor sería que lo extraditaran cuanto antes para que comparezca ante los tribunales.

—Lo comprendo perfectamente —respondió Graham—, pero su sistema legal se asemeja al nuestro en este sentido. El estado psíquico del acusado puede influir en gran medida y por ahora no hemos tenido la oportunidad de pedirle a un psiquiatra o neurólogo que se entrevisten con el adolescente para evaluar su condición mental. Pero los dos miembros de los SEAL lo vieron en la casa. ¿No les mencionaron a ustedes que el chico parece un poco... cómo decirlo... frágil?

Las expresiones de las personas sentadas al otro lado de la mesa evidenciaron que eso era justo lo que los dos SEAL habían comunicado a la embajada por radio desde la casa de Luton.

—Por otro lado —continuó la primera ministra—, está la cuestión de los medios, caballeros. Por el momento no están al tanto de lo que sucedió allí, de lo que descubrimos. Nos gustaría que las cosas continuaran así durante el mayor tiempo posible. Cuando se enteren, creo que todos sabemos que nos encontraremos en medio de una tormenta mediática.

—Así pues, ¿qué nos está pidiendo? —preguntó John Owen, el agregado legal.

—Tres días. Por lo pronto, el padre no ha contratado a un... ¿cómo se dice? Un picapleitos. Pero no podemos impedir que lo haga. Tiene sus derechos. En cuanto lo haga, la historia saldrá a la luz. Entonces la guerra de trincheras será inevitable. Nos gustaría contar con tres días de silencio.

—¿No pueden mantener a la familia en aislamiento? —inquirió Carter.

—Sin su consentimiento, no. Eso empeoraría mucho la situación a largo plazo. —La primera ministra había sido abogada de empresa.

Debido a la diferencia horaria, en Washington todavía no había amanecido. El equipo de la embajada aceptó deliberar, consultar la propuesta de un aplazamiento de tres días y comunicar su decisión a Downing Street al atardecer, hora del Reino Unido.

Cuando se marcharon, la señora Graham le hizo señas a sir Adrian para que se quedara.

—¿Qué opinas?

—En Cambridge hay un hombre, el profesor Simon Baron-Cohen, especialista en todas las formas de fragilidad mental. Seguramente es el mejor de Europa, tal vez del mundo. Creo que debería ver al chico. Y a mí me gustaría hablar con el padre. Tengo una idea. Tal vez exista una opción mejor para todos que la de enviar al muchacho a una celda subterránea de Arizona para el resto de su vida.

—¿Una opción mejor? ¿Qué se te ocurre?

—Aún nada, primera ministra. ¿Puedo ir a Latimer?

—¿Tienes coche?

—En Londres no. He venido en tren.

La primera ministra habló con alguien por teléfono. Diez minutos después, un Jaguar del parque móvil ministerial estaba aparcado en la puerta.

Muy lejos de allí, a orillas del aún helado mar Blanco, se asienta la ciudad rusa de Arcángel. Cerca en Severodvinsk se encuentran los astilleros de Sevmash, los mejor equipados de Rusia. Ese día, los equipos de trabajo, bien abrigados, daban los últimos toques a la reparación más larga y cara en la historia naval rusa. Estaban terminando la construcción y preparando la botadura de lo que se convertiría en el crucero de combate más grande del mundo; de hecho, después de los portaaviones estadounidenses, sería el mayor buque de guerra de superficie del mundo. Lo iban a bautizar como *Almirante Najímov*.

Rusia tiene solo un portaaviones, frente a los trece de Estados Unidos, el destartalado *Almirante Kuznetsov*, adscrito a la Flota del Norte, con base en Múrmansk. Antes contaba con cuatro enormes cruceros de guerra, encabezados por el *Pedro el Grande*, o *Piotr Velikiy*.

Dos de estos cuatro barcos estaban fuera de servicio, y el

Pedro el Grande era viejo y apenas se encontraba en estado operativo. De hecho, estaba en el mar Blanco, aguardando a que finalizaran los trabajos en Sevmash para recuperar su sitio, ocupado desde hacía diez años por el *Najímov* mientras se completaba su multimillonaria reparación.

Esa mañana, mientras sir Adrian viajaba cómodamente en coche a través de la floreciente campiña primaveral de Hertfordshire, en el alojamiento del oficial al mando del *Almirante Najímov* se celebraba una fiesta. Brindaban por el nuevo buque y su nuevo capitán, Piotr Denísovich, y su inminente travesía triunfal desde Sevmash hasta Vladivostok, en el otro lado del mundo, para convertirse en el buque insignia de la Flota del Pacífico rusa.

El mes siguiente se encenderían sus dos motores nucleares y el crucero zarparía para adentrarse en el mar Blanco.

3

Cuando la familia Jennings al completo fue detenida a las tres de la madrugada, los padres mostraron un desconcierto absoluto, pero también la disposición a obedecer y colaborar. No hay mucha gente que despierte de golpe a esa hora y encuentre su cama rodeada de hombres de negro con subfusiles y el rostro desfigurado por unas macabras gafas de visión nocturna. El miedo los llevó a hacer lo que se les ordenaba.

Con la llegada de la luz del día y el trayecto a Latimer, ese estado de ánimo se transformó en ira. Los dos soldados que iban en el vehículo con ellos no pudieron ayudarlos, ni tampoco los empleados corteses pero de actitud evasiva de la mansión de Latimer. De modo que cuando sir Adrian llegó al mediodía, unas horas después del asalto a la casa de Luton, la ira acumulada cayó sobre él con toda su fuerza. Se quedó sentado en silencio hasta que se hubieron desahogado.

—O sea, que en realidad no lo saben, ¿verdad? —preguntó al fin.

Esto hizo callar a Harold Jennings. Sue, su esposa, estaba sentada junto a él, y los dos se quedaron mirando al hombre llegado de Londres.

—¿No sabemos qué?

—Lo que ha hecho su hijo Luke.

—¿Luke? —repitió Sue Jennings—. Pero si es inofensivo. Padece el síndrome de Asperger. Es un tipo de autismo. Hace años que lo sabemos.

—Entonces ¿no tienen idea de lo que hacía allí arriba, en el desván, por encima de sus cabezas?

El semblante de los Jennings reflejó que la rabia estaba cediendo paso a un mal presentimiento.

—Teclear sin parar en su ordenador —respondió el padre del muchacho—. Es casi lo único que hace.

A sir Adrian le resultó evidente que había un problema conyugal. Harold Jennings quería un hijo sano y bullicioso que saliera con chicas, que jugara al golf con él y lo hiciera sentirse orgulloso en el club, o que formara parte del equipo de fútbol o rugbi del condado. Lo que tenía era un joven tímido y retraído que no se manejaba bien en el mundo real y solo se encontraba a gusto en la penumbra, frente a una pantalla.

Aunque sir Adrian aún no había visto a Luke Jennings, una breve llamada desde la limusina al doctor Hendricks, que seguía haciéndose pasar por decorador mientras su equipo y él vaciaban la casa de Luton, lo había convencido de que el causante del problema era, en efecto, el hijo mayor.

Empezaba a comprender que la madre, una rubia de cuarenta años, sobreprotegía a su delicado vástago y lucharía por él con uñas y dientes. Mientras hablaban, le quedó claro que aquel adolescente dependía emocionalmente de su madre y solo se sentía cómodo cuando se comunicaba con el mundo exterior a través de ella. Si los separaban —al extraditarlo a Estados Unidos, por ejemplo—, él se vendría abajo.

—Me temo que, al parecer, ha conseguido lo imposible, dado el equipo con que contaba. Ha penetrado en el núcleo del sistema de seguridad nacional norteamericano, ha ocasionado daños por un valor de muchos millones de dólares y nos ha dado un susto de muerte a todos.

Los padres lo contemplaban boquiabiertos.

—Ay, Dios —murmuró el señor Jennings, ocultando el rostro entre las manos.

Era un contable de cincuenta y tres años que trabajaba en una auditoría privada con dos socios más, lo que le proporcionaba unos ingresos altos, aunque no espectaculares, y disfrutaba los fines de semana jugando al golf con sus colegas. Saltaba a la vista que no entendía qué había hecho para merecer un hijo tan frágil, que había enfurecido al principal aliado de su país y que quizá se enfrentaba a la extradición y la cárcel. Su esposa estalló.

—¡Eso es imposible! Ni siquiera ha viajado fuera del país. A duras penas ha salido de Luton, o incluso de casa, salvo para ir al instituto. Le aterroriza que lo aparten del único lugar que conoce, su hogar.

—No le ha hecho falta —repuso Adrian Weston—. El ciberespacio es global. A juzgar por el estado de ánimo actual de los americanos, que no es precisamente alegre, exigirán que lo extraditemos a Estados Unidos para que lo juzguen, lo que sin duda implicaría una condena de cárcel de muchos años.

—No pueden hacer eso. —La señora Jennings estaba al borde de la histeria—. No sobreviviría. Se quitaría la vida.

—Acudiremos a la justicia —aseguró el padre—. Contrataré al mejor abogado de Londres. Llevaré el caso a todos los tribunales del país.

—No me cabe la menor duda —intervino sir Adrian—. Y seguramente ganará, pero la victoria le saldrá muy cara. Su casa, su pensión, sus ahorros de toda una vida... Lo perdería todo por pagar los gastos legales.

—Da igual —espetó Sue Jennings—. No pueden secuestrar a mi hijo, llevárselo y matarlo, porque eso sería lo mismo que condenarlo a muerte. Nos veremos las caras en el Tribunal Supremo, si hace falta.

—Señora Jennings, por favor, comprenda que yo no soy el enemigo. Tal vez exista una manera de evitar todo esto. Pero voy a necesitar su ayuda. Sin ella, no lo conseguiré.

Les explicó a los Jennings la situación legal, sobre la que se había informado mientras iba en el asiento trasero del Jaguar. Hasta hacía solo unos años, la piratería informática ni siquiera figuraba en la legislación británica como delito. Pero la ley había cambiado. Un caso había impulsado al Parlamento a tomar cartas en el asunto y esta actividad se tipificó como delito, pero se castigaba con una pena máxima de cuatro años y un acusado vulnerable que contara con un buen abogado y un juez compasivo seguramente no cumpliría condena. Las penas en Estados Unidos eran mucho más severas.

Por tanto, la solicitud de extradición tal vez no llegara a prosperar; ya había habido dos casos en que había sido denegada, para gran irritación de Estados Unidos. Para colmo, la publicidad a gran escala era inevitable. La noticia conmovería al país entero. Era muy posible que una campaña de microfinanciación colectiva organizada por un periódico cubriera las costas procesales, a pesar del temor que había inoculado en Harold Jennings.

Sin embargo, eso supondría dos años de guerra de trincheras contra el gobierno de Estados Unidos, justo en un momento en el que, por culpa del comercio internacional, la lucha contra el terrorismo, la salida de la Unión Europea y la agresividad creciente de Rusia, era de vital importancia contar con un frente angloestadounidense unido.

Los Jennings escucharon en silencio.

—¿Qué es lo que quiere? —preguntó Harold Jennings al final.

—Se trata más bien de lo que necesito: un poco de tiempo. Por el momento, el daño sufrido por los sistemas informáticos estadounidenses no ha llegado a oídos de la prensa. Pero en Estados Unidos hay periodistas de investigación implacables. La información no tardará en hacerse pública. Cuando esto ocurra, el escándalo será mayúsculo. Incluso aquí, estallará tal furor mediático que su familia se verá acosada noche y día, y su vida se convertirá en un infierno. Quizá podamos evitar todo eso. Necesito una semana. Tal vez menos. ¿Pueden darme una semana?

—Pero ¿cómo? —insistió el padre—. La gente se dará cuenta de que hemos desaparecido de casa.

—Por lo que respecta a sus vecinos de Luton, se han ido de vacaciones durante unos días. Señor Jennings, ¿podría comunicarse con sus socios y explicarles que ha tenido que marcharse de forma inesperada por un problema familiar?

Harold Jennings asintió.

—Señora Jennings, las vacaciones escolares de Pascua empiezan el lunes. ¿Podría ponerse en contacto con el colegio y explicarles que Luke se ha puesto enfermo y que tanto Marcus como él empezarán las vacaciones unos días antes?

Ella también asintió.

—Y ahora, ¿puedo conocer a Luke?

Guiaron a sir Adrian a otra habitación, donde los dos hijos de los Jennings estaban absortos jugando con sus smartphones, que por algún motivo les habían permitido conservar y llevar consigo.

Si sir Adrian había esperado que el joven calificado de ciberdelincuente o genio de los ordenadores tuviera una presencia imponente, iba a llevarse una desilusión. Nada más lejos de la realidad. Lo que le impresionó fue precisamente el aspecto normal y corriente del chico.

Era alto, flaco como un palillo y desgarbado, con una mata de rizos rubios alborotados sobre un rostro pálido que hacía mucho que no veía el sol. Actuaba con una timidez extrema, como una persona encerrada en sí misma que vigilaba un mundo presumiblemente hostil. Al asesor de seguridad le costaba creer que Luke Jennings hubiera hecho de verdad aquello de lo que lo acusaban.

Y, no obstante, según las dos evaluaciones preliminares realizadas por los principales expertos del GCHQ, Luke era capaz de hacer cosas y acceder a lugares del ciberespacio que no estaban al alcance de nadie más. A su juicio, era el adolescente más dotado del mundo, o el más peligroso..., o ambas cosas.

Luke estaba encorvado sobre su teléfono, abstraído por completo en lo que estuviera haciendo. Su madre lo abrazó y le murmuró algo al oído. Esto rompió la concentración del muchacho, que clavó la vista en sir Adrian. Parecía en parte aterrado, en parte malhumorado.

Resultaba evidente que le costaba mantener el contacto visual o incluso hablar con desconocidos, y pronto quedó de manifiesto que las conversaciones intrascendentes y las charlas triviales escapaban a su comprensión. Durante el trayecto en coche de Downing Street a Latimer había investigado un poco sobre el síndrome de Asperger, y así supo que un síntoma típico era una pulcritud exagerada, la obsesión por que todo estuviera en su sitio exacto y habitual, sin que nadie lo tocara ni lo moviera. A lo largo del día anterior, todo se había trastocado y, desde la perspectiva de Luke, su mundo se había destruido. El chico estaba traumatizado.

Sir Adrian inició la conversación, pero la madre de Luke tuvo que intervenir con frecuencia para explicar lo que su hijo quería decir y animar a Luke a responder a las preguntas. Sin embargo, al muchacho solo le interesaba una cosa.

No fue sino hasta ese momento cuando alzó la mirada y sir Adrian se fijó en sus ojos. Eran de colores distintos; el izquierdo, de un castaño avellana claro, y el derecho azul celeste. Recordó haber oído que al fallecido cantante David Bowie le ocurría lo mismo.

—Quiero que me devuelvan mi ordenador —declaró.

—Luke, si consigo recuperar tu ordenador, tienes que prometerme una cosa: no utilizarlo para intentar entrar de forma ilegal en un sistema informático americano. En ninguno. ¿Me das tu palabra?

—Pero sus sistemas son defectuosos —alegó el chico—. He intentado avisarles.

Había estado tratando de ayudar. Había descubierto algo en el ciberespacio que, desde su punto de vista, no estaba bien. Algo que no alcanzaba la perfección. Así que se había adentrado hasta el corazón del asunto para poner de manifiesto los fallos. El «asunto» era la base de datos de la agencia de seguridad nacional en Fort Meade, Maryland. En realidad, no tenía la menor idea de los perjuicios que había ocasionado, tanto a los sistemas informáticos como a algunos egos.

—Tienes que darme tu palabra, Luke.

—De acuerdo, se lo prometo. ¿Cuándo me lo dará?

—Veré qué puedo hacer.

Pidió prestado un despacho, cerró la puerta y llamó al doctor Hendricks. El gurú del GCHQ se había marchado ya de Luton. Después de vaciar el desván con su equipo, había regresado al Centro Nacional de Ciberseguridad en Victoria, Londres, y tenía delante el ordenador personal de Luke Jennings. Se mostró indeciso respecto a hacer lo que le pedía Weston, porque debía examinar con todo detalle su contenido antes de redactar un informe.

—De acuerdo —accedió al fin—. Lo descargaré todo en otro aparato y te lo enviaré...

—No, espera. Mandaré un coche a recogerlo.

A continuación, sir Adrian telefoneó a la primera ministra, que en ese momento se encontraba en la primera fila de escaños de la Cámara de los Comunes. Su secretario particular le susurraba algo al oído. Cuando ella consiguió zafarse, se retiró a su despacho y le devolvió la llamada. Él le planteó su petición. Tras escuchar con atención, ella le hizo un par de preguntas.

—Es algo precipitado —declaró finalmente—. Tal vez diga que no, pero lo intentaré. Quédate en Latimer. Luego te llamo.

Era última hora de la tarde en Londres, casi mediodía en Washington. El hombre con quien ella quería hablar estaba en el campo de golf, pero aun así atendió su llamada. Para sorpresa de la primera ministra, accedió a su demanda. Le pidió a un asistente que telefoneara a sir Adrian.

—Si se acerca a Northolt, sir Adrian, creo que la Fuerza Aérea británica intentará ayudarlo a la mayor brevedad. La petición ha sido aceptada.

En sentido estricto, Northolt sigue siendo una base de la RAF en el límite noroccidental de Londres, aún en el interior del anillo de circunvalación M25, pero desde hace mucho tiempo comparte sus funciones con el sector privado y acoge a los reactores de los ricos y privilegiados.

Sir Adrian tuvo que esperar seis horas en la sala de embarque, tiempo que aprovechó para tomar un almuerzo muy tardío en la cafetería y hacerse con una selección de periódicos en el quiosco. A medianoche, un joven de la RAF le indicó que acudiera a una de las puertas de embarque. Fuera, en la pista, estaban reabasteciendo su avión de combustible para el vuelo trasatlántico. Era un reactor bimotor BAe125, capaz de llegar a la base de la Fuerza Aérea de Andrews en ocho horas con el viento en contra, pero ganando cinco debido a la diferencia horaria.

Acostumbrado después de media vida a arañar ratos de sueño cuando y donde podía, Adrian Weston aceptó el sándwich y la copa de un vino tinto pasable que le ofreció el auxiliar de vuelo, reclinó su asiento y se durmió mientras el avión sobrevolaba la costa irlandesa.

Aterrizaron en la base de la Fuerza Aérea de Andrews poco después de las cuatro de la madrugada. Sir Adrian dio las gracias al auxiliar que le había servido el desayuno y a la tripulación. El jefe de escuadrón que ocupaba el asiento de la izquierda le explicó que tenía instrucciones de aguardar a que despachara el asunto que traía entre manos y llevarlo de vuelta a casa.

Tuvo que esperar varias horas más en la zona de recepción a que fueran a recogerlo. Al tratarse de un viaje extraoficial no se implicó a la embajada británica. La Casa Blanca envió un Crown Victoria sin matrícula diplomática con un joven empleado del Ala Oeste en el asiento del acompañante. No tuvo que mostrar el pasaporte, aunque siempre lo llevaba consigo.

El trayecto duró una hora adicional, pero buena parte de ella la pasaron atrapados en el congestionado tráfico suburbano para cruzar el Potomac hacia el centro de Washington. El conductor sabía lo que hacía. Le habían indicado que minimizara las posibilidades de que algún periodista con una cámara se fijara por casualidad en el coche y su pasajero, de modo que accedió al recinto de la Casa Blanca por detrás.

La limusina avanzó por Constitution Avenue, dobló a la derecha por la calle 17 y luego otra vez por State Drive, al abrigo del edificio Eisenhower. Allí, cuatro pilones de acero se retrajeron en el asfalto cuando el agente enseñó su identificación al guardia de la caseta, y acto seguido avanzaron por la corta vía llamada West Executive Avenue, que conduce directa al Ala Oeste, donde el presidente vive y trabaja.

Sir Adrian se apeó cuando el coche se detuvo frente a la marquesina de la entrada desde el nivel inferior. Allí lo recibió un nuevo escolta que lo guio al interior. Giraron a la izquierda y subieron unas escaleras hasta la puerta de las oficinas del asesor de seguridad nacional. Los periodistas no podían deambular a su aire por ahí.

Lo condujeron por un pasillo hasta una recepción con dos mostradores, donde pasaron su maletín por un escáner. Él sabía que unas cámaras ocultas ya le habían realizado un registro corporal, como en un aeropuerto. Al fondo de la recepción había una última puerta, que comunicaba nada menos que con el despacho oval. Uno de los recepcionistas se acercó, llamó con los nudillos, escuchó, abrió y le indicó por señas que entrara. Luego dio marcha atrás y cerró la puerta.

Había cuatro personas dentro, todas sentadas, y una silla vacía orientada hacia la mesa del presidente de Estados Unidos, conocido por todos los empleados del edificio por las siglas POTUS, aunque en su presencia siempre lo llamaban «señor presidente».

Uno de los hombres sentados era el jefe de gabinete, otro el secretario de defensa y el tercero el fiscal general. El presidente se encontraba frente a él, de cara a la puerta, con el ceño fruncido, tras el escritorio *Resolute*, tallado con madera del barco de guerra británico del mismo nombre y ofrecido como obsequio por la reina Victoria a otro presidente más de cien años atrás. Cerca de su mano derecha había un botón rojo que no utilizaba para iniciar una guerra nuclear, sino para pedir una Coca-Cola light tras otra.

El jefe de gabinete se encargó de las innecesarias presentaciones. Todos los rostros menos el de sir Adrian eran bien conocidos, ya que habían sido captados por los objetivos de numerosas cámaras. Reinaba un ambiente cortés, pero no amistoso.

—Señor presidente, la primera ministra británica le manda sus más cordiales saludos. Le agradezco que haya accedido a recibirme pese a que se lo hemos pedido con tan poca antelación.

La enorme cabeza de cabellera rubia asintió a modo de hosca respuesta.

—Sir Adrian, debe usted comprender que solo he accedido por consideración a mi amiga Marjory Graham. Por lo visto, un compatriota suyo nos ha causado daños enormes, y creemos que debe ser juzgado aquí.

Sir Adrian estaba convencido de que mostrarse avergonzado no serviría de nada.

—Cristales rotos, señor presidente.

—¿Cómo dice?

—Ese joven genio de la informática, cuya existencia desconocíamos por completo, se coló en una importante base de datos de Estados Unidos como un ladrón, rompiendo una ventana para entrar. Sin embargo, una vez dentro, se limitó a echar un vistazo y lo dejó todo intacto. Al parecer, no destruyó, no saboteó y, por encima de todo, no robó nada. No se trata de otro Edward Snowden. No les ha ofrecido absolutamente nada a los enemigos de nuestros países.

Los cuatro estadounidenses se pusieron rígidos al oír ese nombre. Recordaban demasiado bien que Edward Snowden, un funcionario estadounidense, había robado más de un millón de documentos clasificados en un lápiz de memoria y había volado a Moscú, donde residía en la actualidad.

—Aun así, nos perjudicó mucho —espetó el fiscal general.

—Hizo lo que todos consideraban absolutamente imposible. Pero se equivocaban. ¿Qué habría ocurrido si lo hubiera hecho un enemigo declarado? Vidrios rotos, caballeros. Tenemos cristaleros. Podemos arreglarlo. Pero todos sus secretos siguen allí. Repito: él no robó nada, no se llevó nada. Las llamas del infierno son para los traidores, ¿no?

—¿Así que ha cruzado el Atlántico para pedirnos que reparemos todos los daños causados por él y que seamos indulgentes, sir Adrian? —preguntó el presidente.

—No, señor. He saltado el charco con dos propósitos. El primero es hacerle una sugerencia.

—¿Cuál?

Por toda respuesta, sir Adrian se sacó una hoja de papel del bolsillo de la pechera, atravesó la alfombra que lo separaba del escritorio *Resolute* y la depositó frente al líder del mundo occidental. Luego regresó a su asiento. Todos observaron la cabeza rubia mientras se inclinaba hacia delante para estudiar el papel. El POTUS se tomó su tiempo. Luego se enderezó y clavó la mirada en el emisario británico. Le tendió la hoja al fiscal general, que era a quien tenía más cerca. Los otros tres hombres leyeron lo que decía, uno tras otro.

—¿Esto puede funcionar? —preguntó el presidente.

—Como con tantas cosas en la vida, no lo sabremos hasta que lo intentemos.

—Ha mencionado que su visita tenía dos propósitos —señaló el secretario de defensa—. ¿Cuál es el segundo?

—Intentar llegar a un acuerdo. Creo que todos hemos leído *El arte de la negociación*.

Se refería al libro que había escrito el propio presidente sobre la realidad del mundo de los negocios. El POTUS sonrió de oreja a oreja. Nunca se cansaba de oír elogios sobre lo que consideraba su obra maestra.

—¿Qué acuerdo? —inquirió.

—Si se nos permite seguir adelante con este plan —dijo sir Adrian, indicando con un gesto la hoja de papel—, lo pondremos en nómina. Él se somete a la Ley de secretos oficiales. Lo mantenemos en un entorno aislado. Supervisamos sus actividades. Y, si el plan da resultado, si obtenemos una buena cosecha de información, la compartimos con ustedes. En su totalidad.

—Señor presidente —terció el secretario de defensa—, no tenemos una sola prueba de que esto pueda funcionar.

Se impuso un silencio profundo. De pronto, la cabeza grande y rubia se irguió y se volvió hacia el fiscal general.

—John, voy a aceptar. Anularemos la petición de extradición. No necesariamente para siempre. Pero haremos la prueba.

Dos horas después, sir Adrian volvía a estar en la base de Andrews. Desde allí, el vuelo de vuelta fue más rápido, gracias a los vientos procedentes del oeste. Su coche lo esperaba en Northolt. Telefoneó a la primera ministra desde el asiento de atrás. Era casi medianoche y ella estaba a punto de dormirse, tras programar el despertador de la mesilla de noche para que sonara a las cinco de la mañana.

No obstante, estaba lo bastante despierta como para concederle los permisos que necesitaba.

Lejos de allí, cerca de Arcángel, el hielo del mar empezaba a resquebrajarse.

4

En los días siguientes a aquella visita a Washington, las cosas marcharon bien. Desde el punto de vista de los medios de comunicación, la noticia se extinguió porque nunca había existido, lo que permitió a los afectados continuar reparando los daños sufridos en Fort Meade e instalar un sistema defensivo nuevo y mejor, mientras en el Reino Unido se deliberaba sobre el futuro del muchacho a quien ya conocían como el Zorro.

En Washington, los estadounidenses cumplieron su palabra y retiraron discretamente la petición de extradición, lo que tampoco ocasionó el menor revuelo, ya que ni siquiera habían llegado a anunciarla. Pero había un inconveniente.

En el departamento de Justicia trabajaba una agente rusa infiltrada, una espía durmiente de bajo rango. Aunque era estadounidense al cien por cien, estaba dispuesta a traicionar su país por dinero, como Aldrich Ames, que llevaba años en la cárcel.

Al enterarse de la anulación de extradición de un joven británico acusado de piratería, redactó un breve informe para sus clientes. No le dio prioridad, pero los sistemas son sistemas y la avaricia es la avaricia, así que se lo pasó a su contacto en la embajada rusa, que a su vez lo transmitió a Moscú, donde acabó en manos del servicio de inteligencia exterior, el SVR. Una vez allí, se limitaron a archivarlo.

Sir Adrian celebró su segunda reunión con la señora Graham, que expresó un gran alivio al saber que no se libraría una larga guerra en los tribunales contra Estados Unidos, y se mostró de acuerdo con la última parte de su plan, que implicaba que sir Adrian debía mudarse de Dorset a Londres, por lo menos hasta que el proyecto concluyera. Le asignaron un piso pequeño cedido por la Corona y situado no muy lejos del Arco del Almirantazgo, así como un sedán para los días de trabajo con chófer disponible las veinticuatro horas.

Adrian Weston, que hacía años que no residía en Londres, se había acostumbrado a la paz, la tranquilidad y la soledad de su vida en la campiña de Dorset. Había pasado mucho tiempo desde la última vez que había dirigido una operación, que había sido contra la vieja URSS y, como organización que abarcaba el imperio soviético y sus estados satélite de Europa del Este, contra su enemigo, el KGB.

Entonces llegó Gorbachov y, con él, el fin de la Unión Soviética, pero no de la Federación Rusa y, desde luego, no del Kremlin. Hasta el día de su jubilación como subdirector del MI6, había permanecido pendiente del vasto territorio que se extendía al este de Polonia, Hungría y Eslovaquia.

Sabía que el KGB se había escindido bajo el gobierno de Gorbachov, pero no era tan iluso como para creer que había dejado de existir. La segunda jefatura del directorio, la policía secreta interna, se había convertido en el FSB, pero su adversario profesional había sido la primera jefatura del directorio, que tenía la mira puesta en Occidente. Se había convertido a su vez en el SVR, cuya sede estaba aún en Yasenevo, al suroeste de la ciudad de Moscú, y él sabía quién lo dirigía.

Incluso durante la década en que había disfrutado del sosiego de Dorset había mantenido actualizada su lista exhaustiva de contactos en las altas esferas del Reino Unido. Al salir de Downing Street, le pidió al chófer que atravesara el West End para llevarlo al Club de las Fuerzas Especiales, desde donde llamó a una buena vecina, que accedió a alquilar una furgoneta con conductor para que recogiera los enseres de su casa que necesitaría en su piso londinense del gobierno. La señora de Dorset enviaría dos baúles grandes con suficientes efectos personales como para transformar un apartamento funcional pero frío y aséptico en algo parecido a un hogar y cuidaría de su perro durante su ausencia.

Ante todo, necesitaría las fotografías familiares. Como todas las noches antes de dormirse, contemplaría el retrato de su esposa, fallecida hacía cinco años a causa de la leucemia y cuya pérdida aún lloraba. Al observar el rostro de aquella mujer serena y sabia, hoy desaparecida, recordaba el día en que ella había conocido a un joven oficial de paracaidistas, traumatizado tras volver de Irlanda del Norte, y menos de una hora después había decidido casarse con él y recomponer sus pedazos. Y así lo había hecho.

Siguiendo un ritual que nadie vería jamás, él le hablaría de su día, como había hecho durante cuarenta años, antes de que el cáncer se la arrebatara. A su lado colocaría la foto de su hijo, el único que el Dios que ella adoraba le había enviado. Era comandante de un crucero en Extremo Oriente. Rodeado de sus tesoros, Weston podría mostrar de nuevo al mundo su faceta de curtido jefe de espías.

Lo primero que hizo fue visitar Latimer para ver a la familia Jennings, que ya estaban hartos de permanecer recluidos.

Harold y Sue Jennings habían hecho lo que se les había pedido. Habían telefoneado a sus amigos y colegas de Luton para explicarles que su hijo Luke no se encontraba bien y que la familia al completo estaba disfrutando de unas vacaciones de primavera en una cabaña alquilada en la costa de la lejana Cornualles. Después de eso, no volvieron a contestar al teléfono, y dejaron que las dos o tres llamadas que recibieron se desviaran al buzón de voz.

Marcus, el hijo menor, había descubierto en un almacén juegos de arcos y flechas con una diana y pasaba buena parte del día practicando tiro en el jardín delantero. El jardinero, un gran aficionado a esa disciplina, ejercía de tutor. Harold leía los periódicos, que le entregaban a diario, resolvía numerosos crucigramas y saqueaba la nutrida biblioteca de la mansión, sorprendido de que muchos libros estuvieran en alemán o ruso, en consonancia con los gustos de los anteriores invitados de Su Majestad.

Luke había caído en el abatimiento y suspiraba por su cuarto en el desván de Luton y el entorno con el que estaba familiarizado. Su existencia giraba en torno al ordenador que le habían devuelto. Había localizado en la red cada uno de los archivos y los había restituido a su estado anterior, al que él quería, al estado en el que tenían que estar. Su madre lo consolaba a todas horas, prometiéndole que pronto tendría una habitación propia, si no la de Luton, al menos una réplica exacta.

El doctor Jeremy Hendricks había acudido desde el NCSC en Victoria para que Luke le describiera paso a paso cómo había eludido los cortafuegos y las claves de acceso supuestamente inexpugnables hasta lograr introducirse en la base de datos de la NSA en Fort Meade. Seguía allí cuando sir Adrian llegó, y le explicó en un lenguaje sencillo algunas de las complejidades del único mundo en el que el muchacho parecía poder desenvolverse, una galaxia vedada a la inmensa mayoría de los seres humanos.

El profesor Simon Baron-Cohen también había tenido la deferencia de visitar a Luke desde Cambridge para celebrar con él un seminario de cuatro horas. Después regresó a la universidad, donde preparaba un extenso informe sobre el síndrome de Asperger en general y sobre cómo afectaba a Luke Jennings en particular.

La familia entera se había mostrado aliviada al enterarse

de que nadie intentaría extraditar al hijo mayor para que cumpliera condena en Estados Unidos. Sin embargo, sir Adrian insistió en que los Jennings debían atenerse a su parte del trato. Unos funcionarios de rango superior del GCHQ acudirían para reclutar a Luke, legalmente un adulto, como un empleado a quien podrían dar las órdenes que consideraran oportunas.

Lo que ninguno de ellos sabía era que constituían los elementos esenciales del texto escrito en el papel que Adrian Weston le había pasado al presidente de Estados Unidos el día anterior; imprescindibles para la ejecución de su plan, aprobado ahora por dos jefes de gobierno.

La habían bautizado como Operación Troya en homenaje a Virgilio, que en su clásico *La Eneida* describía el ardid ejecutado por los antiguos griegos con un caballo de madera. Tenía pensado urdir el mayor engaño en la historia del ciberespacio, pero su éxito dependía del extraordinario cerebro de un retraído adolescente británico, algo nunca visto.

Bastaron diez minutos para que resultara evidente que, para que la Operación Troya tuviera alguna posibilidad de éxito, era a Sue Jennings, y no al ineficaz padre de Luke a quien Weston debía ganarse. Ella tendría que aceptar que el muchacho trabajara al servicio del GCHQ y, por otro lado, debería asumir una función más técnica, pues sin sus constantes palabras de consuelo, su frágil hijo no parecía capaz de manejarse en el mundo adulto. Saltaba a la vista que la señora Jennings tenía una personalidad más fuerte, que era ella quien había tomado las riendas de la familia y la mantenía unida, una de esas mujeres de férrea determinación que son buena gente.

Weston sabía, gracias a las notas informativas que le había facilitado uno de los empleados de la primera ministra en Downing Street, que Sue Jennings, hija de un impresor local, había estudiado en el instituto de Luton. Conoció al que pronto se convirtió en su esposo antes de cumplir los veinte años; en aquel entonces él estudiaba la carrera de contabilidad. Hasta ahí, todo parecía bastante banal. Se casaron y, cuando tenía veintidós años, nació su primer hijo.

No aparentaba los cuarenta que tenía, pues por lo visto iba al gimnasio y, en verano, al club de tenis local. Esto tampoco era algo fuera de lo normal. Nada en la familia Jennings despertaba el menor interés, salvo el chico de dieciocho años, retraído y de una timidez patológica que permanecía sentado en un rincón mientras sus padres negociaban con aquel hombre llegado de Londres. Al parecer, a pesar de sus dificultades, o quizá gracias a ellas, era un genio de los ordenadores.

Sir Adrian intentaba incluir al joven en la conversación que mantenían los adultos, pero era inútil. Luke no podía, o no quería, conectar con él a un nivel personal. Cada vez que Weston le dirigía la palabra, su madre respondía por él, como una tigresa que protegía a su cachorro. Sir Adrian carecía de experiencia con el síndrome de Asperger, pero las notas informativas pergeñadas a toda prisa la mañana de la detención de la familia indicaban que se presentaba en distintos grados. Una llamada del profesor Baron-Cohen acababa de confirmar que el de Luke era un caso grave.

En ocasiones, cuando Sue Jennings percibía que su hijo se estresaba mientras los adultos hablaban sobre algo que él había hecho sin saberlo, lo abrazaba por los hombros y le susurraba palabras tranquilizadoras al oído. Solo entonces se calmaba.

El siguiente paso era encontrar un lugar donde el joven pudiera vivir con su familia y trabajar en un entorno seguro pero aislado. De regreso a Whitehall, Weston empezó a buscar entre los cientos de instalaciones propiedad del gobierno.

Dedicó los siguientes dos días a investigar y viajar. Apenas dormía y se alimentaba de tentempiés. No había estado bajo tanta presión desde la época de la Guerra Fría, cuando, con su ruso fluido y su alemán impecable, cruzaba de forma furtiva el telón de acero mientras el trastornado Yuri Andrópov llevaba al mundo al borde del desastre nuclear. Al cabo de tres días, creyó haber encontrado el sitio adecuado.

Si hubieran preguntado a los transeúntes en cualquier calle británica, el número de los que habían oído siquiera hablar de Chandler's Court se habría aproximado a cero. Se trataba de un lugar realmente clandestino.

Durante la Primera Guerra Mundial perteneció a un fabricante textil que había conseguido un contrato para suministrar uniformes de sarga color caqui al ejército británico. En aquel entonces se creía que la guerra terminaría antes de la Navidad de 1914. A medida que la masacre se intensificaba, los contratos para fabricar uniformes eran cada vez más suculentos. El fabricante se hizo muy rico y en 1918, ya multimillonario, compró una casa señorial del siglo XVII construida en un bosque de Warwickshire.

Durante la Gran Depresión, cuando las colas de desempleados serpenteaban a lo largo de kilómetros, creó puestos de trabajo encargando a cuadrillas de albañiles en paro la construcción de un muro de dos metros y medio en torno a las ochenta hectáreas que ocupaba su finca. Tildado de especulador en tiempos de guerra, no era un personaje popular, por lo que quería y necesitaba privacidad. Con el muro y solo dos entradas vigiladas, la consiguió.

Cuando murió, a principios de los cincuenta, sin dejar viuda ni descendencia, legó Chandler's Court al Estado. Lo acondicionaron como residencia para excombatientes con heridas graves. Luego quedó abandonado. A finales de los ochenta se le dio un nuevo uso. Lo convirtieron en laboratorio de investigación, rodeado por un halo de misterio y vedado al público, porque allí se manejaban algunas de las toxinas más aterradoras conocidas por el hombre.

Y no hace tanto, después de que envenenaran con Novichok al coronel Skripal, el exespía soviético, y a su hija Yulia, fue Chandler's Court, y no el mucho más conocido Porton Down, el centro que descubrió el antídoto para salvarles la vida. Por razones obvias, en los medios le atribuyeron el mérito a Porton Down.

La casa señorial de Chandler's Court, de planta extensa e irregular, llevaba bastante tiempo desocupada, aunque no se había descuidado su mantenimiento. Los laboratorios estaban dispersos por el terreno boscoso, al igual que los bloques de pisos confortables y modernos donde vivían los empleados subalternos. Solo los científicos de nivel superior residían fuera de la finca. Había dos grandes verjas en el muro, una para entregas comerciales y la otra, la principal, por la que entraba y salía el personal. Ambas estaban vigiladas en todo momento.

A lo largo de la semana, grupos de artesanos y decoradores trabajaron por turnos las veinticuatro horas para convertir la mansión en un lugar habitable. Llevaron a la familia Jennings a conocer las instalaciones y, poco más de tres semanas después de la reunión en la Casa Blanca, se mudaron allí. El doctor Hendricks estuvo de acuerdo en que la enorme miniciudad del GCHQ en Cheltenham no resultaba adecuada para la Operación Troya. Era demasiado grande, demasiado confusa y, para Luke Jennings, demasiado intimidante y abarrotada. Él también se trasladaría a Chandler's Court, junto con dos colaboradores, para supervisar los programas y orientar al genio juvenil, en torno al cual giraba todo.

Había un problema: sir Adrian había presenciado una tensa despedida familiar en Latimer el día anterior a la partida de los Jennings a Chandler's Court. El matrimonio llevaba diez años en la cuerda floja. Los padres habían intentado proteger a sus hijos del desmoronamiento de su relación, pero les costaba cada vez más, hasta que llegó un momento en que les resultó imposible. En resumen, querían separarse.

Se había decidido que Luke se instalaría en Chandler's Court y trabajaría en las misiones que le encomendara el GCHQ. Conviviría con su madre, que lo ayudaría en el trato con otras personas. Marcus, el hermano menor, podría estudiar en uno de los dos o tres excelentes colegios locales que estaban situados a pocos minutos en coche. Pero Harold Jennings, con su matrimonio muerto, no quería vivir allí ni volver a Luton para seguir trabajando en su empresa de contabilidad.

Lo que de verdad quería sorprendió a sir Adrian. Pretendía emigrar a Estados Unidos y vivir en Nueva York. Era un sueño que llevaba años acariciando, desde que asistió a una conferencia en esa ciudad.

Sir Adrian le comentó que mantenía un contacto cordial con algunas personas en Estados Unidos y que tal vez podría echarle una mano consiguiéndole ayuda oficial para agilizar la burocracia y la tramitación de los permisos de residencia y trabajo.

Todo sucedió con gran rapidez. Harold Jennings dejó su empresa en Luton, se dio de baja del club de golf y puso la casa en manos de un agente inmobiliario local. En Nueva York, consiguió un puesto bien remunerado en una entidad financiera cerca de Wall Street. Tras una temporada en un hotel, podría comprar un apartamento confortable y empezaría una nueva vida.

A ojos de un desconocido, la despedida le habría parecido tan extraña como poco emotiva, pero así era Harold Jennings. Si hubiera albergado sentimientos y hubiera estado dispuesto a expresarlos, tal vez habría salvado su matrimonio, pero al parecer su espíritu era tan árido y anodino como los números y las cuentas en los que llevaba enfrascado toda su vida profesional.

Hizo el esfuerzo de abrazar a sus dos hijos y, al final, a su esposa, pero con torpeza, como si fueran personas que acababa de conocer en una fiesta. Los chicos, que conocían de sobra ese estado de ánimo, correspondieron al gesto con la misma actitud.

—Adiós, papá —se despidió Marcus, el más joven—. Y buena suerte en América —añadió, lo que arrancó a su padre una sonrisa de pánico y la aseveración de que «estaré bien».

La falta de afecto en el abrazo entre los padres explicaba por qué, un mes antes, los soldados habían encontrado camas separadas en su habitación en la primera planta de la casa de Luton.

Un taxi aguardaba en el patio delantero de la finca. Harold dejó a su familia en el vestíbulo, salió y partió hacia el aeropuerto.

Cuando esa misma tarde se enteró de su marcha, sir Adrian supuso que no volvería a tener noticias de Harold Jennings. Se equivocaba.

A la mañana siguiente, Sue Jennings y sus hijos se instalaron en una espaciosa suite en el primer piso de la mansión, en Chandler's Court. Aún olía a pintura fresca, pero era un día cálido de principios de mayo y, con las ventanas abiertas, el olor no tardó en disiparse.

El doctor Hendricks, que estaba soltero y vivía solo, se instaló en el ala sur y supervisó el montaje de la sala de ordenadores, el corazón de la Operación Troya. Todo el equipo, de primera calidad, procedía del GCHQ en Cheltenham. Los otros dos mentores se acomodaron en los bloques de apartamentos del bosque, a solo un paseo de la mansión. Y Marcus Jennings se matriculó en un muy buen colegio a solo seis kilómetros de Chandler's Court.

Luke Jennings tenía una habitación para él solo, que pronto convirtió en una réplica exacta del cuarto que tenía en el desván de Luton. Debido a su mentalidad especial, hasta el último detalle tenía que ser igual que aquellos a los que estaba acostumbrado. Un camión de mudanzas trasladó el contenido de la habitación de Luton a Warwickshire para que cada silla, mesa, libro y adorno ocupara el lugar preciso que le correspondía. Luke incluso se quejó del reloj, porque hacía tictac. Quería uno silencioso. Se lo dieron.

Su humor mejoró y disminuyó su nivel de estrés, al igual que las rabietas y los lloros de las semanas posteriores al asalto nocturno a su casa. Una vez recuperado su espacio personal y con su ordenador delante, retomó la vida que más le gustaba. Sentado en la penumbra, vagaba por el ciberespacio, observando.

En el extremo norte de Rusia, los últimos cabos de acero fueron arrojados al muelle, y el imponente *Almirante Najímov* se alejó con lentitud de los astilleros de Sevmash hacia el mar abierto. Desde su posición elevada en el puente, el capitán Denísovich y sus oficiales divisaban a lo lejos las torres del puerto cercano de Arcángel, mientras la proa del buque de guerra más temible del mundo viraba hacia el norte. Detrás, Severodvinsk se perdía en la distancia. El capitán y el cuerpo de oficiales estaban radiantes de orgullo y satisfacción.

Contemplaban desde lo alto del puente la joya de la corona de los cruceros clase Orlan, el más grande de los barcos de guerra del mundo que no eran portaaviones, una fortaleza flotante de acero y equipado con misiles. El *Najímov* medía doscientos cincuenta y dos metros de eslora, casi treinta metros de manga y desplazaba veinticuatro mil trescientas toneladas. La tripulación superaba los setecientos marineros.

Los cruceros rusos eran plataformas móviles armadas hasta los dientes y capaces de enfrentarse a cualquier navío de guerra enemigo del mundo. El *Najímov*, que salió del astillero de Sevmash entre vaharadas de vapor, era la embarcación más moderna de su clase, con todas sus funciones informatizadas y tecnología de pantallas táctiles.

Bajo el agua, sus ecosondas localizarían la línea de cien brazas y guiarían el buque a lo largo de ella para que no se aproximara más de la cuenta a la costa a menos que se le ordenara lo contrario. Cada detalle se comunicaba al puente por medio de uno de los controles de alta tecnología que gobernaban el navío. Y eso no era todo.

Hacía muchos años que se publicó en el mundo occidental un libro titulado *La caza del Octubre Rojo*. Era la primera novela de Tom Clancy y alcanzó una gran popularidad. Narraba la historia de un capitán de la Marina soviética que desertaba a Occidente, llevándose consigo un submarino cargado con misiles nucleares. La novela fue prohibida de inmediato en la URSS, donde solo la leyó un puñado de hombres de las altas esferas para quienes la situación descrita en el libro habría supuesto un desastre de efectos permanentes.

En la Unión Soviética, las deserciones, sobre todo las de funcionarios de alto rango, agentes de inteligencia u oficiales del ejército, constituían una pesadilla, y la posibilidad de que uno de ellos desapareciera en Occidente con un artilugio enorme de última tecnología era algo aún peor. Muchos altos mandos de la Armada soviética e incluso del Politburó se tomaron muy en serio la novela de Clancy.

Ahora, no solo se trataba de algo impensable, sino también evitable de forma instantánea. Todas las funciones del *Najímov* estaban automatizadas, y cada una de ellas podía duplicarse en la base de datos central en el cuartel general de la Flota del Norte, en Múrmansk, lo que bastaba para arrebatar el control a los ordenadores de a bordo del *Najímov* y recuperar el mando de la nave por completo. Eso daría al traste con cualquier intento de traición.

Los fallos técnicos o las interferencias también quedaban descartados. El sistema de gobierno del barco no era el habitual GPS, el sistema de posicionamiento global diseñado por los estadounidenses y de sobra conocido por todos los conductores que utilizan la navegación por satélite, sino el GLONASS-K2, creado por la URSS y heredado por el Estado postsoviético. Era propiedad del ejército, el único que lo manejaba.

El GLONASS determina la posición de un barco ruso en cualquier parte del mundo con un margen de error de entre diez y veinte metros. Para ello utiliza la información de veinticuatro satélites que giran en una órbita intermedia. Cualquier hacker que intentara alterar el sistema tendría que corromper cinco satélites distintos a la vez, algo a todas luces imposible.

La ruta del *Najímov* estaba prefijada. Navegaría del mar Blanco al mar de Barents antes de tomar rumbo noroeste. Con el cabo norte de Noruega a babor, viraría de nuevo para salir del mar de Barents al Atlántico Norte, y luego se dirigiría hacia el sur, a lo largo de la costa noruega. Habría en todo momento un timonel a los mandos, pero no tendría que intervenir. Los ordenadores mantendrían el buque en la línea de las cien brazas y el rumbo exacto. Durante cinco días, todo funcionó tal como estaba previsto.

El hielo y el frío glacial del mar Blanco y el cabo Norte quedaron atrás, y el sol comenzó a brillar a través de las nubes. En sus momentos de asueto, los marineros se paseaban por las cubiertas y disfrutaban del aire vigorizante. A babor, las montañas que rodeaban los fiordos de Tromsø, donde en 1944 la RAF hundió por fin el *Tirpitz*, aparecían y desaparecían en la bruma. Las islas Lofoten se deslizaron por su lado.

En aquel momento, el *Najímov* habría podido virar al oeste, adentrarse en el Atlántico Norte, costear las islas Británicas por el oeste en su avance hacia el sur para doblar el cabo de Buena Esperanza y navegar hacia Oriente. Pero su destino lo había decidido semanas antes el mismísimo *vozhd*, en Moscú.

El navío seguiría adelante en dirección sur por el mar del Norte, con Dinamarca a babor y Escocia a estribor, hasta entrar en la vía marítima más transitada del mundo: el canal de la Mancha. Mientras contemplaba desde su despacho el jardín de Alejandro, que se extiende bajo la fachada oeste del Kremlin, el *vozhd* había dejado muy claros sus deseos al almirante al mando de la Flota del Norte.

Mientras decenas de embarcaciones se dispersaban para apartarse de su camino, el *Almirante Najímov* recorrería el canal después de superar el cuello de botella del paso de Calais. De ese modo, los condenados británicos que estuvieran sentados frente a sus ventanales en Ramsgate, Margate, Dover y Folkestone verían el poderío de la nueva Rusia navegar frente a sus narices, elevándose majestuoso sobre ellos, mientras su exigua armada lo escoltaba hacia el sur.

El octavo día después de salir de Sevmash, los marineros del *Najímov* observaban el mar que desfilaba espumeante ante ellos. Lejos, a babor, Dinamarca había cedido el paso a Alemania, y Alemania a los Países Bajos. A estribor se encontraban las tierras llanas y pantanosas de Lincolnshire, ocultas tras bancos de niebla.

Un teléfono sonó en un pequeño apartamento detrás del Arco del Almirantazgo. Sir Adrian lo cogió. La persona que llamaba era un agitado doctor Hendricks.

—Por segunda vez este año, no doy crédito a mis ojos —exclamó—. Lo ha conseguido. Era imposible, pero el chico lo ha logrado. Hemos entrado. Estamos dentro de GLO-NASS-K2. Cinco satélites. Pero lo más extraño de todo es que ellos ni siquiera se han dado cuenta de la intrusión.

—Buen trabajo, doctor. Tenga la bondad de quedarse donde está. Manténgase a pocos metros del teléfono hasta nueva orden. De noche y de día.

Una vez finalizada la llamada, sir Adrian marcó un número, el del cuartel general de la Armada británica, situado junto al barrio de Northwood, en el noroeste de Londres. Ya estaban sobre aviso.

—¿Sí, sir Adrian?

—Voy a hacerles una visita. Es posible que mañana sea un día ajetreado.

Destinado como estaba a convertirse en el buque insignia de la Flota del Pacífico rusa, el *Almirante Najímov* habría podido sortear con facilidad las islas Británicas manteniéndose al oeste de Irlanda en aguas profundas y despejadas, y fuera de la vista de la costa. Sin embargo, el *vozhd* había tomado la decisión clara y deliberada de insultar a los británicos haciéndolo bajar directamente desde el mar del Norte y atravesar el paso de Calais que, con sus treinta y cinco kilómetros de ancho, era uno de los estrechos más abarrotados del mundo.

Existen allí dos flujos de tráfico marítimo, uno en dirección norte y otro hacia el sur, por lo que el paso de Calais se rige por unas normas muy estrictas para evitar colisiones. Según los cálculos, dado el tamaño del *Najímov*, solo conseguiría llegar al otro extremo si navegaba justo por el centro. Algunos navíos de guerra rusos ya lo habían hecho antes, como una provocación deliberada al Reino Unido por parte de Moscú.

Al Ministerio de Marina no le hizo falta que le informaran de la posición del *Najímov*. Dos fragatas lo escoltaban, y varios drones de observación procedentes de la base aérea de Waddington se turnaban para sobrevolarlo. Se encontraba cerca de la costa de Norfolk, pero estaba reduciendo la velocidad para dejar pasar la noche antes de enfilar el paso de Calais. A popa, en el mar del Norte, se encontraban los bajíos del banco de Dogger. Las ecosondas le indicaban que quedaban más de treinta metros de agua libre de obstáculos bajo la quilla. La ruta estaba programada de modo que nunca hubiera menos de veinticinco metros.

Al amanecer se encontraba frente a Felixstowe, en Suffolk, y aumentó la potencia para alcanzar la velocidad de crucero óptima. El canal se iba estrechando, y Bélgica apareció a babor. Las ondas de radio se saturaron con el parloteo de los buques mercantes atrapados en el atasco mientras el mastodonte ruso rompía todas las reglas.

Más adelante se hallaba la parte más angosta, el estrecho de Calais, y el barco se arrimó a la costa de Essex y Kent, a la altura de los bancos de arena de Goodwin. Los marinos avezados los evitan como la peste. Son demasiado poco profundos. Sin embargo, los ordenadores se mantenían firmes: había espacio de sobra para que el *Najímov* pasara por su lado sin problemas en dirección a la costa francesa.

5

Era un hermoso amanecer de primavera. El sol emergió en un cielo despejado de nubes. Los más madrugadores de los pueblos y ciudades costeros del noreste de Kent paseaban por la orilla del mar con sus perros, prismáticos y cámaras. Procedente del norte, la forma gigantesca y gris del barco de guerra se deslizaba por el paso de Calais. A través de los medios de comunicación visuales totalmente automatizados, el mundo lo observaba.

En la bonita localidad de Deal, separada de los casi invisibles bancos de arena de Goodwin por una pequeña laguna de aguas navegables donde los pescadores locales cogían mejillones y cangrejos, algunos ciudadanos desayunaban sentados frente a sus ventanas con vistas al mar, ajenos al descomunal monstruo que navegaba hacia ellos.

En el puente, el capitán Denísovich y sus oficiales, de pie tras sus consolas, contemplaban las embarcaciones más pequeñas que se dispersaban ante ellos. Muy lejos, en Moscú, el *vozhd* observaba en una enorme pantalla las imágenes transmitidas en directo desde un avión fletado por RT (antes conocido como Russia Today), la cadena de televisión financiada por el Estado, que volaba en círculos sobre la costa de Kent.

Cuando el *Najímov* comenzó a desviarse muy despacio hacia estribor, el timonel corrigió el rumbo de inmediato. Pero el buque siguió avanzando en esa dirección.

Con la mirada fija sobre la proa, los oficiales y la tripulación divisaron las casitas pintadas de Deal. Bajo sus pies, en la sala de máquinas, las revoluciones de las turbinas de propulsión nuclear empezaron a aumentar. El jefe de máquinas suponía que la orden procedía del puente.

—¡Cinco grados a babor! —le gritó el capitán Denísovich al timonel, aunque este ya estaba golpeteando en la pantalla con el dedo para realizar la corrección. La proa viró con brusquedad hacia Deal y el barco aceleró. El *Najímov* se negaba a obedecer la orden. El oficial de navegación apartó al timonel de un empujón y se apoderó de los mandos. Tecleó con violencia e introdujo las correcciones necesarias. No ocurrió nada.

Al norte, en Múrmansk, el almirante al mando de la Flota del Norte contemplaba con incredulidad su pantalla de televisión del tamaño de una pared.

—¡Recuperen el control! —gritó.

A su lado, los dedos de un técnico volaban sobre la consola. Si se había producido algún fallo en el sistema de gobierno del *Najímov*, Múrmansk recobraría el mando y devolvería el barco a su ruta preestablecida. La tecnología rusa no podía fallar.

En Northwood, un joven oficial de la Armada británica mantenía la vista clavada en su pantalla mientras las yemas de sus dedos daban sus nuevas órdenes al buque de guerra ruso. Gotas de sudor le resbalaban por el rostro. Tras él, cuatro almirantes contemplaban boquiabiertos la pantalla del televisor.

—Increíble —murmuró uno de ellos.

En Moscú, el hombrecillo de mirada fría que controlaba el país más grande del mundo aún no era consciente de que algo iba mal. No era un hombre de mar. Las brillantes fachadas de las casitas de Deal no habrían debido estar justo delante de la proa, sino mucho más a la derecha. Al frente no debía haber más que millas y millas de agua cristalina y centelleante.

Durante la marea baja, las suaves y pastosas arenas de Goodwin resultan visibles, aunque a duras penas, mientras las olas del canal las barren. Cuando la marea sube, esas arenas quedan tres metros por debajo de la superficie. El *Almirante Najímov* tenía un calado de diez metros. A las 9.00 horas, hora de Greenwich, los motores nucleares del buque empujaron sus doscientos cincuenta y dos metros y veinticuatro mil trescientas toneladas a velocidad máxima hacia los bancos de Goodwin, ante la mirada del mundo.

Muy por debajo de la popa, las dos enormes hélices la impulsaban hacia delante mientras la proa se elevaba en el aire. En la sala de motores, los mandos estaban en posición de marcha atrás a toda máquina, pero la orden no llegaba a los ejes de transmisión. Fue en ese momento cuando el hombre del Kremlin cayó en la cuenta de que algo iba muy mal. Solo en su despacho, estalló en bramidos de rabia.

Solo cuando el *Najímov* se detuvo del todo se restableció el control por parte de los sistemas de a bordo. Todo funcionaba a la perfección. Los motores empezaron a girar marcha atrás a máxima potencia, y las hélices respondieron, reduciendo la velocidad hasta quedar inmóviles y girando después en sentido contrario. No hay rocas en los bancos de Goodwin, y la arena es blanda, pero pegajosa. La parte delantera del buque de guerra se había quedado incrustada en el fondo y se negaba a moverse. Tras media hora de esfuerzos vanos, el capitán Denísovich ordenó apagar los motores.

Cientos de millones de atónitos espectadores de todo el mundo observaban la escena. Los del oeste se despertaban, encendían sus televisores y veían la imagen del *Almirante Najímov* varado, que ocupaba toda la pantalla. Los del este se levantaban de sus mesas conforme se corría la voz y se apiñaban en torno a los aparatos de televisión en medio de un murmullo de agitación. Nadie entendía la situación. Simplemente había sucedido.

En Rusia, la investigación se puso en marcha en cuestión de minutos. Un torrente de preguntas fluía desde el despacho particular del *vozhd* hasta Múrmansk, pero el cuartel general de la Flota del Norte era incapaz de ofrecerle una explicación lógica.

En Washington despertaron al presidente, que procedió a estudiar las imágenes de televisión. Todos los canales cubrían la noticia. A continuación empezó a tuitear. También realizó una llamada a Marjory Graham, en Londres.

Ella estaba intentando contactar con sir Adrian, que se dirigía en su coche de vuelta a Northwood desde su piso en el Arco del Almirantazgo. Se había pasado la noche en vela haciéndose con el mando de un buque de guerra ruso. En Chandler's Court, el doctor Jeremy Hendricks, con la vista fija en las pantallas de la sala de ordenadores, masculló una palabrota.

En otra ala del edificio, el adolescente que les había facilitado las claves que habían hecho posible la intrusión dormía a pierna suelta. Lo que estaba ocurriendo ya no le resultaba interesante.

Los expertos informáticos de Múrmansk tardaron menos de veinticuatro horas en presentar un informe al Kremlin. No se trataba de un fallo técnico. Había ocurrido algo inimaginable: alguien había conseguido penetrar en el sistema, que durante siete minutos estuvo bajo el control de un desconocido malintencionado.

El tono de voz de quien se encontraba en el despacho del Kremlin no era indulgente. Le habían asegurado que su tecnología era inexpugnable, que las probabilidades de que se produjera una intrusión eran de una entre un billón. Habría numerosas destituciones e incluso se presentarían cargos penales por negligencia dolosa.

Los oficiales técnicos de Múrmansk comenzaron a planear la ingente operación que sería necesaria para desencallar la masa de acero inerte de aquel banco de arena. La televisión y las emisoras de radio con sede en Moscú y controladas por el gobierno, que a mediodía aún no habían informado sobre el suceso, intentaron buscar la manera de explicarlo, aunque fuera a un público ruso dócil. Se estaba propagando el rumor, y ni siquiera en las dictaduras opresoras se puede contener el poder de internet durante mucho tiempo.

En su despacho del séptimo piso en Yasenevo, el hombre al mando de la rama de inteligencia exterior de la Federación Rusa miraba a través del vidrio cilindrado del ventanal que daba al bosque de abedules que se extendía a sus pies. A lo lejos vislumbraba el sol de primavera relucir en las cúpulas en forma de bulbo de la catedral de San Basilio, en la plaza Roja. No le cabía la menor duda de que la llamada era inminente. La recibió a mediodía, el día después del encallamiento. Yevgeni Krilov sabía quién se encontraba al otro lado de la línea. Se trataba del teléfono rojo. Atravesó la habitación y lo cogió al segundo timbrazo. El hombre del SVR escuchó durante unos instantes y ordenó que su coche acudiera a buscarlo.

Al igual que el discreto inglés que acababa de instalarse en un pequeño piso de Londres, Krilov había sido oficial de inteligencia durante toda su carrera, que comenzó bajo el régimen comunista. A él también lo habían reclutado en la universidad por su talento y lo habían entrevistado a fondo antes de admitirlo en las filas del KGB.

Otra persona a la que habían reclutado en la misma época era el hombre cuya llamada estaba atendiendo en ese momento, el exagente de la policía secreta que se había apoderado de toda Rusia. No obstante, al *vozhd* lo habían asignado al segundo directorio (asuntos internos) y destinado a Dresde, en la Alemania Oriental dominada por Rusia, mientras que Yevgeni Krilov, que había demostrado un gran don para las lenguas, había conseguido un puesto en el primer directorio (espionaje exterior), que estaba considerado *la crème de la crème*.

Había trabajado en tres embajadas en el extranjero, dos de ellas en territorio hostil: Roma y Londres. Hablaba un italiano funcional y un inglés excelente. Como el *vozhd*, abjuró del comunismo sin dudarlo cuando llegó el momento, consciente de sus numerosos defectos. Sin embargo, jamás perdió la pasión por la Madre Patria rusa.

Aunque en aquel momento no tenía idea de cómo se había producido el desastre en los bancos de arena de Goodwin ni de quién estaba detrás, irónicamente el inglés y él, dadas sus prolongadas trayectorias en el mundo del espionaje, ya habían medido sus fuerzas con anterioridad.

Como siempre, la limusina ZiL de Krilov entró en el recinto del Kremlin por la puerta de Borovitski, cuyo acceso estaba prohibido para todo el mundo menos a los funcionarios de mayor rango. Aunque era inconcebible que un subalterno se desplazara en un ZiL, los guardias del servicio federal de protección, con celo fanático, obligaron al coche de Krilov a detenerse y lo escrutaron a través de las ventanillas. A continuación, levantaron la barrera y le indicaron por señas al chófer que siguiera adelante.

El *vozhd* dispone de tres despachos. El exterior, que es lo bastante espacioso como para recibir a delegaciones enteras; otro, más interior y reducido, funcional y de uso cotidiano, con dos banderas cruzadas detrás del escritorio, la de Rusia y la del águila bicéfala negra. El tercero es una habitación más pequeña y recóndita, donde se encuentran los retratos familiares íntimos, a la que casi nadie accede. No obstante, fue allí donde Krilov fue recibido.

El hombre que dirigía con mano férrea el régimen de la nueva Rusia, más parecido a una banda de gángsteres, estaba blanco de ira. Apenas podía expresarse a causa de los nervios.

Krilov lo conocía bien. No solo tenían casi la misma edad, sino que sus trayectorias profesionales habían discurrido en paralelo. Sabía que el *vozhd* no había llegado a recuperarse del todo de la desintegración de aquel imperio ruso, la URSS, que había acompañado el mandato de Mijaíl Gorbachov, a quien no había perdonado. Krilov había visto al *vozhd* hervir de indignación mientras la URSS se desmembraba y una humillación y una deshonra tras otra se abatían sobre la Madre Patria rusa. Él no había traicionado al comunismo; al contrario, el comunismo había traicionado a su país. El *vozhd* había regresado de Alemania justo antes de que la República Democrática Alemana desapareciera al reunificarse con Alemania Occidental. Había ascendido entre las filas de la estructura burocrática que gobernaba su San Petersburgo natal, y después lo habían trasladado a Moscú. Una vez allí, vinculó el futuro de su carrera al de Boris Yeltsin y siguió montado en el carro del viejo borracho hasta convertirse en don Indispensable.

Aunque no era un secreto que jamás había respetado al anciano alcoholizado, había conseguido manipularlo hasta tal punto que, al dejar la presidencia para retirarse y morir en paz, Yeltsin lo había ungido como sucesor.

Durante los años de Yeltsin, el actual jefe había asistido, lleno de rabia, al expolio sistemático de los minerales y recursos naturales de su país, que los funcionarios corruptos entregaban a oportunistas y mafiosos. Pero entonces no podía hacer nada por evitarlo. Pero cuando alcanzó la presidencia, ya conocía y comprendía las tres piedras angulares del poder en Rusia. No habían cambiado desde la época de los zares.

Al cuerno la democracia. Era pura fachada, una farsa, y el pueblo ruso ni siquiera la deseaba de verdad. Los tres pilares del poder eran el gobierno con su policía secreta, los que tenían el dinero y los bajos fondos. Forjar una alianza entre los tres le permitiría gobernar Rusia para siempre. De modo que eso fue lo que hizo.

Mediante el FSB, el nuevo nombre de la policía secreta, podía detener, imputar, procesar y condenar a cualquiera que se interpusiera en su camino. Un poder semejante constituiría la clave para ganar todas las elecciones, amañándolas en caso necesario, y para que la Duma, el Parlamento, aprobara cualquier ley que él le indicara. Si a esto se añadían las fuerzas armadas, la policía y la judicatura, el país le pertenecería por completo.

En cuanto a la segunda piedra angular, lidiar con los nuevos millonarios era sencillo. Aunque el airado exagente de la policía secreta había echado humo por las orejas al ver cómo despojaban a su país de sus recursos naturales, dando lugar a la aparición de un grupo de quinientos oligarcas multimillonarios, no tuvo el menor reparo en engrosar sus filas. Yevgeni Krilov sabía que se encontraba ante el hombre más acaudalado de Rusia, tal vez del mundo. Nadie ganaba un rublo haciendo negocios en el país sin pagar una comisión al jefe supremo, aunque todo se hacía a través de una compleja red de empresas fantasma y testaferros.

En cuanto al tercer factor, los despiadados «ladrones legales», esa sociedad alternativa ya existía en tiempos de los zares, para quienes dirigían los campos de trabajos forzados, los temidos gulags, desde distintos puntos del país. En la era del poscomunismo, los *vori v zakone* se habían expandido para establecer ramas importantes y lucrativas en casi todas las ciudades del mundo desarrollado, sobre todo en Nueva York y

Londres. Resultaban muy útiles para llevar a cabo el «trabajo húmedo», la obediente aplicación de la violencia en el grado y el lugar necesarios (lo de «húmedo», claro está, alude a la sangre humana).

El *vozhd* no se extendió en la conversación ni en sus instrucciones. No fue necesario mencionar el nombre del *Almirante Najímov*.

—No se trata de un accidente ni de un fallo técnico. Ha sido un sabotaje. Eso es evidente. Los responsables, sospecho que nuestros enemigos británicos, han infligido una humillación terrible a nuestro país. Todo el planeta está contemplando nuestro buque encallado en un banco de arena inglés. Hay que tomar represalias. Lo dejo en sus manos. Le daré tres órdenes: descubrir quién es el responsable. Localizar a esa persona o grupo de personas. Eliminarlas. Puede retirarse.

Krilov lo había entendido. Mientras los remolcadores más grandes de la Armada rusa y del mundo naval eran destinados o fletados rumbo al canal de la Mancha, él regresó en coche a Yasenevo para iniciar la caza de los culpables.

En el sector del espionaje, pocas cosas resultan tan sencillas, pero Krilov tuvo un golpe de suerte. Las nuevas órdenes se fueron transmitiendo hacia las plantas inferiores de Yasenevo, hasta que un archivero observador recordó haber visto un informe sobre un asunto menor enviado desde Washington. Unas semanas atrás, por razones desconocidas, el gobierno estadounidense había presentado ante el británico la petición de extradición de un pirata informático. Unos días más tarde, también sin un motivo claro, Estados Unidos había anulado la petición. Krilov pensó que tal vez no significaba nada, pero incluso en el mundillo de la inteligencia, descrito por el veterano de la CIA James Angleton como una jungla de espejos, dos más dos seguían sumando cuatro. ¿Dos hackers importantes en un mes? Pidió que le enviaran el informe.

El breve texto del departamento del fiscal general aportaba poca información, salvo que el presunto delincuente se llamaba Luke Jennings y era de Luton.

Yevgeni Krilov contaba con dos cadenas de agentes en el Reino Unido. Una era la oficial, la red que operaba desde la embajada rusa, o lo que quedaba de ella después de las fulminantes expulsiones que se habían producido tras el caso Skripal. Aún estaban trabajando en su reconstrucción. Al frente de dicha red estaba el recién nombrado Stepan Kukushkin, que fingía ser el asesor comercial auxiliar, aunque su tapadera no engañaba a nadie.

La otra cadena de Krilov estaba formada por los «ilegales» o «durmientes» que se hacían pasar por ciudadanos británicos auténticos y hablaban un inglés perfecto. El agente al mando fingía ser dependiente de una tienda en el West End londinense y su nombre británico era Burke. En realidad se llamaba Dmitri Volkov.

En líneas generales, los agentes se dividen en dos categorías. Unos nacieron y se criaron en el país que se proponen traicionar. No desentonan en su papel de nativos, porque de hecho lo son. En cuanto a sus motivaciones, hay varias.

Durante la Guerra Fría, la mayoría de los occidentales que se volvían contra su patria eran comunistas fervorosos cuyo anhelo de ver el triunfo del comunismo en todo el mundo primaba sobre la lealtad al país en el que vivían. Al otro lado del telón de acero, los que se preparaban para trabajar al servicio de Occidente casi siempre lo hacían llevados por una profunda desilusión convertida en odio hacia las dictaduras comunistas en las que habían nacido. Había otras motivaciones, como la codicia, el rencor por el trato recibido o el deseo de ganarse una ayuda para escapar a una vida mejor en Occidente. Pero la principal era el afán de contribuir a derrocar un régimen que despreciaban. Por lo general ofrecían sus servicios una única vez, a cambio de ayuda para fugarse, pero los convencían de que se quedaran como agentes sobre el terreno hasta que se hubieran ganado el derecho a marcharse.

La otra categoría se compone de patriotas de un tipo muy distinto, aquellos que exponiéndose a un enorme riesgo, se infiltran entre nativos del país objetivo y aprovechan su fluidez en el idioma y sus conocimientos de la cultura local para vivir allí, sirviendo a la patria que aman de verdad. Se les denomina «ilegales» o «durmientes».

En cuanto a su forma de operar, también existen dos variantes. Algunos transmiten la información que descubren por casualidad en virtud de su profesión. Por lo general se trata de datos de bajo nivel, cuya extracción comporta un riesgo menor. Sin embargo, a esos agentes hay que darles mantenimiento o «manejarlos», lo que significa que requieren un canal abierto en todo momento para comunicar la información obtenida de manera que llegue al cuartel general del servicio de inteligencia del país para el que trabajan.

Esta era la función que desempeñaba la durmiente infiltrada en el departamento de Justicia de Estados Unidos cuando se percató de que el gobierno había revocado sin explicaciones la petición a Reino Unido de que extraditara a un adolescente británico llamado Luke Jennings, residente en la ciudad de Luton, acusado de acceder de forma ilegal a ordenadores estadounidenses que contenían información clasificada.

La otra forma de operar consiste en que el agente pase totalmente inadvertido para que se le puedan encargar misiones específicas; algún recado que otro, un poco de labor detectivesca. Este era el caso del agente ruso Dmitri Volkov, que debía llevar a cabo el cometido encomendado por Krilov.

Dos días más tarde, Volkov, alias señor Burke, se fijó en un pequeño anuncio en la sección habitual del periódico de siempre. Contenía las palabras inocuas usuales que significaban que se requería su presencia en Moscú. Cerró la tienda y se dirigió hacia el este, haciendo escala en tres países distintos, todos miembros de la Unión Europea y firmantes del acuerdo de Schengen, por lo que apenas había controles de aduanas. Llegó como un turista más al aeropuerto de Sheremétievo después de un total de veinte horas de viaje. En el taxi que lo llevaba al centro de Moscú, cambió su pasaporte por el ruso.

La sesión informativa fue breve y directa. Ni siquiera se desplazó hasta Yasenevo. La reunión se celebró en la ciudad, para evitar un posible reconocimiento desafortunado. Volkov había trabajado en el cuartel general en otra época, y algunos de sus antiguos colegas continuaban allí. Nunca estaba de más tomar precauciones.

Krilov le facilitó a su agente del Reino Unido toda la información de que disponía. El objetivo era de Luton, el apellido de la familia, Jennings, y uno de ellos un adicto a los ordenadores. ¿Dónde se encontraba en ese momento? Antes de que transcurrieran veinticuatro horas, Dmitri Volkov viajaba de regreso a Londres. No quedó constancia en papel de nada de lo que allí se dijo, y menos aún a través de las ondas o de internet.

Durante el trayecto de vuelta al Reino Unido, Dmitri Volkov, otro espía de toda la vida y veterano de épocas pasadas, reflexionó sobre lo irónico que resultaba que, por culpa de toda la tecnología moderna, la seguridad absoluta exigía el uso de métodos antiguos y reuniones en persona. Por otro lado, valoró a cuáles de los veinte durmientes que estaban a su disposición recurriría. Acabó decidiéndose por cuatro de ellos.

Su intención era que ninguno de los cuatro ciudadanos

británicos supiera nada sobre los otros tres. Todos le rendirían cuentas a él mediante inocuas llamadas telefónicas.

Uno averiguaría qué familia Jennings incluía a un Luke y dónde vivía o había vivido. Después, transmitiría la información al Agente B. Eso era todo. El segundo agente investigaría la casa. Si estaba desocupada, podría interrogar al agente inmobiliario, y tal vez también a los vecinos, haciéndose pasar por comprador en potencia. El tercero escudriñaría en la vida social del objetivo. El cuarto se quedaría en su habitación de hotel, de reserva.

Había decidido valerse de cuatro durmientes por motivos de seguridad. Si un solo hombre hacía averiguaciones por toda la ciudad, corría el riesgo de que lo descubrieran si resultaba que Luke Jennings también era sujeto de interés para la contrainteligencia británica.

\/

Dos días más tarde, los cuatro agentes se desplazaron con discreción hasta Luton en coches distintos desde los diferentes pequeños hoteles en los que se alojaban. Sus instrucciones, en resumen, eran actuar con rapidez.

Al Agente A se le encomendó que echara un vistazo al censo electoral. En el Reino Unido, se trata de información disponible al público. Los funcionarios de las circunscripciones suelen consultarlo. También contiene direcciones. El Agente A presentó su informe en menos de un día. En Luton había nueve familias Jennings, pero solo una tenía un miembro llamado Luke. Según el censo, era un joven de dieciocho años, por lo que su nombre solo figuraba en él desde que había alcanzado la mayoría de edad. El documento mostraba que vivía con sus padres. Incluía la dirección de los ahora tres electores: los dos padres, Harold y Sue, y el adolescente.

Al Agente B le indicaron adónde debía ir, y pasó con el coche por delante. En el jardín había un letrero en un poste que anunciaba que la casa estaba en venta. Incluía la dirección de la empresa inmobiliaria. El Agente B acudió allí y concertó una cita para que le enseñaran la vivienda esa misma tarde.

Durante su visita, se dio cuenta de que la casa había sido vaciada y limpiada por profesionales. No encontró ni un solo sobre viejo, factura o recibo que indicara adónde se había ido la familia. Hasta que miró en el armario de debajo de las escaleras. El Agente B se empeñó en inspeccionar hasta el último rincón, y en aquella pequeña zona situada al lado del recibidor, contra la pared del fondo, había un *tee* de golf abandonado. Cabía la posibilidad de que en aquel oscuro armario hubieran guardado un juego de palos de golf, tal vez una afición del padre.

Al día siguiente, el Agente C tomó el relevo. En Luton había tres campos de golf. Desde la habitación de su hotel, el ruso telefoneó al primero y dio en el blanco con el segundo. Lo atendió el secretario adjunto del club, al que contó una historia de lo más inocente.

—Oiga, me preguntaba si podía ayudarme. Acabo de mudarme a la zona de Luton e intento contactar con un viejo amigo que vive aquí. Me mandó su tarjeta, pero soy tan despistado que la he perdido. Sin embargo, recuerdo que por esa época me contó que se había hecho socio de un club de golf estupendo. ¿No será el suyo, por casualidad? Se llama Harold Jennings.

—Sí que consta un Harold Jennings en nuestro registro, señor. ¿Es la persona que busca?

—Sí, debe de ser él. ¿No tendrá algún número de teléfono?

El número que el hombre le proporcionó correspondía a una línea fija, pero estaba cortada. Casi con toda seguridad era la de la casa abandonada. Aunque eso ya no importaba. El Agente C subió al coche y se dirigió al campo de golf.

Eligió la hora del almuerzo, pidió ver al secretario y se mostró interesado en darse de alta como socio.

—Puede que esté usted de suerte, señor —dijo el afable empleado—. Por lo general tenemos el cupo completo, pero hemos perdido a un par de socios hace poco. Uno está en el hoyo diecinueve, en el cielo, y creo que el otro ha emigrado. Permítame que lo acompañe al bar. Puede esperarme allí mientras lo compruebo.

El bar estaba repleto de socios joviales que regresaban del hoyo dieciocho en parejas o en grupos de cuatro, dejaban su equipo en el vestidor y pedían un trago antes del almuerzo. El Agente C empezó a alternar con ellos. Les refería la misma historia que había contado por teléfono.

—Acabo de mudarme aquí desde Londres. Un muy buen amigo era socio de este club. Harold Jennings. ¿Sigue viniendo?

Un hombre llamado Toby Wilson estaba sentado frente a la barra, y su nariz abultada y venosa parecía indicar que ese era su lugar habitual.

—Venía hasta hace un mes. ¿Vas a hacerte socio? Ah, estupendo. Sí, Harold ha liado el petate y se ha ido. Vale, te acepto una copa. Un gin-tonic. Muchas gracias.

El camarero conocía al hombre. Ya había depositado el vaso burbujeante en la barra antes de que el anterior estuviera vacío. El secretario regresó con unos formularios que debía rellenar. El Agente C así lo hizo. De todos modos, nunca conseguirían seguirle la pista; había proporcionado una dirección falsa. Solo se trataba de una formalidad, le explicó el secretario. Tendría que presentar la solicitud ante un comité, pero en principio no creía que fueran a ponerle trabas a un colega de Harold Jennings con hándicap diez. Mientras tanto, lo animó a disfrutar del bar en calidad de invitado. Poco después lo llamaron y tuvo que irse. El Agente C devolvió su atención a Toby Wilson.

—Sí, en realidad es muy triste. Su matrimonio se fue al garete. Aquí entre nosotros, no me habría importado echarle un tiento a su mujer. Menudo bombón.

—Sue, se llamaba, ¿verdad?

—Exacto. Una chica preciosa. El caso es que se han separado y él se ha largado a Nueva York. Por lo que cuenta, tiene un buen empleo, un piso bonito, una vida nueva.

—¿Así que ha mantenido el contacto?

—Me llamó el otro día.

Una hora después, al Agente C ayudó a Toby a subir a su coche y, al mismo tiempo, su teléfono móvil pasó de su bolsillo al del espía.

El Agente C presentó su informe a Dmitri Volkov, que lo encontró de lo más útil. Si el pirata informático era el muchacho, no cabía duda de que su madre y él se habían esfumado de Luton. Por otro lado, si alguien conocía su paradero con seguridad, ese era el padre. Estaba en Nueva York, pero el agente disponía ahora de su número de móvil.

El SVR contaba con otra cadena de agentes en Nueva York y, gracias a la tecnología de rastreo moderna, un número de teléfono es tan útil como una dirección. Procedieron a contactar con la colonia de gángsteres rusos en Nueva York.

6

No había nada fuera de lo común en aquel contenedor de basura de una sucia calle neoyorquina esa mañana de mediados de mayo, salvo la pierna humana que colgaba de él.

Si el contenedor hubiera estado vacío, el cuerpo habría yacido en el fondo, oculto, durante días o incluso semanas. Pero no lo estaba. Si el propietario de un piso alto hubiera mirado hacia abajo, tal vez habría visto la extremidad del cadáver asomando por la abertura, pero allí no había ese tipo de viviendas.

El contenedor se hallaba en un descampado en el que desembocaba una sórdida callejuela de Brownsville, no muy lejos de Jamaica Bay, en Brooklyn. A lo largo del callejón había varios almacenes antiguos y vacíos; la zona era un barrio industrial deprimido. La única razón por la que el agente de policía que patrullaba por la zona había visto la pierna era porque había ido al descampado para aliviar su vejiga.

Se subió la bragueta y llamó a su compañero. Los dos jóvenes contemplaron la pierna durante unos instantes antes de echar un vistazo al interior. Lo que quedaba del cadáver estaba tumbado boca arriba: era un hombre blanco de mediana edad con los ojos abiertos y sin vida mirando fijamente hacia arriba.

Confirmaron la ausencia de signos vitales y dejaron el cuerpo donde estaba. El asunto atañía a los departamentos de investigación criminal y forense. Mientras aguardaban su llegada, los agentes registraron los alrededores y, en un almacén cercano, maloliente y vacío salvo por la basura desperdigada por el suelo, uno de ellos encontró unas cuerdas atadas a unos tubos de calefacción. Daba la impresión —y el forense más tarde lo confirmaría basándose en las abrasiones causadas por las cuerdas en las muñecas— de que la víctima había estado atada a las tuberías, al parecer mientras le propinaban una paliza.

Un sedán camuflado se acercó despacio por un callejón sembrado de desechos. Dos detectives se apearon y se reunieron con los dos uniformados para echar una ojeada al cadáver. Un equipo de criminalística llegó para precintar el contenedor y la zona circundante. Habrían prohibido el paso a los transeúntes si hubiera habido alguno. Los matones responsables de aquello habían elegido bien el lugar.

Más tarde llegó el médico forense. Tardó muy poco en dictaminar la muerte, presumiblemente asesinado, y autorizar el levantamiento del cadáver. Tras sacarlo del contenedor y tenderlo sobre una camilla, su equipo llevó el cuerpo hasta la furgoneta, que a su vez lo transportó a la morgue. Para entonces, el forense solo había conseguido determinar que el cuerpo estaba vestido, pero había sido despojado de los objetos de valor. Aunque presentaba marcas de pinzamiento a los lados de la nariz, no llevaba gafas. Las encontraron más tarde cerca de las cuerdas del almacén, junto con un pañuelo.

Tenía la señal de un anillo con sello en un dedo, pero la sortija brillaba por su ausencia. Todos los bolsillos estaban vacíos. No había cartera ni identificación alguna. Habría que llevar a cabo un examen más exhaustivo en el depósito de cadáveres.

Fue allí donde el forense, mientras desvestía el cadáver, reparó en dos peculiaridades más. En torno a la muñeca izquierda había una franja que indicaba que utilizaba reloj, pero no había ninguno. Y, lo que era todavía más extraño, las etiquetas de las prendas revelaban que no procedían de Estados Unidos. Al parecer, las había comprado en el Reino Unido. Al forense se le cayó el alma a los pies. Un turista muerto, raptado y asesinado en un barrio degradado, era una mala noticia. Hizo bajar a un detective jefe.

Por lo demás, pudo establecer que la causa de la muerte fue un fallo cardíaco. La víctima había recibido fuertes golpes en el rostro. Tenía la nariz rota y sangre coagulada en los orificios nasales y en torno a la boca. También lo habían golpeado en el plexo solar. Una vez abierta la cavidad torácica, comprobaron que la víctima padecía una insuficiencia cardíaca, aunque tal vez no fuera consciente de ello, y la experiencia traumática a la que lo habían sometido —el terror, el dolor, la paliza— le había provocado un paro cardíaco. El detective se reunió con él.

Examinó las etiquetas de la ropa. Jermyn Street. ¿Eso no estaba en Londres? La víctima era de mediana edad. Tenía un ligero sobrepeso, pero no obesidad. Las manos tersas. Ordenó que le lavaran y fotografiaran el rostro. También que le tomaran las huellas dactilares, por supuesto, así como una muestra de ADN. Si era un ciudadano británico recién llegado, sin duda había pasado por el control de pasaportes, con toda probabilidad en el aeropuerto Kennedy.

Lo que el detective Sean Devlin quería era un nombre. ¿Tenía el fallecido domicilio en la ciudad? ¿Se alojaba en un hotel de la zona norte? ¿Tenía amigos? Además de la ropa de origen británico, había otros detalles inusuales. Aquello no había sido un atraco callejero que había acabado mal. Los atracadores pillaban a su presa desprevenida, se abalanzaban sobre ella, la inmovilizaban, le robaban y huían. A aquel hombre, en cambio, seguramente lo habían secuestrado a varios kilómetros de donde lo habían encontrado, lo habían llevado a aquella barriada, lo habían atado a unos tubos de metal y lo habían golpeado. ¿Por qué? ¿Como castigo? ¿Para sacarle información?

Una vez que le entregaron las fotografías, el detective Devlin se las hizo llegar a tres agencias estatales: el servicio de inmigración y control de aduanas, conocido por las siglas ICE, el omnipresente departamento de Seguridad Nacional y, por supuesto, la oficina federal de investigación, el FBI. Tardaron un día en identificar a la víctima, y fue gracias a la tecnología de reconocimiento facial. La comisaría de Brownsville a la que estaba adscrito el detective Devlin recibió de pronto un alud de visitas de los federales. El fallecido era un residente recién llegado, protegido por los federales. Aquello iba a provocar una situación embarazosa, pero no para el detective Devlin. El bochorno llegaría mucho más arriba, hasta las oficinas del FBI en Nueva York.

Sus expedientes indicaban que al señor Harold Jennings se le había concedido permiso para instalarse en Nueva York, y que el FBI había tramitado el necesario y abundante papeleo por la vía rápida como favor personal a la primera ministra británica a través de la Policía Metropolitana de Londres. Tuvieron que notificar lo ocurrido y presentar sus disculpas a Scotland Yard.

Mientras tanto, en Londres, un hombre llamado sir Adrian Weston también se enteraba de lo ocurrido. Se desplazó en coche a Chandler's Court y transmitió con tristeza la información a la señora Jennings y sus dos hijos. Marcus, el más joven, derramó algunas lágrimas; el mayor asimiló la muerte de su padre como un dato, junto con tantos otros que almacenaba.

Sue Jennings preguntó si era posible repatriar el cuerpo de su esposo para enterrarlo en Inglaterra. Sir Adrian le prometió que así se haría. El consulado británico en Nueva York actuaría de enlace con el FBI para realizar la gestión en cuanto el cadáver pudiera ser entregado a la familia. La mujer añadió que había un reloj que le gustaría recuperar, por su valor sentimental.

Explicó que se trataba de un Rolex Oyster dorado. Se lo había regalado a su marido por su décimo aniversario de boda y tenía una inscripción. En la parte de atrás había mandado grabar: «Para Harold, con cariño de Sue, en nuestro décimo aniversario».

Desde Nueva York respondieron que no habían encontrado ningún reloj, pero que seguían buscando a los asesinos y que la policía neoyorquina lanzaría una orden para localizar un Rolex dorado con dicha inscripción. Lo incluyeron en la lista de objetos perdidos o robados que enviaban con regularidad a las casas de empeños y joyerías, pero no obtuvieron resultados.

A sir Adrian le inquietaba el suceso de Nueva York. Le parecía demasiada casualidad. Si Moscú había establecido una relación entre el desastre del *Almirante Najímov* y el Reino Unido, lo había hecho con una rapidez increíble, lo que resultaba preocupante. Llamó al FBI en Nueva York y pidió que le pusieran con el detective asignado al caso.

Con la colaboración del FBI, mantuvo una larga conversación con el detective Devlin de Brooklyn, que lo ayudó en todo lo que pudo, que no fue mucho. Y ahí se perdía la pista. Hasta una semana después.

El mismo día que se identificó al cadáver encontrado en aquel contenedor de Nueva York como Harold Jennings, ocho de los remolcadores oceánicos más potentes de Occidente se reunieron en el paso de Calais y se engancharon al buque de guerra varado. Cables de acero del grosor de la muñeca de un hombre serpenteaban desde las popas hasta el leviatán inmóvil. En el momento álgido de la marea viva, comenzaron a tirar de él a la vez. Las dos enormes hélices del *Najímov* agitaban al girar toneladas de arena fina bajo la popa. Primero centímetro a centímetro, luego palmo a palmo, y después metro a metro, la embarcación se deslizaba hacia atrás desde los bancos de Goodwin hacia aguas profundas.

Durante diez días, el *Almirante Najímov* se había convertido en una atracción turística. Los emprendedores propietarios de lanchas motoras a lo largo del litoral de Kent organizaron excursiones a la zona de aguas tranquilas situada entre los bancos de Goodwin y el tramo de costa conocido como los Downs. Los visitantes hicieron millones de fotos, por lo general de sí mismos, de pie y sonrientes, con el buque de guerra al fondo.

Cuando consiguieron desencallarlo, los ocho remolcadores se desengancharon y se dispersaron con rumbo a sus bases; los rusos hacia el Báltico, y los holandeses y franceses, que habían acudido a la llamada de socorro, hacia sus puertos respectivos. El *Najímov*, en cambio, no llegó lejos en su travesía hacia el extremo oriente ruso. Necesitaba una inspección del casco. Cuando se puso en marcha de nuevo, puso proa al norte para regresar a Sevmash, en perfectas condiciones de funcionamiento. Para los vecinos de Kent, el espectáculo había terminado. El Kremlin no opinaba lo mismo.

Como solía ocurrir en las investigaciones policiales, el hallazgo afortunado se produjo por pura casualidad. Detuvieron a un atracador que llevaba un reloj Rolex grabado. Y era ruso.

En la ciudad de Nueva York hay seiscientos mil rusos, y la mitad de ellos vive y trabaja en la zona conocida como Brighton Beach. Se trata de una comunidad del sector norte del distrito de Brooklyn, distribuida a lo largo de la costa de la península de Coney Island. Incluye un mundillo criminal dinámico y violento formado por varias bandas. La policía neoyorquina cuenta con un nutrido equipo de agentes que hablan un ruso fluido y que centran toda su atención en Brighton Beach y en sus bandas.

El detenido, un tipo llamado Víktor Uliánov, dejó muy claro que no pensaba decir ni una palabra. Saltaba a la vista que era un pandillero marginal con muy pocas luces.

Había intentado perpetrar un atraco en solitario en la zona residencial de Queens, muy lejos de su barrio, y había elegido como presa a un individuo con aspecto de ejecutivo respetable que iba caminando por la calle donde vivía. Sin embargo, Víktor no estaba de suerte. El empresario de mediana edad había competido como boxeador en los juegos olímpicos de Atlanta en la categoría de pesos semipesados, y su mano derecha seguía siendo un impresionante conglomerado de huesos y músculos.

Antes de que Uliánov pudiera usar su navaja, el puño de su presa había entrado en contacto con su mandíbula. Más tarde, cuando volvió en sí, estaba tumbado en la acera, rodeado de varias piernas enfundadas en pantalones azules. En la comisaría fue objeto de burlas y se sumió en un silencio huraño. Lo encerraron en una celda después de confiscarle todas sus pertenencias.

Unos pisos más arriba, un fichaje joven y brillante de la policía echó un vistazo al reloj y recordó que la semana anterior había circulado un aviso de objetos desaparecidos que mencionaba un reloj de oro con una inscripción que pertenecía a un británico muerto. Se lo comentó a su sargento y recibió un elogio merecido por su aguda perspicacia. Entonces los detectives tomaron cartas en el asunto y alertaron al FBI.

Cuando la señora Sue Jennings regresó a Chandler's Court después del funeral por su difunto esposo en una iglesia cercana, le mostraron una foto del reloj, y ella confirmó que se trataba del suyo. Mientras, en Nueva York, se le notificaba a

Uliánov que los cargos contra él habían pasado de asalto callejero a asesinato en primer grado.

Recordaba lo sucedido con todo detalle. Lo había reclutado la banda que debía llevar a cabo el secuestro del contable británico en el último momento, porque un miembro más inteligente les había fallado. Eran cinco en total y el trabajo era un encargo. No tenían idea de que los había contratado un agente ruso del SVR de Moscú.

El trabajo consistía en ir a un apartamento en Queens, llamar al timbre y, cuando el único inquilino del piso abriera la puerta, obligarlo a bajar a la calle a punta de pistola y meterlo en la furgoneta. Esta parte del plan se desarrolló tal como estaba previsto, y el aterrado prisionero obedeció todas las indicaciones que se le dieron. Faltaba poco para la medianoche, estaba oscuro y nadie se había percatado de lo que sucedía.

Siguiendo las instrucciones, se habían desplazado en el vehículo hasta un almacén vacío en un barrio industrial, no muy lejos de Jamaica Bay, donde ataron al sollozante extranjero a unos tubos y se prepararon para completar la misión. Las órdenes eran muy sencillas: debían cascarle un poco y hacerle una simple pregunta: ¿dónde estaba su hijo?

Entonces las cosas se habían torcido. Después del segundo puñetazo propinado por el cabecilla de la banda, el hombre se había convulsionado con los ojos desorbitados y se había quedado exánime, sujeto solo por las cuerdas. Creyeron que había perdido el conocimiento e intentaron reanimarlo. Pero estaba muerto. Y, aparte de repetir las palabras «por favor» una y otra vez, no había soltado prenda. Los matones estaban más preocupados por cómo reaccionaría su jefe que por el fiambre.

Tres de los cinco miembros del grupo salieron en busca de un lugar donde deshacerse del cadáver. El cuarto y Uliánov se quedaron para desatarlo y comprobar si el hombre llevaba encima algo de valor. El otro ruso se quedó con el anillo de sello y la cartera; Uliánov cogió el reloj y se lo guardó en el bolsillo del pantalón. Más tarde se lo puso en la muñeca en lugar de su Timex barato.

Sentado frente a los dos detectives de mirada dura, el matón ruso era consciente de que si delataba a sus cómplices, era hombre muerto. Por eso se quedó atónito cuando le ofrecieron un trato muy distinto. Aunque en el fondo sabían que un cargo por asesinato no prosperaría, le aseguraron que solo les interesaba saber una cosa y que tal vez retirarían la acusación si él se la aclaraba. ¿Qué había dicho el inglés antes de palmarla?

Víktor Uliánov meditó durante un momento. Tanto la pregunta como la respuesta le parecían bastante inofensivas. Y eran veinte años o la vida.

—No dijo nada.

—¿Nada? ¿Ni una palabra?

—Ni una sola. En cuanto recibió el segundo mamporro, empezó a ahogarse y se murió.

Los detectives habían obtenido su respuesta. Se la comunicaron al cuartel general del FBI en Washington, que a su vez la transmitió a Londres.

Para sir Adrian, la repentina muerte de Harold Jennings en Nueva York y la afirmación de la policía neoyorquina de que al parecer no había revelado nada sobre su hijo ni, lo que era más importante, sobre su paradero actual, supusieron un alivio parcial. Pero solo parcial.

De hecho, lo corroía una inquietud persistente. ¿Cómo habían averiguado los rusos que la persona que buscaban se apellidaba Jennings, y cómo habían localizado justo a ese Harold Jennings en un apartamento de Nueva York situado a más de cinco mil quinientos kilómetros de distancia? En algún sitio —no tenía ni idea de dónde— se había producido una filtración.

Era evidente que Moscú no aceptaría la humillación global sufrida por el encallamiento de su buque de guerra como una simple cuestión de mala suerte. Incluso sin que entrara en juego la tradicional paranoia rusa, deducirían que alguien había accedido a sus ordenadores. Sin duda, la ingeniería inversa a bordo del *Najímov* y en la base de datos de Múrmansk había demostrado que se había producido un hackeo tan ingenioso que había pasado inadvertido hasta que ya era demasiado tarde. Esto daría lugar a una investigación a gran escala. Y sir Adrian albergaba una sospecha muy clara de a quién se la encomendarían.

Una característica de los ases del espionaje es que, al igual que los jugadores de ajedrez, se estudian los unos a los otros. Para ellos, lo ideal era demostrar una mayor inteligencia que su rival, no una mejor puntería. La puntería era para hombres con uniforme de camuflaje. El jaque mate resulta más satisfactorio. Sir Adrian había llevado uniforme de camuflaje en el Regimiento de Paracaidistas y traje oscuro en el MI6.

Aunque le llevaba más de diez años al hombre de Yasenevo, ya se había fijado en la estrella emergente del SVR cuando era subdirector del MI6. Yevgeni Krilov había actuado con sutileza y tenacidad en sus inicios como jefe de la división de Europa Occidental, y no había decepcionado en su carrera posterior. Había ido escalando puestos hasta llegar al despacho en el séptimo piso.

Se cuenta que, durante la campaña del desierto norteafricano en la Segunda Guerra Mundial, el general Bernard Montgomery se había pasado horas en su caravana contemplando un retrato de su adversario, el alemán Erwin Rommel. Intentaba adivinar su siguiente jugada. Sir Adrian tenía una carpeta con información sobre Yevgeni Krilov. También contenía un retrato. Acudió a sus excolegas de Vauxhall Cross, quienes, por los viejos tiempos, le permitieron encerrarse en una sala para estudiar el expediente de Krilov.

A finales de la década de los noventa, Krilov trabajó durante dos años a las órdenes del Rezident, o jefe de espías, en la unidad del SVR en la embajada rusa en Londres. Era un espía «no declarado», lo que significaba que se hacía pasar por un inofensivo subagregado cultural, aunque los británicos conocían muy bien su auténtica función.

En esa extraña danza macabra que es el espionaje, sucede con frecuencia que agentes de bandos contrarios asistan a las mismas fiestas en las embajadas, donde conversan, sonríen, entrechocan sus copas y fingen ser diplomáticos felices por confraternizar con sus colegas, mientras bajo la máscara intentan vencer y aniquilar al adversario. Sir Adrian creía que podía haber conocido al (entonces) novato espía ruso en una de aquellas recepciones.

Lo que no podía saber era que habían estado a punto de verse en otra ocasión. Había sido en Budapest, cuando decidió no acudir a un encuentro con un coronel ruso desertor porque sospechaba que el enemigo lo había descubierto. Más tarde confirmó que no se equivocaba. El coronel lo confesó todo bajo tortura antes de que lo ejecutaran. Como el traidor era ruso, la ÁVO, la policía secreta húngara, había invitado a un hombre de la embajada de Rusia a que presenciara la captura del agente británico. Budapest era el tercer destino de Krilov en el extranjero. Él había estado sentado en la trampa de la ÁVO, esperando al espía inglés que nunca apareció.

Sir Adrian cerró la carpeta y salió de Vauxhall con sus sospechas reforzadas. Si Krilov había pasado de trabajar como chico de los recados en la embajada rusa a ocupar un despacho en el séptimo piso de Yasenevo, había sido por algo. Sin duda él era el hombre a quien habían confiado la tarea de localizar al superhacker.

Weston sabía también que Moscú había averiguado dos nombres: el de Jennings y el de Luton. Ignoraba cómo lo habían conseguido. Pero ya no importaba. La familia Jennings se había esfumado de allí, y él no tenía ningún motivo para suponer que Moscú hubiera oído hablar de Chandler's Court. Y sin embargo..., sin embargo... Volvía a invadirlo aquella sensación visceral. Por eso quería que un equipo pequeño pero experimentado de hombres armados custodiara al chico. No sería mala idea enviar un puñado de soldados a Chandler's Court.

En un sórdido callejón en Brownsville, los esbirros elegidos por Krilov le habían fallado, pero si Moscú estaba convencido de que el cerebro y las manos ejecutoras de la humillación infligida al *Almirante Najímov* residían en aquella pequeña isla del noroeste de Europa que el *vozhd* detestaba con toda el alma, no se daría por vencido tan fácilmente. Volvería a intentarlo.

Sir Adrian habría estado aún más inquieto si hubiera podido entrar flotando como un fantasma en el despacho de su adversario, que daba al bosque de abedules de Yasenevo.

Desplegada sobre la mesa de Krilov había una gran fotografía impresa. La original la había tomado un satélite ruso al sobrevolar sin ser visto la zona central de Inglaterra tras desviarse de su trayectoria prevista siguiendo sus instrucciones. El aparato se deslizó por las coordenadas programadas desde muchos metros más abajo. Después de hacer la fotografía, retomó su órbita original. En cuanto volvió a pasar sobre Rusia, transmitió la imagen solicitada.

Con una lupa grande, Yevgeni Krilov estudió la imagen situada en el centro del mapa aéreo. En él aparecía una finca amurallada y boscosa conocida como Chandler's Court.

7

Yevgeni Krilov no trabajaba para una organización remilgada. En épocas pasadas, y también hace poco, bajo su dirección, el SVR había orquestado varios asesinatos en el extranjero, pero Krilov siempre había preferido delegar el trabajo sucio en otros.

Al examinar la foto de satélite, descubrió que había resuelto los dos primeros problemas que le había planteado el *vozhd*. La corazonada del presidente había resultado acertada, después de todo. Habían sido los británicos, y no los estadounidenses, quienes habían infligido aquella humillación a la Madre Patria rusa, en venganza por el caso Skripal.

Recién estrenada la primavera de 2018, un ruso que vivía tranquilo en la ciudad catedralicia británica de Salisbury había estado a punto de morir asesinado por agentes de su país de origen. Serguéi Skripal había trabajado como espía al servicio del Reino Unido y contra Rusia. Lo habían descubierto, juzgado, condenado y encerrado en una cárcel rusa. Cuando quedó en libertad, le permitieron emigrar a Gran Bretaña y establecerse allí.

Vivía de forma discreta, sin llamar la atención de nadie, cuando un agente ruso le embadurnó el pomo de la puerta con agente nervioso Novichok. Tanto Skripal como su hija Yulia, que estaba de visita, sufrieron un envenenamiento casi mortal al entrar en contacto con la sustancia. Un antídoto británico muy poco conocido hasta entonces los había salvado a ambos por muy poco. Porton Down se había llevado el mérito.

Yevgeni Krilov había manifestado su disconformidad personal con la medida, pero el *vozhd* había hecho caso omiso de su opinión. Resultó que Krilov tenía razón. A raíz del suceso, treinta y seis diplomáticos rusos fueron expulsados. Los británicos eligieron bien, ya que los treinta y seis eran espías con base en la embajada, y su partida había supuesto un duro golpe para la red de Krilov en el Reino Unido.

Todo había sido un error desastroso, pero él sabía que expresarlo en voz alta de nuevo le costaría algo más que su trabajo. Pero ahora se había producido una nueva catástrofe, el encallamiento del orgullo de la Flota del Norte, y Rusia debía vengarse. Calculaba que en ese momento ya había recorrido dos tercios del camino para alcanzar su objetivo.

Los británicos habían descubierto un arma secreta y estaban dispuestos a utilizarla con una implacabilidad que él estaba decidido a igualar. No se trataba de una máquina, sino de un cerebro humano dentro de un joven autista que era capaz de lograr lo imposible. Al igual que los científicos informáticos de Fort Meade, los rusos habían dado por sentado que la complejidad del cortafuegos de la base de datos de Múrmansk era impenetrable, y había quedado patente que se equivocaban.

Gracias a un agente de Washington, habían averiguado el nombre del joven. Y gracias a la labor detectivesca llevada a cabo en Luton, había localizado al padre del genio, pero no había servido de nada. Ahora, una nueva fuente había identificado el objetivo, el lugar donde los británicos habían ocultado su arma secreta a los ojos y las mentes del resto del mundo. Sin embargo, Krilov no podía sacárselo de la cabeza. Ahora tenía que cumplir la tercera exigencia del *vozhd*: eliminarlo para vengar la afrenta.

En Rusia había cinco grupos de asesinos entrenados a los

que Krilov podía recurrir. Su auténtico dilema era decidirse por uno de ellos.

Hay dos a sueldo del gobierno. Uno de ellos es el de los Spetsnaz, soldados de las fuerzas especiales equivalentes al SAS, el SBS y el casi invisible SRR, o a los Boinas Verdes, la Fuerza Delta o los SEAL estadounidenses. Todos se habían sometido a un entrenamiento exhaustivo, aunque sus habilidades concretas variaban un poco en función de sus aptitudes o competencias particulares.

Dentro de los Spetsnaz había una unidad secreta adiestrada para actuar en el extranjero. Sus miembros se formaban en una academia totalmente encubierta que les enseñaba a pasar desapercibidos vestidos de civiles en otros países, a obtener sus armas en puntos de recogida secretos donde la embajada les dejaría el material que necesitaran, después de importarlo en la intocable valija diplomática, a completar su misión y volver a su rutina habitual con la misma discreción con que la habían interrumpido. Practicaban lenguas extranjeras hasta alcanzar un alto nivel de fluidez. La que más estudiaban era la más utilizada en el mundo: el inglés.

También al servicio del gobierno y bajo el control de Krilov estaba el viejo departamento 13, ampliado y rebautizado con el nombre de departamento V, también conocido como Otdel Mokrie Dela, la unidad de «asuntos húmedos», una reliquia del antiguo KGB que no se había perdido pese a la escisión y el cambio de nombre de la organización durante el gobierno de Gorbachov.

Habían sido dos agentes del departamento V, uno como líder de equipo y otro que debía guardarle las espaldas y conducir el coche de alquiler, quienes habían visitado Salisbury para embadurnar el pomo de la puerta del traidor con Novichok. Ni siquiera Yakovenko, el bufón que ocupaba el cargo de embajador ruso en el Reino Unido, sabía nada de ellos. Por eso había podido salir ante los medios británicos y declarar que el asunto no tenía nada que ver con Rusia sin mostrar ni un poco de sonrojo.

Fuera del SVR, Krilov podía recurrir al mundo de la delincuencia organizada, a los *vori v zakone*. Los *vori* siempre estaban dispuestos a hacerle favores al gobierno, pues sabían que se los devolverían en Rusia con contratos y concesiones para su pandémico imperio empresarial.

Muy poco conocidos en Occidente eran los moteros, los Lobos Nocturnos, que actuaban con un grado de violencia que hacía que los Ángeles del Infierno californianos parecieran curas de paisano. Imbuidos de un patriotismo salvaje, los Lobos Nocturnos estaban especializados en atacar y lisiar a forofos del fútbol extranjeros que viajaban por Europa para apoyar a su equipo. Entre ellos había un puñado de veteranos de los Spetsnaz y algunos angloparlantes.

Por último, había dos grupos no rusos a los que Moscú podía contratar para que realizaran trabajos «por encargo», formados por redes de bandas criminales famosas por su violencia extrema: los chechenos y los albanos.

Los contratistas no estatales necesitarían fondos, pero esto tampoco representaba un problema. El Kremlin mantenía vínculos estrechos con los círculos de multimillonarios industriales y comerciales que habían amasado fortunas inimaginables revendiendo los recursos del país para luego mudarse al extranjero y vivir rodeados de lujo. Algunos, los más insensatos, se habían enemistado con el mayor gángster de todos, lo que había dado lugar a *vendettas* sanguinarias entre ellos y el Kremlin. Sin embargo, se veían obligados a residir en sus fincas en el extranjero, rodeados de guardaespaldas, lo que no siempre bastaba para salvarles la vida. Los que sabían lo que les convenía siempre aportaban fondos.

Tras darle vueltas durante dos días, Yevgeni Krilov decidió formar un comando de élite a partir de moteros de los Lobos Nocturnos, todos ellos con mucho mundo a sus espaldas y con dominio del inglés.

Su elección tenía cierta lógica. Todas las sospechas por el caso Skripal habían recaído sobre Rusia, algo que los servicios de inteligencia no habían tardado en confirmar teniendo en cuenta que el Novichok era una sustancia desarrollada específicamente por los rusos. Sin embargo, la delincuencia no estatal era universal. Cualquiera habría podido contratar a los moteros. Tras la muerte del pirata informático, los británicos sabrían a nivel oficial quién había enviado a los asesinos, pero, a diferencia de lo ocurrido con el rastro del Novichok, jamás conseguirían demostrarlo.

A sir Adrian le gustaba considerarse un hombre pragmático, dispuesto a asumir y afrontar la realidad, por muy desagradable que fuera. Pero tampoco despreciaba en absoluto la intuición.

En dos momentos de su vida se había negado a desoír una corazonada de que las cosas no iban bien; en ambas ocasiones había percibido el olor del peligro y se había alejado lo más deprisa posible. Una vez, a finales de los setenta, la Stasi de la Alemania oriental había cerrado la trampa justo después de que él cruzara la frontera de forma furtiva para ponerse a salvo en Occidente. En otra ocasión, a principios de la década de 1980, la redada del KGB en el café de Budapest donde él debía reunirse con un contacto se había producido unos minutos después de que él se escabullera. Más tarde se supo que el contacto había sido apresado y que un tiempo después había muerto en Siberia.

Todos aquellos años de exposición al peligro por su país habían enseñado a Adrian Weston a no burlarse de las corazonadas ni a confundirlas con el nerviosismo de un cobarde, algo que no era.

Después de lo de Budapest se produjo una deserción de la ÁVO, y él tuvo que interrogar al hombre en una casa segura a las afueras de Londres. Quiso la casualidad que el magiar fuera una de las personas que habían estado esperando en el punto de encuentro al espía británico que no se había presentado. Por eso pudo confirmar que, puesto que el traidor detenido era ruso, había un hombre del KGB presente llamado Yevgeni Krilov. Como es natural, Weston había seguido con interés el ascenso gradual del tal Krilov y, después de su propia jubilación, se había enterado de que había llegado a lo más alto en Yasenevo.

Como profesional, sabía que las expulsiones masivas de agentes del SVR de la embajada de Londres por el caso Skripal habían representado un duro revés para el hombre que había estado a punto de ser su Némesis. Por eso, entre los retratos que tenía en la mesilla de noche estaba uno que había encontrado en los archivos que contenían imágenes de aquellos cócteles diplomáticos celebrados tantos años atrás: el del hombre que dirigía el SVR en la actualidad.

Después de estudiar los informes del FBI de Nueva York, volvió a captar el mismo olor.

Algo no iba bien. Moscú se estaba moviendo con demasiada rapidez. Hasta donde sir Adrian sabía, no había un topo ruso en el departamento de Justicia de Washington, y sin embargo Krilov había averiguado ese nombre, que además era el correcto. Por otro lado, según los federales, el hombre contratado por el SVR en Nueva York solo había fallado por un capricho del azar: la insuficiencia cardíaca de Harold Jennings.

Cada vez estaba más convencido de que Krilov volvería a intentarlo. Algo en todo ese asunto olía a desesperación. Las órdenes debían de proceder de ese despacho interior del Kremlin, y no cabía duda de que serían obedecidas. Había pinchado a un oso, y el oso estaba furioso. Así pues, el viejo mandarín de Vauxhall Cross solicitó otra reunión en privado con la primera ministra y le formuló su petición. Cuando le expuso sus sospechas y lo que quería, ella cerró los ojos.

—¿De verdad crees que será necesario?

—Espero que no, pero más vale prevenir que curar, primera ministra.

A los políticos rara vez hace falta convencerlos de la conveniencia de ser prudentes. En el palacio de Buckingham se celebran ceremonias de entrega de medallas en las que los políticos nunca participan.

—Si puedes, ponte de acuerdo con el director de las fuerzas especiales. Pero si su parecer es contrario al tuyo, seguiré su consejo —le advirtió ella.

El director de las fuerzas especiales es un oficial de alto rango del ejército, normalmente un general de brigada, con un despacho cerca de Albany Street, junto a Regent's Park. Recibió a sir Adrian esa misma tarde sin la menor demora. Había recibido la petición de Downing Street. A Weston el hombre se le antojó demasiado joven, pero mucha gente se lo parecía en los últimos tiempos. Le explicó su problema. El general de brigada comprendió sus razones enseguida. Se había pasado años en el Regimiento antes de su ascenso.

El Regimiento no tiene ningún problema en llevar a cabo labores de escolta personal, denominación técnica del trabajo de guardaespaldas. Ha desempeñado misiones de escolta en todo el mundo, prestando ayuda a aliados del Reino Unido y a menudo entrenando a compatriotas de sus jefes de Estado. Cobra honorarios cuantiosos a aquellos cuya protección contribuye a mejorar y ha pasado mucho tiempo en la zona rica en petróleo del golfo Pérsico. De hecho, es tal vez la única unidad de las fuerzas armadas que aporta ingresos al país.

—¿Cree que se producirá un ataque, sir Adrian? —preguntó el militar.

—No, pero prefiero que estemos prevenidos, por si acaso.

—Rara vez realizamos labores de escolta dentro del país.

Los dos hombres sabían que, aunque la Policía Metropolitana contaba con unidades armadas muy competentes, de vez en cuando eras las fuerzas especiales quienes se encargaban de custodiar a la reina. Ninguno de los dos lo comentó.

—Supongo que podríamos considerarlo una misión de entrenamiento —reflexionó en voz alta el general de brigada—. ¿Cuántos hombres necesitaría?

—Una docena, quizá. Hay espacio de sobra para alojarlos en las antiguas dependencias del personal. Y una sala de televisión para cuando no estén de servicio.

El militar desplegó una gran sonrisa.

—Suena como unas vacaciones. Veré qué puedo hacer.

Dos días más tarde llegaron a Chandler's Court doce hombres —tres sargentos y nueve soldados—, al mando de un capitán de treinta y nueve años llamado Harry Williams. Se le asignaría una habitación en la primera planta y comería con la familia y el equipo del GCHQ.

Sir Adrian se preocupó de estar allí para recibirlos, lo que le brindó también la oportunidad de valorarlos. Le gustó lo que vio. No hizo falta que nadie le recordara que los miembros de las fuerzas especiales eran «especiales» por una razón. En líneas generales, tienen un CI muy elevado y múltiples habilidades. Huelga decir que poseían una forma física excelente y dominaban una amplia gama de armas. En las unidades de cuatro miembros que constituyen los componentes básicos del Regimiento suele haber uno o dos lingüistas, un especialista en primeros auxilios con formación técnico-sanitaria, un ingeniero o mecánico y un armero.

Antes de trasladarse en coche a Chandler's Court, sir Adrian había echado un vistazo a las notas del director de las fuerzas especiales acerca del jefe de la unidad. Al igual que Adrian Weston años atrás, habían definido a Harry Williams como un hombre de «buena familia, buena formación, excelentes calificaciones académicas y madera de oficial» cuando se alistó en el ejército siendo aún un adolescente. Llevaba veinte años vistiendo el uniforme.

También se había graduado en Sandhurst y había sido nombrado oficial de los Coldstream Guards, pero a los veinticinco años, ansioso por entrar en combate, se había sometido al proceso de selección del servicio especial aéreo. Buena parte de las pruebas se llevan a cabo en los Brecon Beacons del sur de Gales, y son tan duras que solo un pequeño porcentaje de los aspirantes resulta elegido. Harry Williams fue uno de ellos.

El personal permanente del Regimiento es «la tropa», es decir, suboficiales y soldados rasos. Los oficiales, o «Ruperts», van y vienen, y siempre por invitación. El capitán Williams estaba en su tercer período de servicio. Había participado —y sobrevivido con una herida leve de bala en el muslo izquierdo— en dos operaciones encubiertas tras las líneas enemigas, en Afganistán y Siria, donde, según los testigos, había «neutralizado» (matado) a media docena de terroristas.

Sir Adrian recordó el comentario del general de brigada: «Suena como unas vacaciones». Para aquel curtido guerrero, no cabía duda de que la misión en Chandler's Court sería justo eso. Antes de marcharse, el cerebro de la Operación Troya se aseguró de que el jefe del comando de seguridad conociera a las personas a quienes debía proteger, la familia Jennings. Tomaron el té juntos en el salón familiar.

Los chicos reaccionaron de maneras distintas a la presencia del capitán Williams. Luke, como siempre, se mostró cohibido y retraído, mientras que Marcus estaba ansioso por escuchar detalles de combates en los que había participado. El capitán Williams se limitó a sonreír y murmurar «luego..., tal vez».

Sir Adrian era un observador avezado. Tomó nota con aprobación de la amabilidad con la que el militar trataba al hermano mayor, y no pudo dejar de fijarse en la actitud de la atractiva Sue Jennings. Su querida Fiona habría esbozado una de sus sonrisas discretas y habría susurrado «Está para comérselo». Eso fue sin duda lo que pensó la señora Jennings, viuda reciente. Sir Adrian percibió su reacción muda desde el otro lado de las tazas de té. Había leído en el informe que el militar también era viudo y sospechaba que el tema saldría a colación más tarde, en cuanto él se marchara.

Los hombres, acostumbrados a desiertos, páramos, selvas, ciénagas y el Ártico, pronto se sintieron como en casa en las antiguas habitaciones del personal, situadas en la planta superior. Como estarían siempre a la vista de los empleados que vivían fuera de la base y los rumores se propagaban con rapidez, no llevaban ropa de camuflaje sino camiseta, forro polar y zapatillas deportivas.

Tardaron dos días en acondicionar los alrededores más cercanos de la mansión tal como el capitán Williams quería. Arrancaron arbustos y matas para crear una extensión ininterrumpida de césped en torno a todo el edificio, lo que les proporcionaría un campo de tiro de cincuenta metros de fondo en caso necesario. En la franja estrecha de terreno boscoso más próxima a la zona de césped despejada, colgaron de los árboles unos sensores de calor corporal. Permanecían apagados durante el día, pero por la noche se encendían unas luces en la consola de la sala de mando, bajo el alero del tejado. La intensidad de las luces indicaba el tamaño de la fuente de calor. Los hombres observaban, escuchaban y esperaban, alternando los turnos de día y de noche. No tenían la menor idea de lo que ocurría en el centro de computadoras. Era información sujeta al principio de la «necesidad de saber».

Los rusos, seis miembros de los Lobos Nocturnos, entraron en el país al día siguiente. Eran corpulentos y musculosos, exsoldados de unidades de combate, y todos habían luchado contra los afganos o los rebeldes chechenos. Les habían proporcionado las instrucciones completas de su misión y actuarían bajo la supervisión a distancia de Yevgeni Krilov.

Sus pasaportes, falsificaciones profesionales, indicaban que procedían de países eslavos de Europa Oriental. Todos hablaban inglés con diferentes grados de soltura, desde entrecortado y con acento hasta fluido, como en el caso de los dos que habían sido Spetsnaz. Llegaron en vuelos distintos desde varias capitales de la Unión Europea.

Tras aterrizar en Heathrow, se reunieron en la cafetería convenida en el vestíbulo, aparentando ser media docena de inofensivos turistas, y esperaron hasta que fueron a recogerlos. Los llevaron en coche a un piso grande de alquiler en un barrio residencial de las afueras, donde su escolta los dejó y desapareció para siempre.

En unas maletas de la segunda habitación estaban las armas que habían pedido y que les había facilitado una banda de albaneses que operaba en Londres. Las alacenas y la nevera estaban bien surtidas. El segundo día, un monovolumen Ford apareció en la plaza de aparcamiento con la llave de contacto bajo la alfombrilla de goma en el suelo del lado del conductor, como estaba previsto.

Para la parte británica del plan, todos los gastos habían corrido a cargo de un multimillonario ruso que prácticamente estaba al servicio del Kremlin. Una vez instalados los seis, comenzaron a planear su ofensiva a las órdenes de Anton.

Realizaron una visita de reconocimiento al pueblo más próximo a Chandler's Court y dieron una vuelta en coche alrededor de la finca. Se detuvieron en un tramo solitario de la angosta carretera y dos de ellos saltaron el muro. Avanzaron por el bosque hasta que avistaron las paredes y ventanas de la mansión que albergaba a su objetivo. Anton trazó su plan; acto seguido, los dos se retiraron hasta el muro, pasaron al otro lado y se alejaron en el coche. Era bien entrada la noche. Los científicos dormían.

En el interior de la casa se encendió una luz roja en una de las consolas. En Londres, un hombre mayor cenaba solo a un paseo de distancia del Arco del Almirantazgo. En el bolsillo de la chaqueta, su móvil vibró ligeramente. Sir Adrian echó un vistazo a la pantalla.

—¿Sí, capitán? —dijo a modo de saludo.

—Han venido visitas. Dos. Estaban en el bosque. Solo miraban. Se han ido.

—Volverán. Habrá más. Me temo que irán bien armados. Y saldrán al descubierto. Casi con toda seguridad, acudirán de noche.

—¿Cuáles son mis órdenes?

En circunstancias normales, solo un oficial de alta graduación podía responder a esa pregunta. Pero al capitán Williams le habían indicado que siguiera las instrucciones del propietario de ese número de teléfono.

—¿Se acuerda usted de Loughgall?

Se refería a una aldea del condado de Armagh, en Irlanda del Norte. El 8 de mayo de 1987, un comando formado por ocho de los mayores asesinos del IRA atacó el pequeño cuartel del Royal Ulster Constabulary que había allí. Aparecieron en la oscuridad con una excavadora que llevaba una bomba en la pala. La explosión destruyó la puerta principal, y el conductor bajó de un salto para reunirse con los otros siete y asaltar la base. Tenían órdenes de eliminar a la guarnición entera del RUC, pero había habido una filtración. Algún informador de la cúpula había hecho una llamada. Veintidós hombres del SAS los esperaban dentro del cuartel y en el bosque circundante. Salieron y abrieron fuego. Los ocho hombres del IRA murieron. Desde entonces, la palabra «Loughgall» quiere decir lo mismo que lo que Lawrence gritaba a sus hombres camino de Damasco: sin prisioneros.

—Sí, señor.

—Pues ya tiene sus órdenes, capitán.

Colgó mientras el sumiller le llenaba de nuevo la copa de burdeos.

A ojos del camarero, su cliente había mantenido la compostura en todo momento. Sin embargo, sir Adrian bullía de rabia por dentro. El hecho de que su enemigo Krilov hubiera descubierto lo de Chandler's Court solo podía significar una cosa: tenía que haber un segundo topo.

8

Como esperaban, volvieron. Los Lobos Nocturnos regresaron la noche siguiente, armados hasta los dientes, convencidos de que encontrarían a su objetivo indefenso. Su misión consistía en allanar una casa extensa pero antigua y eliminar a un adolescente que dormía en una de las habitaciones. Debían liquidar también a cualquier otra persona que hubiera en esa planta.

Llevaban mono negro y pasamontañas. Aparcaron en un tramo desierto junto al muro perimetral y, utilizando el techo de su vehículo como punto de partida, saltaron hacia el bosque. Caminaron entre los árboles en fila india y sin hacer ruido hasta que, a la luz de la luna, vislumbraron la mansión de Chandler's Court ante ellos. No sabían que en el interior unas luces rojas parpadeaban con furia en una consola. Tampoco sabían que trece pares de gafas de visión nocturna los observaban. Y, sobre todo, no sabían que varios fusiles con mira de visión nocturna los apuntaban. Peor aún: nunca habían oído hablar de Loughgall.

El Regimiento de las SAS goza de un privilegio (uno entre varios) que comparten solo dos regimientos de fuerzas especiales más: se les permite elegir sus armas de entre los catálogos de todo el mundo en lugar de tener que aceptar las que les asigna el Ministerio de Defensa.

Como fusil de asalto prefieren el Diemaco C8, que ahora se fabrica en Canadá. Aunque el cañón mide solo cuarenta centímetros, el arma, forjada en frío, es muy precisa. Como rifle de francotirador han elegido el Accuracy International AX50 con mira telescópica Schmidt & Bender. Seis armas de cada modelo estaban ocultas tras las cortinas de Chandler's Court. La luna aún no había salido, pero daba igual. Las miras de visión nocturna bañaban a los intrusos en una luminiscencia de un color verde líquido. Además, las armas con que los encañonaban llevaban silenciador.

Anton avanzaba a la cabeza de sus camaradas cuando emergieron de la arboleda a la zona de césped. La violencia no le era desconocida, pues había dejado en silla de ruedas a tres hinchas de fútbol ingleses a los que se había enfrentado en las calles de Marsella. Aun así, se llevó una sorpresa cuando la bala de punta hueca le impactó en el pecho. Medio segundo después, dejó de estar sorprendido para pasar a estar muerto.

Al verlo caer, sus compañeros levantaron los fusiles de asalto a la posición de disparo, pero era demasiado tarde. La munición de punta hueca no admite discusión ni cirugía postraumática. Dos de los seis, al advertir que se encontraban a tiro, dieron media vuelta e intentaron ponerse a cubierto tras los árboles. Cayeron de bruces y se quedaron inmóviles en el suelo.

Necesitaron solo cinco minutos para arrastrar los seis cuerpos hasta un edificio anexo a la mansión. Una furgoneta sin ventanas los transportaría hasta el depósito de cadáveres de Stirling Lines, donde permanecerían hasta que se tomara una decisión. La madre naturaleza y un buen manguerazo se encargarían de las salpicaduras rojas en el césped.

Al amanecer, localizaron la furgoneta aparcada fuera del muro, la arrancaron haciéndole el puente, la llevaron a ciento cincuenta kilómetros de allí y la quemaron. La policía local de ese condado rastreó el origen del vehículo hasta un concesionario de coches de segunda mano en Londres, donde lo había comprado y pagado en efectivo un hombre que no existía. Llevaron el armazón calcinado a un desguace. La matanza de Chandler's Court simplemente no se había producido.

En Yasenevo, Yevgeni Krilov esperaba unas noticias que nunca llegaron. Dos días después fue consciente de que sus asesinos no iban a volver a casa. Pero aún conservaba su as en la manga. Lo intentaría de nuevo. No tenía alternativa. El *vozhd* insistiría en ello.

En Londres, a sir Adrian lo despertó otra llamada de madrugada para presentarle un informe críptico que no habría tenido sentido para alguien que hubiera pinchado la línea. Algo sobre que el jardín por fin había quedado limpio de malas hierbas.

Sentado en su piso mientras el ascendente sol de junio inclinaba la sombra de la torre del Big Ben sobre el palacio de Westminster y hacia la calle Whitehall, contempló el rostro enmarcado. Los ojos encima de los pómulos eslavos, que él había visto por última vez en un distendido cóctel veinte años atrás, le devolvieron la mirada. El jefe de espías británico no solía soltar palabrotas, pero en aquel momento profirió una, cargada de veneno. Sus peores temores se habían hecho realidad.

El nombre de Chandler's Court no había cruzado el Atlántico. Weston escudriñaría los documentos para averiguar qué personas lo habían mencionado, dónde y en cuántas ocasiones. ¿Quién lo había oído? ¿Cómo había llegado a conocimiento de Yevgeni Krilov?

El segundo topo, el informador oculto, debía de estar en Londres, muy cerca, en el corazón del *establishment*. Moscú sabía demasiado. El FBI había negado de forma categórica que el difunto Harold Jennings, padre del genio autista, hubiera tenido ninguna posibilidad de revelar el nombre de Chandler's Court. Y, sin embargo, ellos lo sabían. Tenía que haber un traidor. Los genes de cazador de Adrian Weston se activaron de nuevo.

Durante la Guerra Fría, incluso después del aplastamiento de la revolución húngara de 1956 y de la brutal represión contra los checos en 1968, cuando tantos comunistas occidentales, indignados por la crueldad de Moscú, habían abjurado de su desquiciada fe, siguió habiendo fanáticos que se aferraron al sueño de Karl Marx hasta el final.

Pero el final hacía tiempo que había llegado. Incluso Moscú y el hombre que controlaba Rusia habían abandonado el comunismo en favor del nacionalismo rabioso. Ni siquiera los intelectuales más ilusos —y sir Adrian siempre había tenido claro que hasta un intelectual renombrado podía ser más tonto que Abundio— estaban dispuestos a trabajar como espías en beneficio de la causa comunista. El traidor debía de tener una motivación distinta y poderosa. ¿Cuál podía ser?

¿Un orgullo herido, rencor hacia alguien que minó su ego, autosuficiencia? Como ojeador y reclutador durante la Guerra Fría, Adrian había explotado todos esos sentimientos.

La promesa de una existencia libre en Occidente servía como motivación para quienes vivían prisioneros del bloque comunista, pero detrás de aquella filtración había algo más. ¿Dónde se citaba Chandler's Court? Solo en unos pocos documentos selectos, lo que significaba que el espía debía de ser un miembro de las altas esferas británicas, alguien bien pagado, privilegiado, mimado. Redujo las posibles motivaciones a dos: por un lado, el chantaje, tal vez para encubrir un comportamiento personal que podría hundir una carrera. Eso seguía teniendo sentido. Luego estaba la codicia, un clásico. El soborno era tan antiguo como la humanidad.

A continuación, emprendió la caza del filtrador. Valiéndose de su influencia, pidió las transcripciones de las reuniones relacionadas con la reubicación de los Jennings, pues todas habían sido grabadas.

Había un COBRA, siglas con las que se referían a la sala de reuniones de la Oficina del Gabinete. Aunque la A final podía significar «anexo», con toda probabilidad no era así. Sencillamente la habían añadido con el objetivo de crear un nombre que resultara atractivo para los medios. Sir Adrian recordaba una reunión en torno a la larga mesa ovalada con extremos cuadrados en aquella silenciosa sala situada en el sótano de la Oficina del Gabinete. Al estar bajo tierra, allí no se oía el rumor del tráfico de Whitehall, como sí sucedía en la planta baja. La lista de quienes habían asistido estaba clara: eran solo cinco, y todos del más alto nivel. En la transcripción no aparecía el nombre Chandler's Court. Weston tenía que ser el único que sabía que había elegido ese lugar como nueva sede de la ciberunidad ultrasecreta. Y él no lo había nombrado.

Se había celebrado una reunión restringida del gabinete en el número 10 de Downing Street, en la misma sala donde la primera ministra y él habían plantado cara al embajador de Estados Unidos. Estuvieron presentes Marjory Graham, los ministros de Interior, Asuntos Exteriores y Defensa, el de Gabinete —el funcionario de mayor rango del país— y dos taquígrafos. Tampoco en esa ocasión se había mencionado Chandler's Court.

De modo que solo quedaba una reunión: la del Consejo de Seguridad Nacional, a la que él había asistido en calidad de invitado. Y sí: Chandler's Court se había nombrado una vez. Los asistentes eran los ministros de Interior y de Exteriores, los directores del GCHQ, el MI6, el MI5 y del Comité Conjunto de Inteligencia. También se encontraba allí el viceministro de Gabinete, cuyo superior había tenido que viajar al extranjero con la primera ministra ese día.

Sir Adrian decidió concentrarse en aquella reunión. Todos contaban con el máximo nivel de autorización de seguridad. Pero también lo tenía Kim Philby. En la historia jamás ha existido una máquina humana incapaz de cometer errores. En la Firma tenían un dicho: si quieres mantener algo en secreto y lo saben tres hombres, mata a dos de ellos.

Pensó en los posibles móviles.

¿Chantaje? Contempló los siete rostros. ¿Podía uno de ellos ser víctima de una extorsión? ¿Un asiduo a las orgías encubierto? ¿Un pedófilo? ¿Alguien que había cometido un desfalco en un trabajo anterior? Todo era posible.

¿Y el soborno? En la época de la Guerra Fría, el punto flaco de los británicos había sido la tendencia a caer en la trampa de la ideología comunista. El de los estadounidenses siempre había sido el dinero. Le vinieron a la memoria la familia Walker y Aldrich Ames, todos ellos traidores por dinero.

Londres es un centro bancario mundial desde hace siglos. A esto hay que añadir los seguros, la gestión de fondos y las finanzas internacionales. La ciudad extiende sus tentáculos a mil bancos en cien países, sin contar amistades y conexiones personales. Adrian Weston tenía contactos en ese mundo, concentrados en un kilómetro y medio cuadrado del centro de Londres conocido simplemente como la City. Conocía a algunos exespías que, cuando dejaron de estar en la brecha, habían sentado cabeza y conseguido empleo en un banco. Decidió cobrarse algunos favores. Al cabo de unos días, recibió una respuesta.

La pregunta que había formulado era sencilla: ¿alguien sabía algo de una cuenta de depósito, probablemente en un paraíso fiscal o financiero —es decir, en un escenario de transacciones dudosas— abierta hacía poco tiempo por ciudadanos rusos? ¿Una cuenta que hubiera recibido un ingreso exorbitado y se hubiera vaciado de inmediato para cerrarse justo después?

Un banquero de inversiones lo llamó para comentarle que le había llegado un rumor. Liechtenstein. El Vaduz Bank. Una cena bien regada en Davos no hacía muchos días, y un tal Herr Ludwig Fritsch, que hablaba mucho.

Vaduz carece de aeropuerto internacional. Liechtenstein es un principado diminuto enclavado en los Alpes, y según su renta per cápita, el país más rico del mundo. Vaduz, su capital, alberga doce bancos grandes y discretos. Sir Adrian concertó una entrevista con Herr Fritsch por teléfono. Su título de caballero le resultó útil; luego le bastó con dejar caer que buscaba un sitio donde depositar algo de dinero.

Tomó un vuelo a Zurich, en la vecina Suiza, y alquiló un coche. Siempre viajaba con equipaje de mano, volaba en clase turista y omitía el «sir» en el pasaporte. Las costumbres arraigadas no se pierden con facilidad. Había consagrado su carrera a la invisibilidad, y no le había ido mal.

Con la ayuda de un GPS llegó al banco con una hora de antelación, así que se tomó un café con tranquilidad en un local situado al otro lado de la calle. Vaduz es una ciudad pequeña y sosegada; sentado frente a su mesa junto a la ventana, vio a lo sumo a una docena de personas pasar por la acera. En Vaduz, la gente conduce. Con cuidado.

Una vez dentro del banco, una persona lo guio por el vestíbulo, subió con él dos plantas en el ascensor y lo acompañó hasta el despacho de Herr Ludwig Fritsch. La primera labor de Weston consistió en desengañarlo de la idea de que había acudido a abrir una cuenta lucrativa.

—Se trata de un asunto delicado —dijo.

Fritsch era tan dulce como la miel y se comunicaba con igual dulzura. Le aseguró que rara vez se ocupaba de asuntos que no fueran delicados. Bebían a sorbos agua de manantial servida en copas de cristal.

—¿En qué puedo ayudarlo, sir Adrian?

—Alguien ha robado una gran suma de dinero en mi país. Una de las víctimas es Su Majestad.

El meloso Herr Fritsch se quedó helado. En la era del ciberespacio, los delitos financieros constituían una pandemia, y no cabía esperar que Londres fuera inmune. Aun así, Vaduz no quería convertirse en depositario de dinero sucio..., al menos de aquel cuya existencia fuera demostrable. Por otro lado, todas las cuestiones relativas a la reina británica podían elevarse hasta las más altas instancias, es decir su jefe de Estado, el príncipe Hans Adam II. Y eso sería grave.

—Qué escándalo.

—Ha sido una estafa financiera, claro está. Un fraude a gran escala relacionado con el blanqueo de dinero.

—Es una auténtica plaga, sir Adrian. En todas partes. Repito, ¿en qué puedo ayudarlo?

—Sabemos quién está detrás de todo. Los de la división de delitos bancarios de Scotland Yard no son tontos.

—¿Cree que esa persona reside aquí, en Liechtenstein? Dios no lo quiera.

—No, en absoluto. Es ruso. Sabemos que la cantidad robada ha ido a parar a Rusia. Es uno de los muchos multimillonarios turbios a los que, por desgracia, se les permite vivir en Londres.

Herr Fritsch asintió con sinceridad. Respecto a ese tema, los dos hombres no habrían podido estar más de acuerdo.

—Ustedes los británicos son demasiado tolerantes, sir Adrian.

—Tal vez más de lo que deberíamos.

—En efecto. Pero ¿en qué afecta eso a Liechtenstein y al Vaduz Bank?

—En todas las cestas de manzanas, Herr Fritsch, puede haber una podrida. Creemos que el autor del fraude recibió ayuda. Desde el interior de la cesta. De hecho, lo sabemos con certeza. Y el bribón insistirá en llevarse una buena rebanada del pastel. Sé que puedo contar con su discreción...

—Es el sello distintivo de nuestro banco.

—... cuando le diga que han pinchado teléfonos e intervenido comunicaciones.

No le hizo falta convencer a Ludwig Fritsch. La pericia de los británicos en estas lides había quedado demostrada cuando sir Francis Walsingham, cazador de espías de la reina Isabel I, había salvado la vida a su monarca al interceptar las cartas secretas de los conspiradores.

—Existe la posibilidad... —Herr Fritsch sabía que era algo más que una posibilidad. Los condenados británicos disponían de pruebas, pues de lo contrario ¿qué hacía en su despacho ese tipo, que se veía a la legua que era un espía? Por otra parte, el palacio del príncipe se hallaba a menos de dos kilómetros de allí— de que una persona de origen ruso haya abierto recientemente una cuenta de depósito. Que esa cuenta haya recibido poco después un ingreso cuantioso. Y que otra persona viniera para vaciarla, tal vez en efectivo. Por supuesto, les estaríamos muy agradecidos...

Herr Fritsch se excusó y salió del despacho. Regresó con una carpeta delgada.

—He consultado a mis colegas, sir Adrian —comenzó a explicar. Aunque Weston mantuvo el semblante impasible, sabía que el hombre le estaba mintiendo. De modo que el meloso Herr Fritsch estaba en el ajo. Lo habían comprado—. Hace un mes, un caballero vino y se sentó justo donde se encuentra usted. Era de la embajada rusa en Berna, al otro lado de la frontera. Abrió una cuenta de depósito. Aportó para ello una suma nominal. Una semana después se realizó una transferencia electrónica por el equivalente en euros a cinco millones de dólares estadounidenses. No consta la fuente.

—Una suma considerable. ¿Y el beneficiario?

—Siete días más tarde vino otro hombre. No facilitó su nombre. No hacía falta. De acuerdo con los términos de la cuenta, solo debía mostrar una secuencia de letras y números. El hombre llevaba la identificación que se requería. Pero no me cabe duda de que era un compatriota suyo.

—Y lo sacó todo en efectivo.

—Así es. Me han autorizado a revelarle esto con la condición de que me prometa que quedará entre nosotros.

—Le doy mi palabra, Herr Fritsch. Sin embargo, la cámara de circuito cerrado que he visto en el vestíbulo debe de haber captado imágenes de él al pasar.

—Es usted muy astuto, sir Adrian.

—Se hace lo que se puede, Herr Fritsch.

—Comprenderá que no puedo permitir que esta carpeta salga de esta habitación. Pero si por casualidad quisiera usted echarle un vistazo, difícilmente podría impedírselo.

La carpeta yacía entre ellos. Herr Fritsch se levantó y volvió la espalda hacia él para contemplar la ciudad por la ventana. Adrian Weston se inclinó hacia delante y la abrió. Contenía una sola impresión de la imagen de un hombre cruzando el vestíbulo. La miró, cerró la carpeta y la deslizó sobre la mesa hacia el hombre, que tomó asiento de nuevo.

—Herr Fritsch, mi país y yo le estamos muy agradecidos. Le aseguro que lo que he visto hoy no saldrá de aquí. Se tomarán medidas, pero nadie pedirá explicaciones a este banco.

Se estrecharon las manos con fingida camaradería. Herr Fritsch llamó a un subalterno, que acompañó al británico a la salida. Alzó la vista hacia la cámara instalada en el techo que había fotografiado al hombre con el abultado maletín Gladstone que contenía el equivalente en euros a cinco millones de dólares, en billetes grandes.

Su coche de alquiler estaba en el aparcamiento del banco. Emprendió el largo trayecto de regreso al aeropuerto de Zurich. Desde su despacho en la segunda planta, Herr Ludwig Fritsch lo observó alejarse y extendió el brazo hacia el teléfono.

Mientras conducía, sir Adrian reflexionó sobre lo que había visto. La imagen mostraba a un alto funcionario de mediana edad en el vestíbulo en el que él había estado hacía un momento. Conocía bien aquel rostro; era inconfundible. Se trataba de Julian Marshall, viceministro de Gabinete en Londres.

Sir Adrian suponía ya desde hacía un tiempo que el culpable debía de haber viajado de Londres a Vaduz para retirar sus treinta monedas de plata. Pero era como buscar una aguja en un pajar. Casi todos los peces gordos tenían una casa en el campo a la que acudían con regularidad los fines de semana. Cualquiera de ellos podía escabullirse sin ser visto, embarcar en un reactor privado, volar hasta allí, volver y reaparecer antes de que alguien reparara en su ausencia.

Sus investigaciones no habían arrojado los resultados esperados. Repasó la fotografía que había grabado en su mente. Algo no cuadraba, algún pequeño detalle. De pronto, cayó en la cuenta.

El ruso de Yasenevo que había llevado a cabo el montaje fotográfico había hecho un magnífico trabajo. Los zapatos eran seguramente de Lobb's, en Saint James, y el traje de corte impecable de Savile Row, sin duda alguna. En cuanto al rostro pegado con Photoshop al torso, no pertenecía desde luego al funcionario que había presidido la reunión del Consejo de

Seguridad Nacional en el que se había mencionado Chandler's Court.

El falsificador de la imagen había sido muy hábil, salvo por un pequeño error. La figura adulterada llevaba una corbata equivocada.

9

Para la mayoría de los hombres del mundo, la corbata, cuando la llevan, es una tira de tela que va enrollada por debajo del cuello de la camisa, anudada por delante y que cuelga por encima del pecho. Los dibujos o motivos, si los tiene, dependen del gusto de quien la lleva. Pero en Inglaterra a veces representan algo más que eso.

El dibujo y los colores de las rayas o la naturaleza del diseño entretejido en la tela pueden revelar de un solo vistazo dónde estudió su dueño, en qué unidad militar sirvió o a qué club pertenece. Se trata de una especie de código, una clave de reconocimiento.

Julian Marshall fue alumno de Eton College, una de las academias o colegios privados más exclusivos del Reino Unido. Solo sus alumnos tienen derecho a lucir la corbata Old Etonian. En realidad, existen tres modelos diferentes: la corbata OE estándar negra con rayas oblicuas azul celeste, y dos aún más exclusivas indicativas de éxitos deportivos en el colegio.

Está la corbata de los Eton Ramblers: magenta con franjas moradas y verdes con finas rayas doradas, que desentonan de un modo tan refinado que no puede ser sino deliberado. La ostentan quienes han jugado a críquet para Eton. Y esa era la corbata que llevaba el hombre de la foto.

Luego está la corbata de los Eton Vikings: franjas de color rojo oscuro y negro con finas rayas azules, para quienes pertenecían al equipo de remo. Ambos deportes se practican durante el trimestre de verano, por lo que se excluyen entre sí.

Sir Adrian recordaba que, años atrás, cuando estaba de vacaciones con un colega del MI6 que tenía una casita en Henley, a la orilla del Támesis, había visto a Eton ganar la Princess Elizabeth Cup. El primer remero era un jovencísimo Julian Marshall.

Antes de llegar al aeropuerto de Zurich, comprendió que había estado buscando en el lugar equivocado. Había dado por sentado que el judas era un alto mandatario. Eso era lo que Krilov quería que creyera y la razón por la que se habían tomado tantas molestias para sobornar a Herr Fritsch a fin de que hablara de una cuenta bancaria ficticia y una visita falsa por parte de un funcionario británico auténtico. Había estado a punto de engañarlo. Lo que había olvidado era que existía otra categoría de persona integrada en el corazón del *establishment* británico: el subordinado invisible.

Como observador compulsivo de la vida, había reparado en que aquellos que eran considerados la flor y nata a menudo pasaban por alto la legión de hombres y mujeres buenos y leales que eran quienes, en realidad, mantenían en marcha la maquinaria del comercio, las profesiones y el gobierno: los chóferes, las secretarias, los taquígrafos, los encargados de copiar archivos, los intérpretes, incluso los camareros de chaqueta blanca que servían los cafés.

Iban y venían, aguardaban y atendían, y por lo general nadie reparaba en ellos. Pero no eran estatuas de madera. Tenían ojos y oídos, cerebros con los que recordaban y deducían, y, por supuesto, la capacidad de sentirse agraviados, ignorados y menospreciados por los esnobs prepotentes.

No cabía la menor duda de que alguien había desvelado a los rusos el nombre de Chandler's Court. Pero ¿qué subalterno había roto filas? En cuanto al porqué, él seguía pensando en el soborno, y cinco millones de dólares le parecían una suma más que suficiente. Pero ¿en qué parte del pajar de Whitehall debía buscar la aguja? Recordó que, en su época en el MI6, habían descubierto una filtración, y él había ideado una estratagema para atraer al malhechor entre las sombras hacia la luz. Tendría que recurrir a ella de nuevo.

En el vuelo de regreso a Heathrow, le vino de nuevo al pensamiento la única conferencia en la que Chandler's Court se había nombrado de pasada. Alguno de los presentes había oído las palabras y tal vez incluso había tomado nota del nombre del lugar donde habían alojado por su seguridad al joven conocido como el Zorro.

¿Quién había asistido? Los mandamases de cuatro servicios de inteligencia: el MI6, el MI5, el GCHQ y el Comité Conjunto de Inteligencia, todos con autorizaciones de seguridad del más alto nivel. Pero ¿quién estaba sentado detrás de ellos, tomando notas?

Por otro lado, estaban los dos ministros de Gabinete, el de Interior y el de Asuntos Exteriores, cada uno con un pequeño equipo de subordinados.

Habían transcurrido cuatro días desde el asalto ruso a Chandler's Court. Sir Adrian estaba convencido de que Krilov ya había llegado a la conclusión de que el ataque armado había fracasado de forma estrepitosa. Al menos en ese caso, habían sido ellos quienes lo habían subestimado a él. Tal vez fuera posible engañarlos de nuevo. Lo más lógico sería que él trasladara a su prodigio de los ordenadores a otro lugar. De manera que haría lo contrario.

De todos modos, había consultado al doctor Hendricks al respecto después del tiroteo. El genio informático de Cheltenham le había suplicado que no reubicara a la familia si no era estrictamente necesario. A lo largo de aquellas pocas semanas, el académico se había convertido en un segundo padre para el muchacho. Cada vez que cambiaban a Luke Jennings de lugar o algo trastornaba su mundo, se sumía en una crisis mental. Por otro lado, acababan de encargarle su segunda exploración clandestina de una base de datos y estaba trabajando en ello.

En una de sus visitas, sir Adrian se había percatado con aprobación de la relación que se estaba forjando entre ellos. Tras dedicar toda su vida a la informática, el doctor Hendricks, desde el punto de vista técnico, iba muy por delante del adolescente. Pero ni él ni nadie más del GCHQ eran rivales para el aparente sexto sentido que mostraba el joven a la hora de enfrentarse a la complejidad cegadora de los cortafuegos con que las principales potencias protegían sus secretos más recónditos. Esto habría podido despertar la envidia del doctor Hendricks. Con toda seguridad habría despertado la de otros. Pero Jeremy Hendricks poseía un espíritu generoso que lo llevaba a tratar al joven genio a su cargo con un paternalismo protector.

Y Luke Jennings, por su parte, parecía reaccionar bien a esto. Recibía aliento a diario, algo que su difunto padre nunca le había ofrecido. Sintiéndose rechazado, se había encerrado en su mundo interior. Su madre podía protegerlo, abrigar su fragilidad como una gallina a su polluelo, pero no alentarlo, porque era incapaz de comprender su mundo, al igual que sir Adrian y, sin duda, al igual que todos los exprofesores de Luke. No había compartido un lenguaje común con nadie hasta que había conocido al doctor Hendricks. De modo que, para Weston, los consejos de Hendricks eran importantes. Si trasladar la base entera de Chandler's Court a algún otro sitio podía provocarle un frenesí depresivo al chico, más valía evitarlo. Luke Jennings tendría que quedarse donde estaba.

Así pues, con la recomendación de Hendricks en mente, sir Adrian se puso a trabajar en su intento de poner la zancadilla a Krilov. Haría creer que se había llevado al chico a otro lugar y correría la voz. Elegiría a cuatro objetivos. Pero primero debía hacer algunas indagaciones. Comenzó por su extensa lista de contactos. Cuatro casas de campo, todas con terrenos anexos.

En la época en que guardaba un par de escopetas y aceptaba invitaciones para pasar el día cazando faisanes y perdices, había conocido a más de una docena de propietarios de esas fincas. Telefoneó a cuatro y les pidió el favor que necesitaba. Todos accedieron. Uno incluso comentó que «sería divertido», lo que sin duda era una forma curiosa de verlo. Dudaba que los Lobos Nocturnos que yacían en las mesas de autopsias de Herefordshire opinaran lo mismo.

Su segunda gestión fue visitar de nuevo al director de las fuerzas especiales.

El general de brigada se mostró cortés, pero crítico.

—Esto no le gustará al oficial al mando del Regimiento —declaró—. Creía que sus hombres estaban en misión de entrenamiento ofreciendo protección personal a una familia de tres miembros y tres cerebritos, y han acabado participando en una recreación de Stalingrado.

—En esa batalla las fuerzas estaban equilibradas —repuso sir Adrian—. Lo que ocurrió en Chandler's Court fue muy desigual. Pero le ruego que presente mis disculpas al Regimiento. No tenía conocimiento de que los asesinos habían localizado a su objetivo. De haberlo sabido, él no habría estado allí. La casa habría estado vacía. Lo que con toda probabilidad sucederá ahora será muy distinto.

Le expuso su propuesta. El director de las fuerzas especiales meditó durante unos momentos.

—Le recomiendo que acuda al SRR. También tienen su base en Herefordshire. En Credenhill. Le sugiero que asigne dos hombres a cada casa. De ese modo podrán relevarse.

El regimiento de reconocimiento especial o SRR es, junto

con el SAS y el servicio especial de la Marina, una de las tres unidades de fuerzas especiales del Reino Unido. Entre sus destrezas se encuentran las entradas encubiertas y la invisibilidad. Cabe añadir también la vigilancia cercana y furtiva. Por lo general, sus integrantes evitan los encuentros cara a cara, pero pueden ser tan letales como los miembros de las otras dos unidades en caso necesario.

Se produjo otra conversación encriptada entre el oficial al mando del SRR, en su base de Credenhill, y el director de las fuerzas especiales. Una vez más, la alusión a que el asesor de seguridad contaba con todo el apoyo de la primera ministra resultó determinante para la decisión.

En menos de veinticuatro horas, los cuatro pares de invitados inesperados llegaron a las residencias de sus anfitriones, donde fueron bien recibidos. Las residencias eran una mansión, una casa solariega y dos granjas.

Todas las casas, grandes y de planta extensa e irregular, se encontraban aisladas en medio de la campiña, donde no pasaría desapercibido un forastero deambulante, y menos aún un extranjero en misión de exploración. Tras instalarse en sus habitaciones, los soldados reconocieron el territorio circundante y eligieron los puntos de vigilancia: promontorios desde donde tendrían una buena perspectiva general del terreno de la residencia. Después procedieron a montar guardia por turnos.

Sir Adrian había seleccionado a cuatro de las personas que habían asistido a aquella reunión decisiva del Consejo Nacional de Seguridad. Se trataba del inocente Julian Marshall, el ministro de Interior, el de Exteriores y presidente del Comité Conjunto de Inteligencia. Los conocía a todos, aunque a los dos políticos en menor medida.

Envió a cada uno una carta privada muy personal con la indicación en el sobre de que no la abriera nadie más que el hombre que constaba como destinatario. Tras su lectura, solo podía verla una persona más a lo sumo, un secretario particular o archivero de confianza a quien se le permitiera manejar correspondencia clasificada.

En las misivas explicaba que se había producido un incidente en Chandler's Court y que, por tanto, le parecía que lo más prudente sería trasladar al joven hacker en torno al cual giraba la Operación Troya a una nueva ubicación. A continuación revelaba dicho emplazamiento, aunque era distinto en cada carta. A efectos de claridad, Weston los identificaba para sí mismo como A, B, C y D.

La espera no era algo desconocido para él. Buena parte de la labor de espionaje consiste en esperar, y había consagrado su vida a ello. Un pescador conoce esa sensación: las horas luchando por no cabecear ni quedarse dormido, por mantener la vista en el flotador y el oído atento al tintineo del cascabel en la punta de la caña. Cuando se tiende una trampa la situación es similar, salvo por las continuas falsas alarmas. Hay que atender cada llamada, pero por lo general no se trata de la que uno esperaba.

Él no tuvo que aguardar mucho. La llamada llegó, y su autor, tal como habían convenido, era el oficial al mando del Regimiento de Credenhill.

—Mis chicos me comunican que están bajo vigilancia. Alguien patrulla el bosque y espía la casa con prismáticos. No han avistado a mis hombres, por supuesto. ¿Quiere que capturen al intruso? Solo tiene que dar la orden.

—Gracias, coronel. Ya tengo lo que necesito. Creo que dentro de poco se habrá marchado, como podrá comprobar.

El coronel había mencionado la residencia C. Se trataba de Persimmon Grange, en Wiltshire. Años atrás, en una jornada de caza, sir Adrian y otros siete cazadores habían abatido allí cincuenta faisanes. Un exembajador de un país del otro lado del telón de acero se había retirado a vivir allí con su esposa artrítica y su poco atractiva hija.

Persimmon Grange era la ubicación que había citado en la carta al ministro de Interior. Weston tenía que hablar con él.

El ministro lo atendió después de un almuerzo privado en Brooks's. Buscaron un rincón discreto en la biblioteca, donde los retratos de los miembros de la Dilettante Society los observaban desde las paredes.

—Señor ministro, es muy importante para mí saber quién vio esa carta después de que usted la leyera.

El hombre, veinte años más joven que él, era un político ambicioso y prometedor a quien la primera ministra había designado para un alto cargo del que estaba demostrando ser merecedor, pese a su juventud.

No fue una conversación larga. No había necesidad de entretenerse.

—Después de que la leyera a yo —respondió el ministro—, creo que fue archivada. Solo una copia, la enviada por usted, sin duplicados, y bajo llave. El encargado de hacerlo es Robert Thompson, mi secretario personal.

A menos que algo hubiera salido muy mal, sir Adrian había descubierto al traidor.

Robert Thompson era un funcionario con un sueldo de funcionario. No vivía en Chelsea, Knightsbridge o Belgravia, sino al sur del río, en Battersea. Según su hoja de servicios, era viudo y vivía con su hija de diez años. Sir Adrian llamó a la puerta del piso poco después de las ocho de la noche. La abrió el hombre cuyo expediente había estado estudiando.

Thompson, que rondaba los cuarenta, parecía cansado y tenso. No había rastro de su hija. Tal vez Jessica se había quedado a dormir en casa de una amiga. Cuando Thompson vio a sir Adrian en el rellano, una expresión fugaz asomó a sus ojos. No era de sorpresa ni de culpa, sino de resignación. Lo que se traía entre manos, fuera lo que fuese, había terminado, y él lo sabía.

Tras los formalismos de rigor, Thompson invitó a Weston a pasar al salón. Ambos se quedaron de pie. De nuevo, no había necesidad de perder el tiempo.

—¿Por qué lo ha hecho? ¿Es que no le pagamos lo suficiente?

Por toda respuesta, Thompson se dejó caer en un sillón y se tapó la cara con las manos.

—Por Jessica —dijo.

Ah, la hija. Para llevarla a un colegio mejor, tal vez. O de vacaciones a un lugar más exótico. Al trópico. O para estar a la altura de sus amigos mejor situados. Reparó en una foto enmarcada sobre una mesa auxiliar. Era de una niña con pecas, coletas y una sonrisa confiada. La niña de los ojos de papá.

De pronto, el hombre empezó a sacudir los hombros. Sir Adrian apartó la vista. Thompson lloraba como una criatura, y a Weston le incomodaban los hombres llorones. Pertenecía a una generación y una tradición militar que les enseñaba a actuar de otra manera.

Ante el triunfo, la modestia. Ante el dolor, estoicismo. Ante la derrota, entereza. Pero muy rara vez llanto. Winston Churchill tenía cierta tendencia al llanto, pero él era distinto en muchos aspectos.

Sir Adrian recordó dos ocasiones en las que había visto a hombres adultos venirse abajo. Un agente que estaba en Alemania Oriental y que había pasado por el Checkpoint Charlie a la seguridad de Occidente se había derrumbado por el alivio de seguir vivo y verse libre por fin. Y su propio hijo, en la sala de maternidad, había llorado al contemplar el rostro arrugado y furioso de su hijo recién nacido, el único nieto de sir Adrian, que ahora estaba en Cambridge. Pero ¿un traidor al ser pillado con las manos en la masa? Que llorara cuanto quisiera. Sin embargo, todo cambió de repente.

—La tienen secuestrada —sollozó el hombre en el sillón—. La interceptaron cuando volvía del colegio. Me llamaron por teléfono y me amenazaron con que la violarían en grupo y la estrangularían, a menos que...

Una hora después, sir Adrian contaba con todos los detalles. La niña regresaba a casa andando del ensayo con el coro. Un coche se detuvo junto al bordillo. El único testigo era una amiga que lo vio todo desde cincuenta metros de distancia. Un hombre que estaba en la acera obligó a Jessica a subir al coche entre tirones y empujones. Acto seguido, el vehículo arrancó y se alejó.

Más tarde, Thompson recibió la llamada. De modo que tenían su número de móvil, aunque era probable que se lo hubiera facilitado la muchacha. Ella llamaba a su padre por un apodo especial. El secuestrador también lo sabía.

En cuanto a la persona que había llamado, hablaba un inglés fluido, pero con acento. ¿Ruso? Posiblemente. En el teléfono de Thompson había quedado registrado un número, aunque lo más seguro es que fuera de un móvil prepago, de usar y tirar, que se encontraría en el fondo del Támesis desde hacía días.

Sir Adrian se despidió del hombre deshecho tras darle una última indicación: que le dijera a su contacto, cuando este lo llamara, que había habido otra carta. Weston había cambiado de idea. Trasladaría al joven, pero no a una casa particular, sino a un campamento militar.

Salió del edificio de Battersea y se dirigió a pie a su casa, cruzando el Támesis hasta Whitehall y el Arco del Almirantazgo. Se había pasado la vida intentando evitar la ira. Nublaba el entendimiento, minaba la lógica, enturbiaba la claridad. Cuando venían mal dadas, un hombre necesitaba las tres cosas. Sin embargo, él estaba furioso.

Había perdido agentes y guardado luto por camaradas que nunca volverían a casa. Había estado en lugares inhóspitos y crueles, pero incluso allí seguía habiendo reglas. Los niños eran intocables. Ahora Moscú había decidido saltarse todas las normas, como con el atentado contra el coronel Skripal, que llevaba años jubilado.

Adrian Weston no idealizaba la profesión de espía a la que había consagrado casi toda su existencia. Sabía que tenía su lado oscuro. Se había jugado una y otra vez la libertad y el pellejo porque su experiencia en «el trabajo» lo había convencido de que, en un mundo sumamente imperfecto, era necesario arriesgarse para que quienes gozaban de una vida libre y segura siguieran viviendo así. Creía en su país y en sus normas de probada validez. Creía que, en esencia, eran decentes, aunque también sabía que en el actual planeta Tierra, la decencia era algo que solo conservaba una pequeña minoría.

Durante años, su principal enemigo había sido el KGB y, desde la caída del comunismo soviético, sus sucesores. Sabía que, a pesar de las diferencias entre bandos, los asesinatos, las torturas y la crueldad habían sido la norma. Había resistido con todas sus fuerzas la tentación de tomar ese atajo para conseguir resultados. Sabía, para su pesar, que algunos aliados no habían resistido.

Su opción personal había sido la de intentar engañar al enemigo, superarlo en inteligencia y habilidad. Y, sí, había jugadas sucias, pero ¿dónde estaba el límite? Varios servidores del enemigo global se habían dejado sobornar y convencer de que traicionaran a su país y trabajaran como espías para Occidente. Es cierto que hubo que chantajear a algunos. Había que extorsionar a ladrones, adúlteros o pervertidos que ocupaban altos cargos. Era repugnante, pero a veces necesario, porque el enemigo, desde Stalin hasta el Estado Islámico, era mucho más despiadado y había que impedir que triunfara.

Weston sabía que el hombre de Yasenevo a quien el amo del Kremlin había encomendado vengar la humillación del *Najímov* sin duda había fomentado o empleado prácticas en su espectacular ascenso en la jerarquía que sir Adrian jamás se habría planteado utilizar por nada del mundo.

Pero este caso era distinto. Habían secuestrado a una niña y amenazado con violarla en grupo para chantajear a un funcionario a fin de que incurriera en traición. Krilov había contratado a unos asesinos que eran poco más que unos animales. Habría represalias. Correría la sangre. Él se aseguraría de ello.

10

La pareja que se besuqueaba en el área de descanso en plena noche no reparó siquiera en el turismo que pasó junto a ellos a una velocidad muy por encima del límite permitido.

Sin embargo, se separaron de un salto gritando asustados cuando, unos cien metros más adelante, el vehículo se salió de la carretera y se estrelló contra un árbol. A través del retrovisor, vieron cómo las primeras llamas parpadeantes comenzaban a lamer el coche siniestrado al pie del tronco.

Cuando el brillo del fuego se hizo más intenso, vislumbraron una silueta solitaria que se recortaba contra él. De pronto, todo quedó envuelto en llamaradas cuando el depósito de gasolina se prendió y el automóvil explotó. El joven sacó de inmediato el móvil y marcó el número de urgencias.

Al cabo de un rato llegaron una ambulancia y dos coches de bomberos, que rociaron los restos del coche con espuma blanca hasta apagar el fuego, pero para entonces los técnicos sanitarios ya no podían hacer nada para ayudar a la figura encorvada y consumida por las llamas del asiento delantero. Sacaron sus despojos y se los llevaron para que pasaran a engrosar las cifras de víctimas de accidentes de carretera.

El personal de la morgue se encargó de la desagradable labor de identificación. Los bolsillos traseros del pantalón de la víctima habían sobrevivido a lo peor del incendio. En ellos había unas tarjetas de crédito más o menos dañadas y un carné de conducir. El pobre desgraciado que conducía a demasiada velocidad fue identificado como Robert Thompson, un funcionario que residía y trabajaba en Londres.

De no ser por la discreta influencia que se ejerció, tal vez los medios no se habrían hecho eco del incidente, pero apareció en la prensa la tarde siguiente y también el día después. De hecho, acaparó más atención en la radio, la televisión y los periódicos de la que habría despertado en circunstancias normales. La influencia discreta constituye un aspecto del funcionamiento de las instituciones británicas del que, como en un iceberg, solo una pequeña parte sale a la superficie.

La llamada telefónica se produjo después de la salida de los periódicos matinales. Sir Adrian había conseguido que tanto el MI5 como el GCHQ de Cheltenham le garantizaran su máxima colaboración. El servicio de seguridad le facilitó los números de teléfono, lo que habría sorprendido en gran medida a sus propietarios actuales, que los creían seguros.

Thames House, sede del servicio de seguridad, está a solo unos pocos cientos de metros río abajo de «la madre de todos los parlamentos», pero la democracia solo llega hasta la puerta. La expulsión en masa de espías rusos que se hacían pasar por diplomáticos después del uso del agente nervioso Novichok en las calles de Salisbury había provocado el caos en la maquinaria de espionaje, hasta entonces activa, que Moscú mantenía en Londres.

Se rompieron enlaces, se abortaron operaciones que estaban en marcha, se suspendieron relaciones. Stepan Kukushkin, el recién llegado, que se había convertido en los últimos días en el Rezident de la embajada rusa, necesitaba más tiempo para abrirse camino. Lo mismo podía decirse de su nuevo adjunto, Oleg Politovski, que había sido un agente de prensa de medio pelo. Ambos creían que sus teléfonos móviles eran seguros. Se equivocaban; estaban pinchados.

Cerca de la embajada estaban los agentes contratados por Krilov, entre ellos Vladímir Vinográdov, jefe de una banda y delincuente profesional, amén de oligarca y multimillonario que se había mudado a Londres, había comprado un equipo de fútbol y vivía en un piso de diez millones de libras en Belgravia. Era él quien había efectuado la llamada. Estaba intervenida. El GCHQ se había asegurado de ello. Esto no sorprendió a sir Adrian. Sabía que, detrás de su fachada de bonachón amante del fútbol, Vinográdov era un tipo despreciable.

En la época de Yeltsin, en Rusia, Vinográdov había sido un miembro entusiasta de los bajos fondos que acumulaba condenas por chantaje, crimen organizado, violación, asesinato y robo a mano armada. Había estado encerrado en la cárcel de Lefortovo, en Moscú. Cuando comenzó el expolio de los recursos naturales del país, él estaba en libertad y amasó una fortuna de varios millones de dólares. Con la ayuda de burócratas corruptos, logró comprar un campo petrolífero en Siberia a un precio irrisorio, lo que lo convirtió en multimillonario. Después se subió al pujante carro del *vozhd*. De forma misteriosa, su registro de antecedentes penales se borró de los archivos. Envuelto en su flamante respetabilidad, emigró a Londres, donde se convirtió en un generoso anfitrión.

Vinográdov midió sus palabras, a pesar de creer que la línea era segura. La llamada iba dirigida a un conocido gángster albanés que controlaba su organización en el sur de Londres, dominio en otro tiempo de la banda de Richardson, rival de los Kray. Bujar Zogu ya había trabajado para él antes. Había realizado varios trabajos por encargo, todos relacionados con el uso de la violencia. Una hora después de la llamada, sir Adrian tenía la transcripción en sus manos.

Vinográdov había transmitido una serie de órdenes muy sencillas: la operación queda anulada, revocada, cancelada. Haz llegar un mensaje a tus amigos. No utilices medios de telecomunicación. Ve en coche, en persona, hasta donde estén. Deshazte de todas las pruebas, y me refiero a todas, y cuando estés seguro de no haber dejado el menor rastro, vuelve a casa.

Era evidente que no había un segundo que perder. En cuanto Zogu llegara al lugar donde sus esbirros mantenían secuestrada a la niña, la matarían.

La oficina de tráfico de Swansea le proporcionó los datos del coche de Zogu en cuestión de segundos. El número de matrícula correspondía a un modesto Volvo azul oscuro con matrícula tal y tal. A continuación, Weston telefoneó a Lucinda Berry, inspectora jefe de la Policía Metropolitana.

—Lucy, ¿podrías echarme una mano?

—Si es factible y legal, sí. ¿De qué se trata?

—Un mafioso albanés ha salido en coche de su base en el sur de Londres, con destino desconocido. —Le dictó los detalles sobre el vehículo—. Tengo motivos para creer que, cuando llegue a ese destino, asesinarán a una niña. ¿Podemos interceptarlo?

—Madre mía, espero que sí.

Londres está rodeado por la M25, un anillo de circunvalación de ciento ochenta y ocho kilómetros de longitud. A todas horas circulan por ella coches patrulla, pero, lo que es más importante, está vigilada por miles de cámaras de control de velocidad HADECS-3, conectadas a un ordenador central, que les transmite las órdenes. Una de ellas captó al Volvo, que avanzaba por el tramo sur de la autopista, en dirección al túnel de Dartford, construido debajo del Támesis.

Allí hay casetas de peaje y cámaras que registraron el paso

del Volvo por el túnel hasta el tramo norte. Quince kilómetros más adelante, un coche de policía tomó la salida 29 y se unió a la cola. Le advirtieron que debía salir en la siguiente intersección.

Bujar Zogu vio el coche patrulla a través de su espejo retrovisor, pero también lo vio coger la salida 28. Para entonces, un helicóptero de la policía había localizado el coche azul y lo estaba sobrevolando. El aparato mantuvo la posición hasta que el Volvo salió del condado de Essex, sin dejar de rodear Londres por la autopista.

Un coche de policía camuflado lo siguió hasta la salida 16, donde el albanés enfiló la autopista M40 en dirección noroeste, hacia las Midlands y Gales. La policía del valle del Támesis tomó el relevo desde allí, y luego otro helicóptero.

Después de dos horas de trayecto, quedó claro que el albanés se dirigía hacia Gales, concretamente hacia el norte, una de las zonas con menor densidad de población de Gran Bretaña.

Lo fácil habría sido interceptar a Zogu y obligarlo a parar, pero Scotland Yard había desempolvado su expediente sobre el hombre. Lo describía como inteligente e ingenioso. Como había respetado el límite de velocidad a lo largo de todo el camino, sin duda tenía claro que no había motivo para que lo obligaran a parar. Y las autoridades aún no sabían adónde iba, en qué lugar recóndito había escondido su cuadrilla a la prisionera. Tal vez tenía la ubicación memorizada en el GPS, pero podía borrarla al ver a unos policías acercarse a él. Aunque lo interrogaran durante meses, no conseguirían arrancarle la información.

Sir Adrian no disponía de meses. La única buena noticia era que Zogu se ceñía a las órdenes recibidas. No había hecho el menor intento de usar su móvil para avisar a su gente de que iba hacia allí ni explicarles la razón. Aun así, había que detenerlo antes de que llegara. En ese momento tal vez fuera solo cuestión de segundos. Fue entonces cuando sir Adrian llamó al regimiento de reconocimiento especial en Credenhill para pedir ayuda.

A última hora de la tarde, el albanés circulaba por carreteras cada vez más angostas y apartadas. Iba por la A5 en dirección a Bangor. Se disponía a tomar un desvío hacia Denbigh Moors, siguiendo las indicaciones de su navegador, cuando el helicóptero del SRR se le acercó desde atrás. Volaba alto, en su punto ciego. Aunque él no lo vio, los seis soldados que iban a bordo lo vieron a él.

Solo les habían dicho que había una niña retenida contra su voluntad y que, si el hombre del Volvo azul que tenían debajo llegaba a su escondrijo, sería asesinada. Eso les había bastado. A los militares les enfurecen las amenazas contra niños.

Denbigh Moors es un páramo cubierto de brezos con algunas casas de labranza dispersas. El Volvo torció por un camino angosto que conducía a una de ellas, unos tres kilómetros más adelante. No había ningún otro edificio en las inmediaciones.

Desde su posición ventajosa a trescientos metros de altura, el piloto del Dauphin, del ala de aviación de las Fuerzas Especiales Conjuntas, alcanzaba a ver que el camino terminaba justo al otro lado de la granja y no llevaba a ningún sitio. La casa parecía abandonada, aunque había una furgoneta aparcada en el patio. Sin embargo, en una granja que hubiera estado en funcionamiento habría habido más vehículos.

Desde detrás del parabrisas, Bujar Zogu advirtió que un helicóptero sin distintivos lo adelantaba volando a toda velocidad por encima de su cabeza hasta desaparecer detrás de una loma que se elevaba ante él. Lo que no llegó a ver era que el aparato descendía hacia al valle, ni a los dos hombres con uniforme de camuflaje y subfusiles que bajaban de un salto.

Hasta que coronó la cuesta. El helicóptero se había alejado valle abajo y ya no se veía, pero los dos soldados estaban en el camino. Zogu no se percató de que sus MP5 llevaban silenciador. Lo que sí vio claramente fueron sus indicaciones por señas para que bajara del coche. Redujo la velocidad hasta detenerse. Los hombres se acercaron al vehículo, uno por cada lado. Zogu tenía al lado su chaqueta doblada. Debajo estaba su pistola.

En realidad, no habría debido intentar cogerla. Fue un error muy tonto. Y el último que cometió. Bastó para cumplir el requisito de legítima defensa. Sus colegas de la casa de labranza jamás recibirían el mensaje del ruso.

Uno de los soldados situados junto al coche acribillado habló unos instantes con los cuatro que estaban más abajo, en el valle.

También iban a pie ahora, de regreso hacia la granja. Desaparecieron en el brezo, que les llegaba a la cintura, antes siquiera de tenerla a la vista.

El SRR está especializado en una técnica conocida como reconocimiento de objetivos cercanos, o CTR. Consiste en aproximarse a un edificio de forma tan sigilosa que pasan inadvertidos para sus ocupantes. Ocultándose tras los graneros y cobertizos, y aprovechando la oscuridad creciente, los seis hombres llegaron junto a la casa con la cabeza a la altura de los alféizares sin que los descubrieran.

Una de las ventanas estaba rota, y aunque la habían tapado con tablas, quedaban rendijas entre ellas. Un ojo se acercó al hueco.

—Tres ocupantes —murmuró una voz a un micrófono de solapa. Los otros cinco recibieron la información a través de sus auriculares—. Planta baja. Cocina americana. Están cenando. Todos van armados.

Otra de sus especialidades es el método de entrada, conocido como MOE. Ya no tenía mucho sentido que continuaran ocultándose. Iba a producirse un tiroteo. Uno de los soldados se dirigió a la puerta principal, dio varios golpes imperiosos en ella y se apartó a un lado al instante.

Los tres comensales se levantaron de un salto, entre gritos en albanés. Segundos después, cuatro balas atravesaron la puerta principal desde dentro. Se había abierto la veda. Los soldados, hasta ese momento invisibles, aparecieron en todas las ventanas acristaladas. Los dos secuestradores que seguían de pie junto a la mesa no tuvieron la menor oportunidad de disparar o rendirse. Empuñaban pistolas, y con eso bastaba. La puerta principal se vino abajo y el tercer albanés murió en el recibidor.

Los llevó unos segundos inspeccionar la planta baja, en la que solo había cuatro habitaciones pequeñas. Contenían unos pocos muebles y, ahora, tres cuerpos apestosos de los que manaba una sustancia roja. El jefe del comando subió las escaleras corriendo. Dos habitaciones, ninguna de las cuales era un baño. Abrió de un empujón la puerta de una de ellas. Más hedor de cuerpos sin lavar. Tres sacos de dormir pestilentes. El soldado no sabía con certeza cuántos albaneses custodiaban a la rehén. Tal vez había un cuarto secuestrador, apuntándole a la cabeza con un arma. Abrió cautelosamente la puerta del otro lado del pasillo, con el MP5 preparado.

11

Ella estaba sola, sentada en una silla, en un rincón del fondo. La habitación era pequeña y oscura. Una bombilla de pocos vatios colgaba de un cable desde el techo, sin lámpara.

Había un saco de dormir delgado y un cubo maloliente que había usado como retrete. Un bol con restos de comida incrustados y una botella de agua del patio. Y una silla.

La única ventana daba a los campos ondulados, pero habían clavado unas tablas al marco, de modo que solo unos finos hilos de sol se colaban por las rendijas. Lo que avasalló los sentidos del soldado fue el hedor. Saltaba la vista que nunca había sido una habitación elegante, pero ahora era un sitio infernal.

Grandes moscas negras zumbaban alrededor de la débil bombilla. Otras se paseaban por el borde del cubo que hacía las veces de letrina y estaba lleno a rebosar. Habían obligado a la niña a comer del bol y a acostarse en el suelo sobre el jergón pestilente. También la habían forzado a permanecer sentada en la silla, donde estaba en ese momento, todavía con su uniforme escolar, sucia, con el cabello apelmazado, acostumbrada al olor de la habitación. Se abrazaba el torso con fuerza, y sus ojos, abiertos como platos, reflejaban el trauma y la angustia. No dijo una palabra.

El hombre del SRR bajó su arma despacio y se quitó el pasamontañas. Su repentina aparición sin duda la había asustado. Ella ya había pasado suficiente miedo. El soldado no intentó acercarse. En cambio, se deslizó hasta el suelo, con la espalda contra la pared.

—Hola —dijo con una sonrisa. Ella se limitó a mirarlo en silencio—. Me preguntaba si podías ayudarme. Busco a una chica que se llama Jessica. Su papá me ha pedido que la lleve a casa.

Ella movió los labios.

—Soy yo —respondió con un hilillo de voz.

Él fingió llevarse una grata sorpresa.

—¿En serio? Vaya, eso es genial. Te he encontrado. Tu papá te echa de menos. Me ha pedido que te acompañe de vuelta a casa. ¿Te parece bien?

Ella asintió. Él echó un vistazo alrededor.

—Qué sitio tan horrible. Seguro que tu habitación en Londres es más bonita.

La muchacha empezó a llorar. Las lágrimas brotaban de sus atemorizados y cansados ojos, y resbalaban por sus mugrientas mejillas.

—Quiero irme a casa. Quiero ver a papá.

—Eso es estupendo, Jessica. Es lo que yo quiero también. Unos amigos están abajo, y tenemos un helicóptero. ¿Alguna vez has montado en uno?

Ella negó con la cabeza. El soldado se puso de pie muy despacio y con cuidado y cruzó la habitación. Extendió la mano. La chica la tomó y él la ayudó a levantarse de la silla. Ella se hizo pis encima y lloró con más fuerza, avergonzada. Los efectos de un trauma profundo son diversos, y ninguno de ellos agradable. El hombre apartó la vista y se dirigió hacia la puerta.

—¡Vamos a bajar! —gritó—. Despejen el recibidor.

No hacía falta que la niña viera lo que había allí tirado, y también en el suelo de la cocina. Vislumbró en el exterior los focos del Dauphin y oyó el runruneo de sus dos motores. El aparato aterrizó en el brezal que se extendía al otro lado de los graneros, donde había espacio.

El resto de los hombres lo esperaban abajo. Habían arrastrado los cadáveres hasta la cocina y habían cerrado la puerta. La niña bajó los escalones de uno en uno con paso vacilante, de la mano de su colega.

—Madre mía —murmuró un soldado cuando levantaron los ojos hacia ella. Cualquier atisbo de compasión que pudieran sentir hacia los hombres que habían matado se evaporó en el acto.

El jefe del comando ayudó a Jessica Thompson a subir al Dauphin para el vuelo de regreso a Credenhill.

Cuando intentó utilizar su teléfono móvil, descubrió que Zogu no habría podido contactar con sus hombres aunque hubiera querido. No había cobertura en aquella zona de Denbigh Moors. Se sentó al lado de la muchacha y le hizo una señal con la cabeza al piloto.

Sus hombres se quedarían allí, a la espera de que los recogieran más tarde. Mientras tanto, tenían que limpiar. No habían disparado al motor del Volvo que habían dejado atrás, en el camino, de modo que aún debía de funcionar. Uno de ellos fue a buscarlo. Había que transportar a cinco soldados y cuatro mafiosos muertos en bolsas. Encargarían a la servicial pero sin duda desconcertada policía del condado de Conwy que el Volvo se convirtiera cuanto antes en un bloque de chatarra.

Una vez en Credenhill, Jessica fue conducida directamente a la unidad médica. Se ocuparon de ella dos soldados mujeres que se deshicieron en mimos hacia la niña mientras se bañaba y se ponía champú en el pelo. Una de ellas salió a informar al oficial al mando.

—No la tocaron. Amenazaron con hacerlo y le lanzaban miradas lascivas cada vez que le llevaban comida. La han rescatado justo a tiempo. Es una niña muy lista. Tiene la cabeza bien amueblada. Necesitará terapia, pero se recuperará.

El oficial al mando llamó a sir Adrian, quien le comunicó la noticia a Robert Thompson, que en realidad seguía vivo y coleando. Weston pidió a su chófer que fuera a buscarlo y lo acompañara en el largo trayecto de madrugada a Hereford para que pudiera reencontrarse con su hija.

Cuando regresaron a Londres, sir Adrian visitó a Thompson de nuevo en su piso de Battersea.

—Dudo que pueda seguir trabajando en la administración pública después de lo ocurrido. Tampoco creo que tenga muchas ganas. Quizá le vendría bien un cambio de aires. Con la seguridad garantizada para los dos. Conozco un lugar precioso, con clima templado y un mar azul centelleante —continuó—. Wellington, Nueva Zelanda. Tiene buenos colegios y su gente es muy acogedora. Creo que puedo conseguirle algo allí, si quiere. Conozco a su embajador en Londres. Un buen empleo en el gobierno neozelandés. Una casa bonita desde la que le resultaría sencillo desplazarse hasta el trabajo. No es una ciudad muy grande. Una nueva vida, tal vez. Creo que es factible. Avíseme si le interesa.

Un mes después, Robert Thompson y Jessica partieron con rumbo a esa nueva vida a orillas del estrecho de Cook.

Adrian Weston era un hombre compasivo, por lo que estaba interesado en averiguar la verdadera identidad del hombre cuyos restos carbonizados iban en el coche dirigido por control remoto que se estrelló a toda velocidad.

En 1943, los aliados occidentales preparaban la invasión del sur de Europa. Querían intentar engañar al alto mando nazi para convencerlo de que la invasión iba a producirse cuando en realidad no era así. Los británicos cogieron el cadáver de un vagabundo no identificado, le pusieron el uniforme de un comandante de los Royal Marines y lo dejaron a la deriva desde la costa del sur de España.

Llevaba sujeto a la muñeca con una cadena un maletín con documentos, en apariencia de alto secreto, que aseguraban que la invasión se iniciaría a través de Grecia. El cuerpo flotó hasta una playa, donde fue encontrado y entregado a la Guardia Civil. La España de Franco, aunque en teoría neutral, estaba en realidad a favor del Eje. Los papeles pasaron a manos de la inteligencia alemana, que los hizo llegar a Berlín.

Se desplegaron refuerzos masivos en Grecia. Los aliados, al mando de Patton y Montgomery, entraron en Europa a través de Sicilia e Italia. Se salvaron miles de vidas, se escribió un libro, *El hombre que nunca existió,* y se rodó una película que se tituló *El espía que nunca existió.* Esa era la historia que había servido de inspiración a sir Adrian.

El cadáver en el coche siniestrado era también el de un indigente que vivía en la calle y que tampoco había sido identificado. Iban a enterrarlo en una fosa común, sin nombre. La autopsia reveló que había muerto a causa de una neumonía, contraída seguramente por dormir al raso bajo la lluvia. Las pruebas mostraron que era un alcohólico irrecuperable con una constitución ya muy dañada. La única pertenencia que no había empeñado para comprar alcohol y que llevaba encima era un anillo de sello.

Pero en otra época había sido un hombre, razonó sir Adrian, que tal vez amaba y había sido amado, que tenía un trabajo, una familia, una vida. ¿Cómo había acabado en aquella situación tan penosa, muriendo en el arroyo? Decidió que lo menos que podía hacer era intentar averiguarlo.

Pidió que aplazaran el entierro del sin techo. Llamó a algunas puertas, se cobró varios favores, pateó algunos traseros y tocó algunas narices hasta que consiguió que le tomaran una muestra de ADN. Consultaron la base de datos nacional, pero no encontraron nada. Si el muerto hubiera estado fichado, el análisis habría arrojado resultados positivos. No tenía ficha policial.

Weston estaba a punto de permitir que la burocracia siguiera su curso cuando un científico de la base de datos de ADN le telefoneó.

—Hemos encontrado una coincidencia con un posible hermano —le explicó.

El hombre en cuestión se había visto envuelto en una pelea de bar años atrás, lo habían denunciado por agresión con lesiones y lo habían declarado culpable. Además, tenía un nombre. Drake. Philip Drake. A la policía le llevó un tiempo localizarlo, ya que había cambiado tres veces de domicilio. Pero al final dieron con él. Cuando le mostraron el anillo de sello, confirmó que pertenecía a su hermano Benjamin, al que llamaba Benny.

Hacía veinte años que no veía a su hermano mayor, desde que este, destrozado por el síndrome de estrés postraumático, había ido a parar a la red de la asistencia social y las organizaciones benéficas hasta acabar en el alcoholismo y viviendo en la calle. Philip recordaba que los problemas de Benny tenían su origen en la guerra de Afganistán, donde había combatido con el uniforme de su país.

Había sido un Mercian, miembro de un regimiento procedente de las East Midlands cuyo cuartel se encontraba en Lichfield. Weston llamó al oficial al mando para informarle. Este decidió que, pese a lo bajo que había caído, el cabo Benny Drake merecía un funeral de soldado. Escarbó en los fondos del regimiento para conseguir el dinero necesario.

Una semana después, el cortejo fúnebre salió por la puerta principal del cuartel de Whittington y desfiló por las calles de Lichfield. Un coche mortuorio transportaba el ataúd cubierto por la bandera británica, y detrás avanzaba una limusina en la que iban los padres. La gente de la ciudad se descubría la cabeza y se volvía hacia la calzada a su paso. El grupo de portadores y un suboficial cerraban la marcha a paso lento.

El cortejo entró en el cementerio de Whittington y fue conducido hasta la fosa preparada. Los portadores, seis soldados, cargaron con el féretro el resto del camino, que discurría junto a la iglesia de Saint Giles hasta la sepultura. El capellán del regimiento ofició la ceremonia. Cuando terminó, retiraron la bandera del ataúd, la plegaron y la entregaron a los padres.

Mientras bajaban la caja a la fosa, un grupo de soldados armados con fusiles dio un paso al frente junto con el corneta del regimiento. Los sacristanes aguardaban pala en mano. Los fusileros dispararon tres salvas por encima de la tumba y el corneta comenzó a tocar el *Last Post*. El señor y la señora Drake permanecían muy erguidos, llenos de orgullo, mientras entregaban al descanso eterno al cabo Benny Drake. Aunque había muerto en el arroyo, estaba siendo enterrado junto a sus compañeros soldados.

Cuando la última nota del *Last Post* se apagó, en el extremo más alejado del cementerio una figura solitaria guardó sus prismáticos. Sir Adrian subió a su coche y el chófer lo llevó de vuelta a Londres. Había una cuenta que saldar.

A la mañana siguiente, con sus cuentas bancarias congeladas, el señor Vladímir Vinogradov fue instado a abandonar el país. La explicación formal, innecesaria porque la ley no la exigía, se limitaba a declarar que, en opinión del gobierno británico, su presencia continuada no era «beneficiosa para la comunidad».

Él protestó y amenazó con interminables apelaciones en los tribunales. Le pusieron una foto sobre su mesa. Mostraba el rostro con los ojos cerrados del gángster a quien había encargado que secuestrara a una niña. Guardó silencio durante unos instantes y luego llamó a su piloto personal en Northolt para ordenarle que preparara su avión.

En la oscura sala de ordenadores de Chandler's Court, Luke Jennings, en cuclillas frente a una consola, miró la pantalla táctil, pulsó varios iconos y miró de nuevo, encerrado y absorto en su mundo particular. A su lado, el doctor Hendricks lo observaba, sentado en una silla. Sabía lo que estaba haciendo el adolescente, pero no cómo lo hacía. Hay momentos en los que el instinto desafía y niega a la lógica. El hombre del GCHQ le había impuesto una tarea considerada imposible, y sin embargo...

Ya era muy tarde, y en el exterior reinaba la oscuridad absoluta. Ninguno de los hombres que estaban frente a la consola lo sabía, pero tampoco les importaba. El tiempo no cuenta en el ciberespacio. En algún lugar, a muchos kilómetros de allí, una base de datos se resistía en silencio, luchando por proteger sus secretos. Justo antes del amanecer, perdió la batalla.

El doctor Hendricks, boquiabierto, apenas daba crédito a sus ojos. De alguna manera, y no tenía ni idea de cómo, Luke Jennings lo había conseguido: había atravesado el *air gap*, la separación física que aislaba su objetivo, e introducido los algoritmos correctos. Los cortafuegos se abrieron, la base de datos lejana capituló. Tenían las claves. Le dio unas palmaditas en el hombro al chico.

—Ya puedes descansar. Podemos volver a entrar después. Nos has proporcionado acceso. Buen trabajo.

Al penetrar en la base de datos de Fort Meade, en Maryland, Luke Jennings se había expuesto sin saberlo a una larga pena de cárcel en Estados Unidos. Por hacer lo mismo con esta otra, no recibiría más que elogios. Le daba igual tanto una cosa como la otra. Le habían planteado un reto y lo había superado. Eso era lo único que importaba. Otros podrían entrar en la base de datos extranjera y plantar software malicioso, virus troyanos o instrucciones de autodestrucción del equipo.

El ordenador que albergaba la base de datos extranjera se encontraba bajo la arena del desierto de la república teocrática de Irán, un país que practicaba y propagaba el terrorismo y que pretendía fabricar su propia bomba atómica. Había otro país que estaría condenado a la aniquilación si esa bomba atómica llegaba a ser un arma viable algún día. Si sir Adrian lograba su propósito de persuadir a la primera ministra, compartirían las claves de acceso a la base de datos iraní con Israel.

Aunque lo más seguro es que no fuera un regalo. El enorme yacimiento de gas natural que acababa de descubrirse cerca de la costa occidental de Israel tal vez saliera a relucir en la conversación.

Sue Jennings escrutó la oscuridad cuando los primeros rayos del alba aparecieron por el este. Conocía el sentimiento que la embargaba, y disfrutó cada segundo de él. Hacía mucho que no lo experimentaba.

A efectos prácticos, su matrimonio había terminado hacía diez años. La tensión que acarreaba criar a los dos chicos y las necesidades adicionales del mayor habían contribuido a ello. Pero no era la causa principal. No había discutido con especial virulenta con Harold. Sin embargo, él había acabado por dejarle claro que no sentía el menor interés por la parte física de su matrimonio. Para entonces, llevaban semanas sin hacer el amor. Él se encontraba en mitad de la cuarentena y ella en una vigorosa treintena.

Durante la década siguiente ella tuvo varias aventuras breves, siempre de carácter físico. Pero Harold y ella habían permanecido juntos por el bien de los chicos, sobre todo de Luke. Había factores de orden práctico: la casa, los ingresos estables y todo lo que esto traía consigo. Pero Harold ya no estaba; era viuda.

Lo que sentía con la llegada del alba era pura lujuria, el deseo de tocar al hombre que dormía a su lado. Sabía que él no se habría atrevido a atravesar toda la primera planta para llegar hasta ella. De todos modos, su habitación se encontraba entre las de Luke y Markus, así que finalmente fue ella la que decidió acercarse al dormitorio de él.

La puerta no estaba cerrada con llave. Sue entró, dejó que su bata resbalara hasta el suelo y se metió debajo del edredón, junto a él. Apenas habían intercambiado unas pocas palabras. Se limitaron a hacer el amor, él con la fuerza y la dureza del acero, ella con la pasión del deseo que había reprimido durante tanto tiempo.

Desde que asignaron al capitán Williams y a sus hombres a aquella pequeña comunidad, él había compartido mesa con ella, el doctor Hendricks, dos miembros más del GCHQ y sus hijos. Aunque habían guardado las formas, la química que existía entre los dos se reflejaba en sus ojos. Empezaron a contarse detalles de sus vidas. Él tenía treinta y nueve años y estaba solo desde que su esposa había muerto en un trágico accidente de canoa en la costa del Algarve ocho años atrás.

Sue Jennings llevaba días cavilando sobre qué debía hacer. Ya no podía seguir disimulando la fuerte atracción que sentía por el soldado que se sentaba con la familia y los científicos a la mesa del comedor. Cuando sus miradas se encontraron por primera vez por encima de las tazas de té en aquella ocasión, ella supo que se trataba de algo mutuo.

Pero no era una seductora experimentada. Eso nunca había formado parte de su vida.

Esperó a que el capitán tomara la iniciativa, pero él había mantenido una escrupulosa cortesía y había guardado siempre las distancias. ¿Buenos modales? ¿Timidez? Al diablo las dos cosas. Ella sabía que se estaba enamorando. ¿Por qué no daba él el primer paso? Al cabo de unas semanas, ella tomó la iniciativa.

Poco después de medianoche, se levantó de su cama individual, todavía desnuda. A la luz de la luna, se miró en el espejo del armario. A sus cuarenta años tenía una figura curvilínea, pero en absoluto rellena. Se había mantenido en forma en el gimnasio, pero ¿para quién? No para el apagado Harold, más interesado en mejorar su hándicap de golf que en hacer el amor.

Ella era aún lo bastante joven como para concebir otro hijo, y eso era justo lo que quería, pero solo con un hombre: el que dormía en una habitación en la otra punta de la casa. Descalza, se puso una bata sobre los hombros y abrió la puerta procurando no hacer ruido para no despertar a los chicos, que dormían uno a cada lado de su cuarto.

Se detuvo una última vez frente a la puerta del capitán para escuchar la respiración profunda y regular que provenía de dentro, antes de girar el pomo y entrar con sigilo. Acababan de pasar su primera noche juntos. Bajo la tenue claridad del amanecer que se colaba a través de las cortinas, tomó una decisión: iba a quedarse con él, y no solo por una noche. Tenía la intención de convertirse en la señora de Harry Williams, y sabía que una mujer atractiva con una determinación férrea era capaz de conseguir que, a su lado, un misil Exocet pareciera un petardo mal diseñado. Mientras el sol de finales de junio iluminaba las copas de los árboles del bosque, se escabulló y regresó a su habitación.

12

Hacía muchos años que Irán anhelaba poseer una bomba atómica. La idea se debatió por primera vez durante el gobierno del sah, depuesto en 1979. Entonces, Estados Unidos, su amigo y protector, lo disuadió. Bajo el dominio de los ayatolás no existía tal influencia.

Durante muchos años, la tecnología no supuso ningún obstáculo. Un científico paquistaní que había sido uno de los artífices de la exitosa investigación y fabricación de bombas atómicas traicionó a su país y vendió los datos a Irán. Hacía tiempo que el problema era adquirir abundantes reservas de uranio para usos armamentísticos.

El mineral de uranio, conocido como «torta amarilla», se pudo comprar durante muchos años a varios proveedores de todo el mundo. Pero, en forma de mineral, el uranio-235 tiene una pureza del cinco por ciento o menos, lo cual es demasiado rudimentario como para utilizarlo en la producción de un arma nuclear. Es necesario refinarlo hasta que ronde el noventa y cinco por ciento de pureza.

La excusa para comprarlo ha sido siempre la construcción de centrales eléctricas, para las cuales basta con una calidad del cinco por ciento. El mundo nunca se ha creído ese pretexto. ¿Por qué un país que prácticamente flota en un océano de petróleo sin refinar y al que le importa un comino el medio ambiente no explota sus materias primas gratuitas para generar electricidad? La clave estaba en las plantas químicas secretas, ocultas y negadas al mundo, cuya función es refinar la torta amarilla hasta transformarla en uranio-235 apto para la fabricación de armas.

El club nuclear formado por Estados Unidos, China, Francia, Rusia y Gran Bretaña rubricó en 2015 un acuerdo con Alemania, un país no nuclear, y la Unión Europea que exigía a Irán que desistiera de sus investigaciones a cambio de una mayor laxitud en las sanciones económicas impuestas por culpa de sus ambiciones nucleares. En secreto, el acuerdo no fue respetado.

Hace mucho que los ayatolás decretaron que el destino de Israel, que carece de campos petrolíferos pero es un país extremadamente avanzado en cuestiones tecnológicas, es ser borrado de la faz de la Tierra. Por tanto, Israel tiene un enorme interés en las ambiciones nucleares iraníes. También tiene al Mosad (la «Institución»), su eficaz organización secreta de espionaje. Sus esfuerzos para averiguar qué se trae entre manos la dictadura iraní y hasta dónde ha llegado han sido constantes.

Irán no fue el primer vecino de Israel que inició un programa nuclear. Lo fue Siria, que aprendió la lección en 2007. El espionaje israelí y sus aviones descubrieron la construcción de un enorme edificio cuadrado, que en Tel Aviv apodaron «el Cubo», cerca de Deir ez-Zor, una zona remota de Siria oriental. El tema suscitó demasiada curiosidad como para ignorarlo. Posteriores investigaciones revelaron que albergaba un reactor nuclear de fabricación norcoreana concebido para suministrar plutonio, el núcleo de una bomba atómica, al dictador sirio.

En 2007 ocho cazas militares despegaron la misma noche desde varias bases del sur de Israel. Pusieron rumbo al oeste, sobrevolaron el Mediterráneo, viraron hacia el norte y después hacia el este, pasando sobre la costa siria sin ser detectados. Volaban a una altura de unos noventa metros, prácticamente sobre los tejados, y a una velocidad que exigía una precisión de nanosegundos. Iban cargados con varias bombas para garantizar la destrucción total del objetivo.

A las 00.42, los ocho aparatos soltaron su carga. Ninguno falló. A las 00.45, el líder del equipo anunció por radio: «Arizona». Objetivo destruido. El escuadrón viró hacia el norte, llegó a la frontera turca y la siguió hacia el oeste hasta el mar. Después puso rumbo a casa, todavía en vuelo rasante.

La destrucción del Cubo no afectó directamente a Irán, pero era un aviso. Cuando los iraníes emprendieron su programa nuclear, lo hicieron desde unas cuevas subterráneas a prueba de bombas, donde purificaron y acumularon reservas de uranio-235 apto para fabricar bombas.

Se sabe que existían dos plantas de purificación. La más pequeña, conocida como Natanz, se encontraba dentro de una montaña ahuecada en el norte del país. Fordow, mucho más grande, se hallaba bajo el desierto, en un lugar tan profundo que era inmune a las bombas antibúnkeres más potentes.

Para purificar el mineral se utilizan hileras e hileras de centrifugadoras conocidas como ciclotrones, cuyo manejo es extremadamente peligroso. Se trata de columnas verticales de entre dos y tres metros de altura cuyo núcleo gira a la asombrosa velocidad de cincuenta mil revoluciones por minuto. Las hileras que forman se llaman cascadas. Se calculaba que Irán tenía en su haber unas veinte mil, unidas en cascadas de ciento veintiocho cada una, en la sala principal de centrifugado.

Poseen tantas porque purifican el mineral de uranio con gran lentitud y solo extraen unos pocos y preciados granos cada día, que más tarde son almacenados con sumo cuidado. El motivo por el que son tan peligrosas es que giran sobre unos rodamientos que deben estar perfectamente equilibrados. La más leve variación en la velocidad de giro o el equilibrio puede provocar un sobrecalentamiento, que se separen de los rodamientos, o ambas cosas. En ese supuesto, toda la sala podría convertirse en un osario del que salieran volando partes de los cuerpos de los técnicos, y las centrifugadoras enloquecidas y las máquinas adyacentes quedaran reducidas a fragmentos derretidos.

Para impedirlo, toda la operación se controlaba desde un ordenador central guiado por una base de datos protegida con capas y capas de cortafuegos, de forma que solo los operarios iraníes, armados con los códigos de acceso, podían acceder a ella. Esos códigos de acceso inalcanzables eran los que había conseguido el adolescente sentado junto al doctor Hendricks en Chandler's Court.

En Fordow no se detectó ninguna alerta, así que no era necesario actuar. Bastaba con tener los códigos de acceso. Fueron estos los que sir Adrian, con el permiso de la primera ministra, facilitó a un alto mando de la embajada israelí en Palace Green, Londres.

Más o menos una semana después, a comienzos de julio, sucedió algo muy extraño en las entrañas del desierto iraní. En el ordenador central apareció una minúscula variación. La velocidad de rotación de los rodamientos de una cascada de centrifugadoras empezó a aumentar. Un ingeniero con bata blanca sentado frente a la consola central indicó a la base de datos que lo corrigiera. La tecnología hizo caso omiso. En el desierto del Néguev, otras manos estaban dictando nuevas órdenes. La velocidad de rotación seguía incrementándose.

El agitado ingeniero de Fordow llamó a un técnico superior. Perplejo, este introdujo los códigos de corrección, que fueron ignorados. El indicador que controlaba la temperatura de los rodamientos empezó a subir. La inquietud se convirtió en preocupación y, por fin, en pánico. La base de datos se negaba a obedecer. La velocidad de giro y la temperatura de los rodamientos se dispararon. Se había traspasado un umbral peligroso. El técnico de más alto rango pulsó un botón rojo y una sirena atronadora estalló en la amplia sala que albergaba las centrifugadoras. Hombres con batas blancas se precipitaron hacia las enormes puertas de acero. El aullido de la sirena persistía. Cuando la primera cascada se desprendió de sus rodamientos, la huida se convirtió en una carrera de locos para intentar salvar la vida. La incontenible fricción tiñó el metal de un tono escarlata mientras los hombres se abrían paso a codazos para llegar a las puertas abiertas.

El informe inicial que llegó a manos de la autoridad suprema de la república, el ayatolá Jamenei, relataba que el último técnico había salido justo a tiempo. Las puertas sisearon y empezaron a cerrarse, evitando así que el infierno escapara de aquella sala del tamaño de un hangar. Los hombres se salvaron, pero las centrifugadoras fueron destruidas una tras otra al salirse de los rodamientos y derribar la siguiente cascada.

El venerado ayatolá, encorvado por la edad, se forzó a leer la última línea del informe ante el grupo de científicos de tez lívida que habían acudido a su modesta residencia de la calle Pasteur, en Teherán.

El cálculo fue de veinte años. Veinte años de esfuerzo y gasto constantes se habían esfumado en una hora catastrófica. Por supuesto, se abriría una investigación. Los cerebros más prodigiosos de Irán escarbarían e indagarían. Presentarían su informe ante el ayatolá en persona. Le contarían qué había ocurrido, cómo, por qué y, lo que era más importante, por obra de quién. Jamenei pidió a los científicos que se marcharan y se retiró a su mezquita privada a rezar.

Por supuesto, solo los israelíes podían estar detrás de todo aquello; que Alá los condenara al infierno. Pero ¿cómo habían accedido a los códigos? Lo habían intentado sin éxito durante años. El virus Stuxnet, desarrollado por Israel y Estados Unidos años antes, ocasionó daños, pero no consiguió los códigos. Ahora, alguien lo había hecho. ¿Era posible que fuesen los propios israelíes? Los iraníes no podían saber que en realidad lo había logrado alguien desde muy lejos, el mejor pirata informático conocido o, en este caso, desconocido.

El Líder Supremo no sabía nada de ordenadores y, por tanto, dependía por completo de sus expertos. Después de una detallada investigación, le informaron de que las manos que habían tecleado la orden para que los rodamientos de las centrifugadoras incrementaran su velocidad de giro hasta niveles frenéticos, lo que provocó su autodestrucción, eran israelíes casi con toda seguridad.

Pero el principal dilema guardaba relación con los vitales códigos de acceso. Sin ellos, nadie podía dar instrucciones suicidas al ordenador que lo controlaba todo. Con ellos, todo era posible.

El desastre iraní no permaneció en secreto mucho tiempo. Fue imposible ocultar la noticia. Las personas que han vivido una experiencia traumática, aunque sean científicos, hablan. Lo comentan con sus compañeros, tanto los que estuvieron presentes como los que no. Se lo cuentan a su familia. Se corrió la voz. La historia se filtró a esa comunidad internacional de científicos cuya labor es estudiar, a petición de su gobierno, los progresos de sus homólogos. Lo sucedido en Fordow se asemejaba demasiado al desastre informático de Múrmansk.

Al final, el enigma no se resolvió en Teherán, sino en Moscú, que sabía quién había sido y dónde estaba.

Dos días después, el embajador ruso en Teherán solicitó una audiencia privada con el Líder Supremo. Llevaba un mensaje personal del *vozhd* en relación con una casa aislada en la

Inglaterra rural y un pirata informático adolescente que podía obrar lo imposible.

Cumpliendo una promesa de sir Adrian, el hombre de la Casa Blanca recibió un copioso informe, similar al que le llegó a través de la CIA. Ambos confirmaban sus respectivos contenidos. El presidente se dio cuenta de que le habían mentido. En cualquier caso, llevaba mucho tiempo denunciando el tratado que había llevado a Estados Unidos a relajar las sanciones económicas impuestas a Irán a cambio de un cese de las investigaciones nucleares y, ni que decir tiene, la purificación de uranio. El presidente rompió el tratado en mil pedazos y restituyó las ruinosas sanciones.

Casi a la vez, sir Adrian recibió una carta en su apartamento del Arco del Almirantazgo. Aquello le intrigó. Muy poca gente conocía su dirección, y el sobre había sido entregado en mano. El contenido era sucinto y cortés. El remitente invitaba a sir Adrian a visitarlo, convencido de que esa reunión sería beneficiosa para ambos. El membrete pertenecía a la embajada de Israel y estaba firmada por Avigdor Hirsch, un nombre desconocido para él.

En su época en el MI6, sir Adrian era especialista en Rusia, la URSS y los países satélite del imperio soviético en Europa del Este. No dominaba Oriente Próximo, y había transcurrido más de una década desde su jubilación. Otros también se habían retirado, y había habido ascensos, traslados y salidas, algunas voluntarias y otras incentivadas. Pero todavía tenía contactos, y uno de ellos era Christopher, el hombre que «gestionaba» Oriente Próximo, una persona más joven que él y que todavía seguía en Vauxhall Cross.

—¿Avi Hirsch? Pues claro que lo conozco —dijo la voz al

otro lado de la línea segura—. Lleva aquí tres años. Es el jefe de la delegación del Mosad, un tipo muy inteligente.

—¿Algo más?

—Bueno, después del servicio militar empezó como abogado en las fuerzas especiales. Está colegiado en tres jurisdicciones: la suya, la nuestra y la de Estados Unidos. Se licenció en el Trinity College de Cambridge. No es para nada un *kibbutznik* con callos en las manos. Lo consideramos un buen muchacho. ¿Qué quiere?

—Todavía no lo sé —respondió sir Adrian.

—¿Te has enterado del desastre de Fordow?

—Por supuesto. Y de la respuesta estadounidense.

—Mi departamento está trabajando veinticuatro horas al día. Buena suerte con Avi.

La embajada israelí en Londres impone unas medidas de seguridad extremas. Las necesita. Ha sufrido varios intentos de atentado y se convocan numerosas manifestaciones con pancartas delante del edificio. El coche de sir Adrian se detuvo frente a la puerta de hierro forjado y su identificación fue examinada minuciosamente antes de permitirle la entrada. Otro agente de seguridad señaló un aparcamiento y, cuando su chófer estacionó, lo acompañaron al interior del edificio.

No fue sometido a un registro intrusivo como en los aeropuertos, pero sabía que algún escáner oculto había explorado hasta el último centímetro de su cuerpo. No llevaba equipaje, ni siquiera un maletín. La sala de reuniones elegida para el encuentro estaba en el sótano, sin duda una estancia escrutada y esterilizada para que fuese segura.

Weston se había informado con antelación y Avi Hirsch era tal como esperaba: unos cuarenta y cinco años, atlético, bronceado, cortés y muy desenvuelto en la lengua de Shakespeare. Les ofrecieron café, que ambos rechazaron, antes de dejarlos solos. Sir Adrian sabía que la conversación no tendría lugar sin un extenso parte previo por parte del alto mando del Mosad en su cuartel general, situado al norte de Tel Aviv.

—Me han pedido que le transmita que mi gobierno y mi país están muy agradecidos —empezó el jefe del Mosad en Londres.

Ambos sabían que se refería a los códigos de acceso al ordenador central de Fordow.

Era todo un halago. En el mundo del espionaje, y sobre todo en una esfera tan integrada como la cibernética, Israel era muy superior al resto. El Mosad tiene agentes repartidos por todo el planeta y es imbatible en Oriente Próximo. Bajo el desierto del Néguev, a las afueras de Beer Sheva, trabaja un equipo de expertos conocido como Shmone Matayim, o Unidad 8200, que reúne a los mejores cibercerebros de la república, encargados de descifrar códigos, crear otros nuevos, penetrar en bases de datos hostiles y controlar una oleada de comunicaciones codificadas entre las agencias de sus enemigos y, de hecho, también las de sus amigos. La Unidad 8200 no descansa nunca.

Gran parte de la carrera profesional de sir Adrian era anterior a todo aquello. Era un veterano en un mundo de jóvenes, pero algunas cosas no cambian. Hay amigos, hay enemigos, hay traidores y hay tontos que hablan demasiado. La época de los encuentros fugaces en callejones adoquinados de la Bratislava ocupada por los soviéticos podía parecer cosa del pasado, pero la información correcta en el lugar y momento adecuados aún podía cambiar la historia.

Es más, un cuchillo entre las costillas o una bomba oculta en los bajos de un coche todavía podían acabar con una vida humana. Y sir Adrian sabía de sobra que el educado jefe de delegación que tenía sentado delante representaba a una agencia que no había abandonado en modo alguno esas viejas costumbres cuando juzgaba necesario utilizarlas.

Para recabar información confidencial, el Mosad cuenta con la ayuda de varias unidades de las fuerzas especiales equiparables al servicio especial aéreo, el servicio especial de la Marina y el regimiento de reconocimiento especial de los británicos o los Delta Boys estadounidenses, los Navy SEAL y la división de actividades especiales de la CIA (SAD). Se trata de los comandos especializados Sayeret Matkal, el Kidon («bayoneta» o «punta de lanza»), que cometen asesinatos en suelo extranjero, y el aún más misterioso Duvdevan, especializado en conocer a la perfección los idiomas y comunidades de Oriente Próximo para que sus agentes puedan infiltrarse en los países enemigos, hacerse pasar por nativos y «dormir» durante años antes de entrar en acción.

Sir Adrian sabía todo esto porque, si bien Oriente Próximo nunca había sido su zona de actividad, es algo que todo el mundo sabe en los círculos de espionaje. Por tanto, era consciente de que Irán debía de estar infestado de durmientes israelíes, algunos, sin duda alguna, en las altas esferas. Permaneció callado a la espera de que Avi Hirsch echara la pelota a rodar.

—Voy a ser franco —prosiguió por fin el israelí; lo más seguro es que fuera justo lo contrario—. Está claro que la fuente de la extraordinaria información que nos remitió, los códigos de acceso de Fordow, tiene que ser una especie de cibergenio. En la Unidad 8200 tenemos muy buenos descifradores de códigos, pero su chico les llevaba ventaja. Cruzó el *air gap*, algo que se considera imposible. Eso lo convierte en alguien muy valioso, pero también muy vulnerable.

—¿Vulnerable?

—A represalias. Con la perspectiva del tiempo, las circunstancias que rodearon el desastre del *Almirante Najímov* se van esclareciendo. Parece que alguien se hizo con el control del barco.

Sir Adrian ofreció un «ah» por respuesta.

—Puedo contarle que, más o menos una semana después del incendio en Fordow, el embajador ruso mantuvo una reunión privada con el ayatolá Jamenei. ¿Alguna idea?

—Ah —repitió sir Adrian.

—Creemos que Moscú puede haber informado a Irán de la identidad de esa persona extraordinaria que por lo visto tienen ustedes oculta. Y es probable que también de su localización; si la conocen, claro está. Si los iraníes tienen esa información, tal vez se planteen vengarse. Voy a darle un consejo amigo de una agencia agradecida: quizá debería trasladarlo. Sin dilación. Irán también tiene unidades de asesinos.

—Muy amable por su parte —dijo el inglés—. Se lo agradezco mucho, y sin duda sus palabras merecen una valoración al más alto nivel.

Él sabía algo que Avi Hirsch ignoraba. Trasladar a Luke Jennings a un contexto nuevo y desconocido no era tarea fácil. El estado mental del joven, su apego al entorno inmediato, a la ubicación de cada ornamento en su espacio personal, pero sobre todo a la disposición de los algoritmos de su ordenador, era tan obsesivo que sacarlo de forma repentina de allí y llevarlo a varios kilómetros de distancia podía provocarle una crisis nerviosa.

Pero era una advertencia oportuna. Irán tenía a su disposición terroristas suicidas, fanáticos y asesinos profesionales. El núcleo del Pasdarán, el cuerpo de la Guardia Revolucionaria Islámica, era la Brigada Al Quds, que había cometido actos sangrientos de forma generalizada y selectiva por todo Oriente Próximo. ¿Chandler's Court quedaba fuera de su alcance? ¿Permitiría la primera ministra otro tiroteo en el pacífico césped de Warwickshire?

Sir Adrian lo dudaba. Vengar el brutal atentado con gas nervioso Novichok perpetrado en las calles de Salisbury hundiendo el *Almirante Najímov* había sido un acto de justicia retributiva y, para el mundo, imposible de demostrar. Ayudar a Israel a desenmascarar la traición nuclear de Irán al presidente estadounidense era una cosa; provocar venganzas en la Inglaterra rural por parte de maníacos de Oriente Próximo era otra.

—Dígame, Avi. Si existiera otra organización iraní altamente secreta con una base de datos cuyo contenido fuera considerado por sus superiores como un tesoro de incalculable valor, ¿cuál sería? ¿El VAJA o el FEDAT?

El agente israelí tuvo que hacer un esfuerzo para mantener la compostura. Le sorprendió que aquel experto en el Kremlin ya retirado conociera alguna de las dos instituciones. Pero sir Adrian se había documentado. Sabía que el VAJA es el Ministerio de Inteligencia iraní y que cuenta con asesinos propios, tanto en su propio país como, sobre todo, en el extranjero, y que el FEDAT es un centro extremadamente secreto donde se investigan y desarrollan armas nucleares al amparo del Ministerio de Defensa. Ocupa un moderno complejo de bloques de oficinas en el centro de Teherán, justo delante de la Universidad Malek Ashtar.

Mientras cruzaba las puertas de hierro de la embajada, sir Adrian sopesó las posibilidades de que su último ardid, hacer un segundo favor a los israelíes, también funcionara. Ayudarlos a destruir las centrifugadoras de Fordow había sido útil para la seguridad mundial. Lo que ahora tenía en mente le tocaba más de cerca.

Necesitaba un favor y, en su mundo y en el de Avi Hirsch, los favores se compraban con favores.

En privado, sir Adrian conjeturó que, eligiera el que eligiese Tel Aviv, el otro probablemente ya habría sido invadido por la Unidad 8200 pulsando teclas bajo el desierto del Néguev, a las afueras de Beer Shiva. Tres días después, obtuvo su respuesta: el FEDAT.

13

Cuando una nación decide intentar convertirse en una potencia nuclear se generan gran cantidad de informes. Irán tomó esa decisión hace muchos años, justo después de que los ayatolás se hicieran con el poder y crearan su despiadada teocracia. La afirmación del ayatolá Rafsanyaní de que Israel sería borrado de la faz de la Tierra fue como una declaración de guerra, una guerra encubierta, pero una guerra de todos modos, que se libraría entre bastidores e ignorando la Convención de Ginebra o cualquier otra norma aceptada.

Al declarar una guerra en toda la península arábiga para intentar exterminar al pequeño y sitiado país, Irán se enfrentaba a su oponente más formidable en un radio de tres mil kilómetros desde Teherán. Israel tuvo su origen en operaciones encubiertas, primero en 1945 contra los británicos, agotados después de la guerra, y, a partir de 1948, contra todas las entidades palestinas y árabes furiosas y vengativas que lo rodeaban.

Los árabes podían incorporar a su arsenal un número ingente de efectivos, un espacio enorme y fondos ilimitados. Los israelíes no tenían nada de eso, pero su armamento y sus aptitudes eran mejores. Estas incluían años de experiencia en planificación y ejecución secretas. A ello había que sumarle un patriotismo fanático, la certeza de que un fracaso equivaldría a la muerte, una red internacional de judíos que a la primera llamada se ofrecerían a ayudar en todo lo que pudieran y la camaleónica habilidad de hacerse pasar por cualquier cosa excepto un israelí o un judío.

Otro elemento crucial eran sus excepcionales niveles tecnológicos. Dado que hacía frente a su exterminio en caso de derrota, Israel no tuvo escrúpulos en aceptar la ayuda de la Sudáfrica blanca, otra minoría asediada, para adquirir las cantidades necesarias de uranio refinado a fin de convertirse en una potencia nuclear, y creó una fábrica de bombas en Dimona, situada en el desierto del Néguev.

Con el dinero que recibió a cambio, Sudáfrica fabricó seis bombas atómicas, que fueron desmanteladas antes de que el Congreso Nacional Africano subiera al poder mediante la Coalición Arcoíris.

La guerra encubierta se prolongó durante seis décadas y aún está vigente. En ocasiones, la ciudadanía llega a vislumbrar algún atisbo del enfrentamiento oculto: un cadáver aquí, unas instalaciones destruidas allá. El viejo Mosad Le'aliyah Bet, creado para rescatar a judíos europeos que habían sobrevivido al Holocausto de Hitler y trasladarlos a la Tierra Prometida, fue rebautizado como Mosad y se convirtió en el que probablemente sea el servicio secreto más formidable del mundo.

La CIA estadounidense tiene su división de actividades especiales, dispuesta a ir a la guerra y matar si así se lo ordenan. El MI6 (o SIS) británico prefiere mantener sus manos lo más limpias posible y recurre a los regimientos de las fuerzas especiales para hacer lo que hay que hacer. Israel también cuenta con sus cuerpos especiales, pero el Mosad no duda en llevar a cabo «eliminaciones» en su propio territorio o en el extranjero cuando es necesario. De ahí la letanía de asesinatos selectivos de enemigos en todo el mundo, ya sea amparándose en un futuro peligro para Israel o, como en el caso de quienes masacraron a los deportistas israelíes en los Juegos Olímpicos de Munich de 1972, por venganza.

Israel tenía poco que temer por parte de Irán cuando el sah ostentaba el poder, pero eso cambió tras la llegada de los ayatolás, y más aún cuando se propusieron fabricar una bomba nuclear. Irán se armó con el Pasdarán y su brigada interna Al Quds, cuya labor era cometer actos terroristas y asesinatos dentro y fuera del país. A esto hay que sumarle el VAJA, el Ministerio de Inteligencia y el SAVAMA, la policía secreta, con su cadena de espantosas cárceles e instalaciones de tortura.

El organismo encargado de crear esa esquiva bomba nuclear era y sigue siendo el FEDAT, guardián del gran archivo de actividades emprendidas, compras realizadas, científicos sobornados, localización de reservas de materiales fisibles y detalles de los progresos logrados hasta el momento. Durante años, Irán pergeñó un astuto engaño en torno a esos archivos. Mientras el mundo reemplazaba los documentos físicos por bases de datos informatizadas, los árabes conservaron muchos archivos secretos en papel. Siguieron la teoría de que es mejor ocultar algo a la vista de todos, y trasladaron los documentos a un almacén enorme pero desvencijado en un lugar llamado Shorabad, en el sur de Teherán.

Más tarde, alguien robó la totalidad del archivo, que pesaba media tonelada. El golpe fue asestado por el Mosad, aunque el cómo sigue siendo un misterio, excepto para sus líderes, que ocupaban un edificio de oficinas anónimo al norte de Tel Aviv. Al parecer, sus agentes entraron en el almacén de Shorabad y lograron la proeza de llevar todo el cargamento a un helipuerto o directamente a un barco anclado en las costas del golfo. Desde allí, bordeó la península saudí y surcó el mar rojo hasta Israel.

Pero ese botín no era la historia completa. El resto seguía encerrado en la base de datos del FEDAT, a la cual no habían conseguido acceder. Todavía. Ese acceso formaba parte del acuerdo que sir Adrian había cerrado con Avi Hirsch, que voló de incógnito con El Al y dio su firme autorización durante una visita relámpago a Tel Aviv.

El Gulfstream VI israelí aterrizó en el aeródromo Brize Norton de la RAF en Oxfordshire. Pertenecía a un multimillonario israelí y lucía los colores de su empresa de telecomunicaciones. Era uno de los *sayanim* o colaboradores, una red mundial de judíos a los que no puede vincularse con el Mosad pero que «echan una mano» cuando se lo piden. El avión no tenía su base en el aeropuerto Ben Gurion de Tel Aviv, sino en el aeródromo militar de Sde Dov, situado más al norte. El grupo británico esperó en un lugar discreto. Después del repostaje, un suboficial de asistencia en tierra los acompañó hasta la escalerilla del Gulfstream. El comité de bienvenida, que viajaría con ellos a Israel, no salió del avión.

La comitiva británica incluía a una rubia atractiva que se mostraba muy protectora con un adolescente nervioso, muy tímido y claramente reacio al viaje, y su hermano pequeño. También formaban parte del grupo los tres cibertécnicos que vivían con él y su madre.

A bordo esperaban los dos tripulantes y la azafata, todos ellos vestidos con el uniforme de la empresa, además de cuatro miembros del Mosad que solo facilitaron su nombre de pila (Yeuval, Moshe, Mordechai, conocido como Motti, y Avram). Todos los nombres eran falsos. Estaba prohibido hacer fotografías, aunque, de todos modos, nadie tenía intención de sacar una cámara.

La noticia no tan buena era que uno de ellos era un traidor. Nacido y criado en Irán, había sido contactado por el VAJA, que le ofreció una suculenta cifra si espiaba para ellos. Deseoso de emigrar algún día a Estados Unidos como un hombre rico, sucumbió a la tentación.

La buena noticia era que el director del Mosad, Meyer

Ben-Avi (cuyo nombre en clave era Mancuernas), lo sabía y estaba utilizándolo para hacer llegar un torrente de desinformación a Teherán. Aun así, había límites, y un día no muy lejano se practicaría una detención antes del amanecer, se celebraría un juicio secreto y se le impondría una larga condena en un sótano o, lo más probable, sufriría un accidente de tráfico mortal. Después, se embargaría una cuenta bancaria secreta que no lo era tanto y su contenido sería donado a un fondo para viudas y huérfanos.

El vuelo transcurrió sin incidentes y aterrizaron en el viejo aeropuerto de Ovda, donde los esperaban tres limusinas que los trasladaron a una casa recién equipada a las afueras de Eilat, lejos de las miradas de los turistas pero lo bastante cerca del agua como para permitir baños diarios en el cálido mar azul. El bar de Rafi Nelson se encontraba en una cala cercana.

Cuando el grupo británico se hubo instalado en la casa a orillas del golfo de Eilat, los cuatro agentes del Mosad que los acompañaban regresaron a Tel Aviv. Uno de ellos, el apodado Motti, tenía un grave problema: debía informar a sus jefes de Teherán de todo lo que había averiguado.

El desastre acaecido en la planta de purificación de uranio de Fordow ya era de dominio público, pero Motti también sabía que, por extraño que pareciese, el genio informático que desentrañó los códigos de acceso al ordenador central estuvo sentado a escasos metros de él durante las seis horas de vuelo entre Brize Norton y Eilat.

Los británicos no sabían una palabra de hebreo y solo hablaban en inglés, pero Motti también dominaba ese idioma. El ansioso adolescente viajaba en la parte trasera del Gulfstream con las ventanillas cerradas, negándose a contemplar los mares y extensiones de tierra que pasaban por debajo del ala, y se abstrajo con unas revistas técnicas que para Motti, pese a sus conocimientos sobre sistemas informáticos normales, habrían sido incomprensibles. El chico solo aceptó una limonada que le ofreció la azafata, a la que sonrió con timidez. Pero estaba claro que el suyo era el cerebro que había descifrado los códigos de Fordow. Ahora, desde su pequeño piso a las afueras de Tel Aviv, Motti tenía que llevar esa información a Teherán, situada mil quinientos kilómetros hacia el este.

Había nacido y se había criado en Isfahán, en el seno de una familia perteneciente a una pequeña comunidad judía de unos treinta mil integrantes que seguían viviendo en Irán. En sus últimos años de adolescencia cruzó la frontera en pleno tumulto por el derrocamiento del sah y aprovechó la Ley del Retorno para emigrar a Israel.

Por supuesto, podía pasar por iraní, ya que hablaba farsi sin acento. Se ofreció voluntario para la unidad Duvdevan, pero consideraron demasiado arriesgado que regresara a Irán en misiones secretas con el país gobernado desde hacía poco por los ayatolás. Alguien de su pasado podía reconocerlo y denunciarlo, aunque fuera por accidente, así que decidieron reclutarlo para el Mosad.

Sin embargo, alguien debió de irse de la lengua en Isfahán. Lo abordaron en la ciudad vieja de Jerusalén y le ofrecieron un acuerdo. Por una cuantiosa suma, debía cambiar de bando y trabajar para el VAJA. Le pagarían cada vez que les pasara una información. Pensando con antelación en una acomodada jubilación, aceptó.

No tardaron en descubrir que era un agente doble. No es frecuente que un israelí cambie de bando y trabaje para Irán o cualquier otra dictadura de Oriente Próximo, pero no ocurre lo mismo a la inversa. En Irán, millones de personas viven sometidas al temido Pasdarán, y muchas anhelan una reforma de raíz y están dispuestas a trabajar contra él.

Meyer Ben-Avi dirigía a varios agentes en Irán, incluidos

dos del VAJA, y la noticia del reclutamiento de Motti les llegó con rapidez. Habría sido fácil arrestarlo y quebrar su resistencia en cierto complejo subterráneo situado bajo las arenas del Néguev, pero Ben-Avi eligió otro camino. Aunque resultaba costoso en cuanto a personal se refería, sometió al renegado a vigilancia, escuchó hasta la última sílaba que pronunciaba o escribía y tomó nota de con quién hablaba.

En el espionaje, la desinformación deliberada es un arma poderosa, y es muy apetecible tener «línea directa» con los principales informadores del enemigo. Ese era el papel que estaba desempeñando Motti sin saberlo.

La llegada de las comunicaciones totalmente digitalizadas había hecho que la vida fuera mucho más fácil en todas las actividades legítimas y legales. También había convertido la interceptación en un juego de niños. En vista de ello, existía una tendencia a recuperar los viejos métodos.

Durante años, Irán había logrado conservar la documentación sobre su trabajo nuclear en el almacén de Shorabad, lejos de cualquier inspección del Organismo Internacional de Energía Atómica, con sede en Viena. Puesto que se enfrentan a una oleada de medios de ciberdetección, los agentes secretos también han recurrido a los sistemas de antaño, como el encuentro fugaz y el buzón ciego.

El primero es sencillo, pero exige una coordinación milimétrica. El espía lleva una lata del tamaño de una caja de cerillas que contiene centenares de documentos miniaturizados en un microfilm. El recipiente debe pasar sin ser visto a manos de su supervisor. Pero ya se sospecha del espía y miembros de la policía secreta lo siguen por la calle.

Sin previo aviso, entra en un bar o restaurante. Dentro, el supervisor acaba de alejarse de la barra y se dirige a la salida. Durante medio segundo, los caminos de ambos se cruzan y en ese momento se produce el intercambio. Los agentes de policía aparecen en el umbral. El supervisor les deja paso con educación y se marcha con su cargamento. Ahora, el espía está «limpio».

El buzón ciego o «escondrijo» es simplemente un agujero en algún lugar. Puede estar detrás de un ladrillo suelto o en el tronco de un árbol en el parque. Solo el espía y su supervisor conocen su existencia. El espía visita el buzón, se cerciora de que nadie está observando y esconde el paquete. Más tarde aparece una marca de tiza en un punto acordado previamente. El espía y el supervisor no necesitan acercarse nunca el uno al otro a menos de unos kilómetros de distancia. Alertado por la marca de tiza, que comprueba con periodicidad, el supervisor acude a retirar el paquete. Motti tenía un buzón detrás de una cafetería árabe al este del viejo Jerusalén.

Redactó el informe en cuidado farsi sobre una hoja de papel de carta que había comprado en una tienda. La limpió con una esponja empapada en lejía, la dobló muchas veces y la introdujo en una caja de cerillas, también exenta de huellas. Después, metió la caja en una bolsa de algodón que nunca más volvería a tocar con los dedos. Por fin, tomó un autobús Egged hasta Jerusalén.

Se apeó en la mitad oeste y se unió a las columnas de turistas que deambulaban por la Puerta de Mandelbaum. Luego se dirigió al laberinto de callejones y bazares históricos que forman la ciudad vieja. Una hora después, la caja de cerillas se encontraba en su agujero, detrás de un ladrillo suelto, y alguien había hecho una marca con tiza en la mampostería del pilar de un puente situado a menos de cien metros de la Vía Dolorosa. Ningún vecino ni turista se percató de nada.

Sus precauciones eran meticulosas; no corría riesgos. Pero en la ventana de una buhardilla con vistas a los retretes de la cafetería, un joven aprendiz del Mosad cumplía con la tediosa labor de vigilar el buzón ciego. Vio a Motti dejar el paquete e informó de ello. Horas más tarde, observó al atezado receptor pasar por delante de los retretes, doblar la esquina, enfilar el callejón desierto y hacer la recogida. El aprendiz dio parte una vez más.

Al caer la noche, el hombre de piel morena había cruzado el puente Allenby de vuelta a Jordania y la caja de cerillas iba camino de Teherán, donde acabaría en manos de Hosein Taeb, jefe de espionaje del Pasdarán. A las afueras de Tel Aviv, Ben-Avi daba rienda suelta a su afición por el whisky escocés muy añejo con un Chivas Regal mientras contemplaba los últimos destellos de un sol moribundo sobre el oscuro Mediterráneo.

Había hecho cuanto estaba en su mano. Ahora solo podía esperar. En el espionaje, las esperas son constantes.

14

Aunque había sido nombrado jefe de espionaje del Pasdarán, Hosein Taeb no era soldado ni alto mando de inteligencia, ni lo había sido nunca. Era un clérigo inmerso en la teología de la rama chií del islam y absolutamente consagrado al Líder Supremo, el ayatolá Jamenei, y a la revolución que había gobernado Irán desde la caída del sah. El informe de una de sus dos únicas fuentes dentro de la maquinaria del espionaje israelí le produjo un acceso de rabia.

Sabía con exactitud qué había sucedido en las instalaciones de Fordow y quién lo había hecho. Estuvo presente en una reunión extremadamente restringida en la que los físicos nucleares más importantes de Irán explicaron cuántos años tardarían y cuántos recursos serían necesarios para acercarse al nivel de lo que habían perdido en Fordow y el uranio para usos armamentísticos que había desaparecido.

Sabía que, años antes, Israel, impresionado por el desarrollo y la pujanza económica de Silicon Valley, en California, había decidido crear un equivalente propio. Su departamento fue testigo del nacimiento de la ciberciudad que transformó Beer Sheva, una población del desierto hasta entonces polvorienta, en un enclave de rascacielos deslumbrantes. Sus expertos le informaron del constante reclutamiento de las mentes más brillantes de su enemigo para que vivieran y trabajaran, ya fuera en tierra firme o debajo de ella, en la Unidad 8200, la mejor agencia ultrasecreta de ciberespías después de Cheltenham o Fort Meade. Y sabía que Irán no podía igualarlo.

Pero también sabía que los responsables de la destrucción de Fordow no eran los equipos de brillantes jóvenes judíos de Beer Sheva. Sí, habían entrado en el ordenador central e introducido aquellas instrucciones letales, pero alguien les había facilitado los códigos de acceso que llevaban tiempo intentando obtener. Ahora, Moscú había tenido la amabilidad de informar al Líder Supremo de la identidad de la persona que había conseguido lo imposible: un joven inglés que sin duda era el pirata informático más peligroso del mundo. Y ahora estaba en Israel, donde había viajado para ser recompensado con unas vacaciones gratuitas junto a las aguas del golfo de Eilat. El clérigo hizo llamar a su jefe de operaciones.

El coronel Mohamed Jalq no era clérigo, sino un soldado y asesino nato. Era muy joven cuando se incorporó al Basij, la reserva de voluntarios entusiastas del Pasdarán que en la guerra entre Irán e Irak contra Sadam Husein se habían abalanzado en hordas suicidas sobre los campos de minas iraquíes que salpicaban la frontera para morir por Alá y su país.

Su dedicación y coraje despertaron interés. Abandonó el Basij para ingresar en las fuerzas regulares del Pasdarán, donde ascendió operación tras operación. Sirvió en el sur del Líbano con la rama de Hezbolá, entrenada en Irán y, más recientemente, en las fuerzas de Asad en Siria. Leyó el informe del renegado del Mosad y clavó su mirada en los ojos de Hosein Taeb.

—Debe morir —afirmó el clérigo.

—Por descontado —respondió el soldado.

—Me gustaría que se encargara usted personalmente —añadió Taeb—. Conseguiré todos los permisos necesarios, pero no tarde. La delegación inglesa no estará mucho tiempo allí.

El coronel Jalq supo desde ese mismo instante que habría que organizar la operación desde el mar si quería matar al objetivo, y tenía ante sí una enorme variedad de opciones para el transporte. El Pasdarán no es solo un ejército dentro de un ejército, una cohorte de la policía secreta, un ejecutor nacional, un proveedor de terror y un garante de la obediencia patria. También cuenta con unas fuerzas aéreas y una armada propias, un extenso imperio industrial y comercial y una flota mercante. Jalq se despidió de su superior y fue a hablar con el general al mando de todos los barcos del Pasdarán, tanto militares como comerciales.

Eligieron el *SS Mercator*, antes conocido por un nombre iraní y ahora rebautizado y portador de una bandera de La Valeta, Malta. Esta diminuta república perteneciente a la Unión Europea agradece las tasas que puede cobrar por registrar barcos mercantes cuyo cargamento nunca es necesario examinar.

La elección se vio respaldada por el hecho de que el *Mercator* era un carguero de vapor de solo dos mil toneladas, un barco descuidado y cubierto de óxido que difícilmente llamaría la atención al desplazarse de un puerto a otro con su pequeño cargamento. Además, en aquel momento se hallaba anclado y vacío en Bandar Abbas, en el extremo sur de Irán.

La primera medida fue sustituir al capitán y a toda la tripulación por un equipo de marineros con experiencia en combate reclutados en los agresivos torpederos que suelen acosar a los barcos occidentales en el golfo Pérsico. Ali Fadavi, jefe de la armada del Pasdarán, solo necesitó veinticuatro horas para hacerlo. Luego izaron al *Mercator* un flete de tablones, postes y vigas, acompañados de unos documentos que demostraban que habían sido encargados por una empresa constructora de Áqaba, un próspero puerto jordano situado a pocos kilómetros de la bahía de Eilat, en Israel.

Para recorrer las últimas cinco millas entre Áqaba y Eilat, el coronel se hizo con dos de las lanchas motoras más rápidas del mundo, unas Bradstone Challenger. Irán había adquirido recientemente una docena de estas embarcaciones sin dar explicaciones. Superaban los cincuenta nudos en aguas tranquilas y solían ser un juguete para ricos y sibaritas. El coronel Jalq ordenó que se enviaran dos al sur para que fueran cargadas en el *Mercator* con sus respectivas tripulaciones. Las lanchas se ocultaron con lonas en cubierta.

Ahora necesitaba a sus hombres. Eligió a doce comandos de la Marina, todos ellos experimentados en desembarcos y combate cuerpo a cuerpo con armas cortas. El grupo viajó al sur en helicóptero ir al encuentro del *Mercator* en el estrecho de Ormuz, a veinte millas de la costa. Liderado por el coronel Jalq, el grupo descendió en rápel hasta la cubierta de proa y fue conducido a su atestado alojamiento entre las vigas del cargamento. Sería una travesía de cinco días con el motor a toda máquina hasta el golfo de Áqaba.

En su informe, Motti explicaba que la responsable de la seguridad en torno a la casa de campo era la policía de Eilat, que asignó un destacamento rotatorio de dos agentes para no interferir en las vacaciones de los invitados de su país. Eso le dijeron cuando el equipo del Mosad viajó en avión al norte, pero no era del todo cierto. En realidad, Meyer Ben-Avi había destinado veinte hombres de una unidad de élite de las fuerzas especiales conocida como Sayeret Matkal.

El Matkal suele actuar fuera de las fronteras de la república y es capaz de penetrar sin ser visto ni oído en cualquier lugar de Oriente Próximo y permanecer allí hasta el momento de entrar en acción. Su especialidad es la invisibilidad, pero cuando decide hacerse visible puede resultar letal.

El *Mercator* ya había pasado frente al puerto de Adén y entrado en el estrecho de Mandeb cuando fue identificado. Para el avión israelí que sobrevolaba la zona era una cuestión de descarte. Tenía el tamaño adecuado, su bandera maltesa no engañaba a nadie y su estela demostraba que navegaba a toda velocidad. Una comprobación rápida en la oficina del práctico de puerto de Áqaba reveló que ese era su destino. En la cubierta había unos bultos tapados con lonas, y el constructor jordano que supuestamente había comprado el cargamento de madera se había declarado en bancarrota meses antes. Al parecer, la unidad de espionaje de Hosein Taeb andaba sobrada de motivos, pero un poco corta de detalles. Cuando dejó atrás Yeda, el *SS Mercator* fue sometido a vigilancia hasta su llegada a Áqaba.

Una vez en destino, el barco no atracó en la dársena, sino que echó anclas en las radas. Utilizaron los pescantes para bajar las dos lanchas motoras al agua y las amarraron al *Mercator*. Con los depósitos llenos podían recorrer las cinco millas que los separaban del golfo de Eilat en solo unos minutos y luego poner rumbo al sur para encontrarse con un acorazado mucho más grande y fuertemente armado del Pasdarán que navegaba hacia el norte.

Antes de abandonar Irán, el coronel Jalq había indicado al agente que recogió el mensaje de Motti en el buzón ciego y que ahora se hacía pasar por turista en Jordania que cruzara la frontera de Israel. Una vez allí, todavía en el papel de un turista inofensivo, se dirigiría a Eilat para llevar a cabo un reconocimiento de la casa descrita por Motti, situada al sur de la ciudad y cerca del bar que en su día regentaba Rafi Nelson.

El agente observó la llegada del *Mercator* a través de sus prismáticos y utilizó una barca de alquiler para ir a informar a su comandante.

En el camarote del capitán pudo describir la casa con todo lujo de detalle. Había visto a los dos policías de Eilat apostados en la entrada, pero no a los miembros del Sayeret Matkal ocultos dentro de la vivienda y en los alrededores.

También había visto al grupo de seis ingleses: tres hombres, la madre y sus dos hijos, a uno de los cuales, tímido y nervioso, había que animar para que se zambullera en las templadas aguas azules. No había sacado la cámara cerca de la casa, pero pudo hacer unos precisos bocetos que ofreció al coronel Jalq, que programó el ataque para la noche siguiente.

A las dos de la madrugada, la hora del asesino nocturno, las dos lanchas motoras soltaron los amarres y se internaron en el golfo. No había razón para apresurarse; el ritmo trepidante sería necesario para escapar por el golfo hacia el mar Rojo.

Desde que oscureció, a las nueve de la noche, las luces de la magnética ciudad turística de Eilat se proyectaban hacia el oeste, y la música de cien bares, restaurantes, discotecas y fiestas podía oírse desde el silencioso mar. Detrás de ellos, el puerto industrial de Áqaba, en su día liberado de los turcos por Lawrence y los hachemitas, dormía tranquilo. Los potentes pero atenuados motores de las lanchas Challenger avanzaban con un leve zumbido hacia el oeste a menos de diez nudos.

Las luces de las edificaciones desperdigadas al sur de la ciudad entraron en su campo visual. Horas antes, agazapado en el bote hinchable rígido que hacía las veces de salvavidas del *Mercator* por si la tripulación debía abandonar la nave en algún momento, el coronel se había mezclado con los turistas y había pasado frente a la playa para ubicar la casa. El indicador era un solitario bar de la costa. Desembarcarían a unos diez metros de dicho bar y a otros cien del objetivo.

En cada Challenger viajaban dos tripulantes acompañados de seis comandos armados. Había espacio para más, pero el coronel Jalq no quería que se entorpecieran los unos a los otros cuando saltaran al agua, que les llegaría hasta las rodillas, y se dirigieran a la playa. La potencia de fuego de doce tiradores experimentados sería más que suficiente para eliminar a los objetivos.

No sabía que otros ojos, ayudados por potentes gafas de visión nocturna, habían detectado a las lanchas que avanzaban en la negrura del mar hacia a la playa. Tierra adentro se susurraron órdenes, no en farsi, sino en hebreo.

Los hombres del coronel ejecutaron un desembarco perfecto e iban prácticamente alineados uno al lado del otro cuando echaron a correr por la arena. Los francotiradores podrían haberlos derribado mucho antes, pero el Matkal también cumplía órdenes. En la casa no había nadie salvo los muñecos, acurrucados y en apariencia dormidos en sus camas. Los hombres del Pasdarán llegaron a la casa, que tenía las puertas y las ventanas abiertas, y subieron las escaleras a toda prisa. En ese momento los disparos quebraron la paz de la noche y despertaron a otros residentes, que empezaron a gritar alarmados a cien metros de allí.

Los turistas, sobresaltados en sus casas repartidas por toda la playa, se pusieron a cubierto. Los dos últimos clientes y el camarero del bar se lanzaron cuerpo a tierra.

Dentro de la casa no hubo resistencia. Los atacantes invadieron todas las habitaciones y cosieron a balazos a las figuras durmientes. El comando más joven entró en uno de los dormitorios justo cuando salía el coronel Jalq. A la media luz verde de sus gafas de visión nocturna distinguió con claridad la forma de un joven rubio con un pijama de algodón blanco empapado en sangre desde la barbilla hasta la cintura y tumbado sobre unas sábanas que goteaban. Luego se dio la vuelta y siguió a su coronel. Trabajo finalizado. Misión cumplida.

Los doce asesinos salieron con rapidez por donde habían entrado, es decir, por las puertas y ventanas de la parte delantera. Los rifles con silenciador de los francotiradores no hicieron ruido. Los aterrorizados turistas no oyeron nada. El coronel Jalq se preguntaba justo antes de morir por qué los dos policías de Eilat no estaban donde los había visto en su travesía vespertina frente a la costa. Nunca obtuvo respuesta.

Igual que las fuerzas especiales en Chandler's Court, los hombres del Matkal utilizaron balas de punta hueca. Cada proyectil penetraba en el cuerpo en movimiento, se expandía y provocaba un orificio del tamaño de un platillo. Solo hubo dos supervivientes. Las órdenes eran muy claras: uno, o tal vez dos, debían llegar a la playa y montarse en las embarcaciones. Los otros diez no recorrieron ni la mitad de los cien metros necesarios.

El joven que estuvo con el coronel en la habitación del chico fue uno de los que conservó la vida. Se dio cuenta de que sus compañeros se desplomaban a su alrededor, pero por unos segundos pensó que habían tropezado y no entendía por qué. Entonces se vio con el agua hasta las rodillas, intentando agarrar las manos que se extendían hacia él. Las dos Challenger se alejaron de la playa con los motores rugiendo y se adentraron en la oscuridad. Ninguna bala las persiguió.

Desde un búnker situado en un alto detrás de la casa, Avi Hirsch vio cómo las dos estelas amarillentas desaparecían en la oscuridad. Le habían permitido dejar a su número dos al mando de la delegación de Londres para viajar a casa y controlar la operación en Eilat. Al fin y al cabo, como argumentó ante Meyer Ben-Avi, la idea había surgido a partir de una conversación que él y un astuto caballero que había trabajado para el MI6, y con el que el Mosad había llevado a cabo operaciones conjuntas en el pasado, mantuvieron en una sala a prueba de escuchas situada junto a Palace Walk.

Navegando a toda velocidad por el golfo de Áqaba, las dos Challenger tardaron una hora en reunirse con el acorazado del Pasdarán. Las lanchas, cortas de combustible, fueron izadas antes de emprender el regreso a casa surcando el mar Rojo frente a las costas de Omán y entrando de nuevo en el estrecho de Ormuz. Pero las ondas de radio son más rápidas.

La información proporcionada por los comandos, que los jóvenes agentes de la Unidad 8200 liderados por Beer Sheva escucharon furtivamente, llegó a Hosein Taeb al cabo de una hora. A su vez, él se la trasladó al Líder Supremo en su espartano apartamento de la calle Pasteur. Se perdieron numerosas vidas entre sus efectivos cuando los judíos infieles despertaron e iniciaron el contraataque. Pero ya era demasiado tarde. El muchacho inglés estaba muerto; uno de los supervivientes del Pasdarán lo había identificado visualmente.

Israel mantuvo aquella ficción. El júbilo se habría filtrado tarde o temprano. Para los medios de comunicación de Eilat era una noticia importante: un enfrentamiento nocturno entre dos bandas de delincuentes rivales en una playa situada a las afueras de la ciudad. Los turistas se tranquilizaron. Todos los mafiosos habían sido arrestados por la policía, que había recibido un chivatazo y los estaba esperando. Como la mayoría de las noticias, vivió y luego murió. Los turistas tienen la maravillosa costumbre de volver a casa al final de las vacaciones. Nadie había visto ni un solo cadáver; todos desaparecieron antes del amanecer.

Los seis actores de la Escuela de Cine de Israel recibieron las más calurosas felicitaciones, en especial el doble con los bucles teñidos de rubio que había interpretado de forma magistral a Luke Jennings, al igual que el departamento Técnico de Spiro Films, creador de los seis muñecos que, tras ser acribillados a balazos, estallaron en una riada de sangre de lo más real.

Los primeros también fueron elogiados por su fluida conversación en inglés durante el vuelo desde Brize Norton hasta el aeropuerto de Ovda y en el trayecto hasta la casa. Habían convencido incluso a Motti.

Hubo celebraciones en Teherán, donde seguían convencidos de que el responsable de la destrucción de las centrifugadoras de Fordow estaba pudriéndose al fin en el averno de los infieles.

En Moscú, el embajador iraní solicitó una recepción personal con el *vozhd*. Según dio a entender, tenía información importante que transmitir y debía hablar solo con el líder del Kremlin. Durante la reunión, el ruso se mostró escéptico al principio. Luego, su estado de ánimo se convirtió en felicitaciones y alegría cuando el diplomático iraní le desveló que, durante unas presuntas vacaciones en Israel, el cibergenio Luke Jennings había sido asesinado por un grupo de comandos iraníes.

El embajador se marchó tras rechazar educadamente un brindis con vodka. Después, el ruso hizo una llamada personal a su jefe de espionaje en Yasenevo. Yevgeni Krilov aceptó gustoso la felicitación, pero cuando colgó el teléfono pidió varias carpetas del archivo. Es sabido que los centros de espionaje de todo el mundo cuentan con informes detallados de sus amigos, pero aún más de sus enemigos. Los archivos de Yasenevo contenían abundante información sobre miembros conocidos de la CIA, el FBI y otros organismos estadounidenses. La información sobre los agentes del MI5 y del MI6 británico era comparable, y se remontaba a hacía muchos años.

Sir Adrian Weston suscitó su curiosidad cuando fue nombrado director del departamento de Europa del Este durante la Guerra Fría. Puede que esta hubiera finalizado, al menos de forma oficial, pero el interés por Weston no se diluyó. Su ascenso a subdirector del MI6 también ocupaba un lugar predominante en el informe que solicitó Yevgeni Krilov. Se pasó una hora estudiándolo.

En él se afirmaba que el entonces señor Weston había sido discreta pero espectacularmente exitoso contra la URSS, y más tarde contra la Federación Rusa. Se sabía que había reclutado a dos importantes traidores soviéticos y rusos, y se sospechaba que había fichado a unos cuantos más. Al parecer, su especialidad era el engaño: confundir, desviar la atención y mentir. Se mencionaba incluso la posibilidad de que, tras jubilarse, hubiera sido contratado como asesor de la primera ministra británica.

¿Había vuelto al trabajo? De un tiempo a esta parte, todo lo que les había ido mal a Rusia y a sus aliados llevaba el sello del hombre cuyo historial, de dos centímetros y medio de grosor, estaba abierto delante de Krilov. También había una foto, una instantánea realizada con una microcámara oculta en una recepción diplomática celebrada años atrás. Sus sospechas empezaban a rayar en la certidumbre. Fue Adrian Weston quien visitó a Fritsch en el Vaduz Bank; lo fotografiaron cruzando el vestíbulo, y la imagen del archivo correspondía al mismo hombre. Pero no había mordido el anzuelo, desde luego. Los desastres se habían sucedido. Krilov miró la foto y empezó a abrigar dudas sobre la masacre del golfo de Eilat.

Sue Jennings había disfrutado con la presencia de los seis visitantes de Israel. No sabía por qué era necesario que estuvieran allí, pero confiaba lo suficiente en sir Adrian como para creerlo cuando le dijo que tenía en mente un plan para proteger a la familia.

El parecido entre ella y la mujer rubia, y entre sus hijos y los jóvenes de cabello rizado, no le pasó desapercibido. No era tan tonta como para pensar que aquello no tenía ningún propósito. Debían de estar preparando una suplantación, pero ignoraba el motivo. Tampoco necesitaba saberlo. Así funcionan las cosas en el mundo del humo y los espejos.

Pero la visita fue agradable, ya que suponía un cambio en la monótona rutina. Se quedaron solo un par de días, que dedicaron a observarles de cerca, tanto a ella como a sus hijos, y después se marcharon.

Al margen de eso, entre los brazos de Harry Williams, el capitán del SAS, estaba gozando de un sexo como nunca había experimentado o imaginado en su vida anterior. Su segundo hijo, Marcus, estaba encantado con su nueva escuela; lo habían elegido capitán de los Colts XI, el equipo de críquet, lo que despertó el interés de la que se convirtió en su primera novia.

Lo que no sabía Sue era qué ocurría exactamente en el ala de informática, donde su hijo mayor, Luke, tan reservado como siempre, se pasaba horas delante de una pantalla, tecleando en un mundo en el que nadie, ni siquiera el doctor Hendricks, podía seguir sus pasos.

Fue ese mismo doctor Hendricks quien, un día muy caluroso de principios de agosto, se retiró a su despacho privado y marcó el número de sir Adrian.

—Lo ha hecho —anunció cuando estableció contacto—. Lo ha hecho increíblemente bien. Lo ha superado todo, cortafuegos, *air gap*... ¡Todo! Llevan años ganando todas las batallas, pero ahora ya son nuestros. Y Teherán ni siquiera se ha percatado de la intrusión.

Sir Adrian podría habérselo contado a Avi Hirsch, que estaba de nuevo en su puesto, pero era un hombre humilde y se reservó el regalo para Marjory Graham. La primera ministra abrió una línea privada con el embajador israelí y le contó la buena nueva, sabedora de la satisfacción que estaría sintiendo su homólogo. Luego ordenó que se transfirieran a Jerusalén y Washington los códigos de acceso a la principal base de datos informatizada del FEDAT.

Los secretos que desvelaron esos códigos sobre el departamento de Investigación nuclear iraní demostraron que ambos líderes, el israelí y el estadounidense, tenían razón. Irán llevaba años mintiendo al Organismo Internacional de Energía Atómica y, por tanto, al mundo. La investigación y el desarrollo nuclear no había cesado en ningún momento; ni siquiera había aminorado el ritmo. A la luz de los descubrimientos relacionados con el FEDAT, lo que sabían sobre los informes del Shorabad eran una minucia en comparación con lo que se había ocultado. Aquello fue un escándalo.

Estados Unidos se retiró del tratado internacional que derogaba las sanciones económicas a Irán. La mayoría de los demás signatarios se opusieron, pero ellos no habían visto el contenido del archivo del FEDAT.

En Jerusalén se cerró un buzón ciego situado en un muro detrás de una cafetería, y en Tel Aviv se practicó un discreto arresto.

15

La reunión privada se celebró durante una comida en la soleada terraza de Chequers, la mansión oficial de la primera ministra británica en los campos que se extendían a las afueras de Londres. El personal, como siempre, había sido reclutado en el servicio de cocineros de la RAF. Colin, el marido de la mandataria, se asomó a las puertas del patio, asintió, esbozó una sonrisa de oreja a oreja y se retiró a ver el partido de críquet entre Inglaterra y Australia.

Marjory Graham no bebía demasiado, pero de vez en cuando le apetecía una copa de *prosecco* antes del almuerzo dominical. Sir Adrian la acompañó. Cuando la camarera se marchó, la señora Graham se volvió hacia su invitado.

—¿Qué opina de este asunto norcoreano, Adrian?

—¿Ya ha recibido un informe completo del Ministerio de Asuntos Exteriores?

—Sus antiguos jefes. Por supuesto, pero me gustaría oír su parecer.

—¿Cuál ha sido la opinión oficial?

—Convencional, como siempre. Conformista. Que deberíamos seguir el ejemplo estadounidense, ponernos de acuerdo con el departamento de Estado y la Casa Blanca. ¿Y la suya?

Sir Adrian bebió un sorbo y contempló el ondulante césped.

—No es la primera vez que participo en operaciones de

engaño. Incluso he dirigido una o dos. Pueden ser muy perjudiciales para el enemigo y beneficiosas para uno mismo. Si salen bien, el enemigo pasará meses, e incluso años, cometiendo errores. Tiempo, dinero, esfuerzo, sudor, trabajo duro y lágrimas. Y todo para nada. O mucho menos que nada. Por un error. Pero la peor variante es el autoengaño, y me temo que ese es el océano en el que han decidido zambullirse los estadounidenses.

—¿No cree que sea factible la completa desnuclearización de Corea del Norte, después de todo?

—Es un fraude, primera ministra. Una mentira, un timo, pero hábilmente planteado, como siempre. Y me temo que la Casa Blanca está mordiendo el anzuelo una vez más.

—¿Por qué? Tienen unos cerebros excelentes.

—Han echado a demasiados. Y al hombre que vive allí solo le preocupa recibir el Premio Nobel de la Paz. Así que está imponiéndose el deseo de creer, que siempre es el precursor del éxito de un timo.

—Entonces ¿cree que Pyongyang miente?

—Estoy convencido de ello.

—¿Cómo consiguen salirse siempre con la suya?

—Corea del Norte es un enigma, primera ministra. En apariencia no tiene nada, o muy muy poco. En términos internacionales, es un país pequeño, árido, carente de materias primas, espantosamente gobernado, en bancarrota y al borde de la hambruna. Las dos cosechas anuales de cereales, arroz y trigo han vuelto a ser un desastre. Y, sin embargo, Corea del Norte cabalga el mundo como un conquistador.

—¿Cómo consigue el régimen todo eso, Adrian?

—Porque se lo permiten. La gente razonable siempre teme a los locos.

—Y porque tienen armas nucleares.

—Sí, de los dos tipos. Atómicas y termonucleares. Uranio y polonio. Corea del Norte posee amplias reservas de ambas cosas y, aunque pueda parecer que el régimen de Kim está entregando parte de ellas al Organismo Internacional de Energía Atómica para su destrucción, estoy seguro de que conserva otras en lugares secretos. Todo depende de si el mundo exterior se cree sus mentiras o no.

—Pero, si Corea del Norte va a destruir ante los ojos del mundo su zona de pruebas armamentísticas... ¿Cómo se llama?

—Punggye-ri.

—Si la destruye, ¿cómo podrá seguir adelante?

—En primer lugar, porque Punggye-ri, que es o era una montaña, ya ha sido destruida. Lo hicieron ellos mismos por error. Al menos durante treinta años, tres regímenes sucesivos, todos ellos dominados por la dinastía Kim, abuelo, hijo y ahora el nieto, han trabajado noche y día para crear un arsenal completo de bombas nucleares.

»Hace años eligieron la montaña de Punggye-ri y empezaron a perforar una ladera. Cavaron y cavaron hasta que llegaron al centro. Se utilizaron máquinas, pero también hombres que trabajaron en régimen de esclavitud. Murieron muchos miles de personas por culpa de la desnutrición y el exceso de trabajo. Se extrajo escoria suficiente como para crear dos montañas más, y se la llevaron lejos de allí para que no pudiera ser vista desde el aire.

»Cuando llegaron al núcleo, siguieron cavando más túneles, galerías y salas de pruebas. Trescientos kilómetros en total, que es como construir un túnel de autopista desde Londres hasta Hoek van Holland. Entonces entró en acción la madre naturaleza. La montaña ya no pudo soportarlo más y empezó a fracturarse, a derrumbarse sobre sí misma.

»Aun así, no se detuvieron. Probaron bajo tierra su bomba H más potente, lo que provocó un terremoto que superó los seis grados en la escala de Richter. Eso completó la implosión de la montaña de Punggye-ri.

»Al mismo tiempo, debido a las sanciones económicas impuestas por el resto del mundo tras la expulsión de los inspectores del Organismo Internacional de Energía Atómica, la economía norcoreana empezó a desmoronarse igual que lo había hecho la montaña. Y entonces, el año pasado se les ocurrió un ardid: os dejaremos ver cómo destruimos Punggye-ri si nos enviáis los cereales y el gasóleo que necesitamos. Y Occidente se lo ha tragado.

—¿Cómo sabe todo esto? —intervino la primera ministra.

—Es de dominio público si se sabe dónde buscar. Hay hombres y mujeres en el RUSI, el instituto que se dedica a los estudios estratégicos y de defensa, que llevan toda la vida analizando hasta el último detalle de los peligros más importantes que acechan a todo el planeta. Merece la pena consultarles de vez en cuando.

—Entonces ¿por qué nos hemos creído ese ardid?

—En realidad, primera ministra, se lo ha creído Estados Unidos a través del departamento de Estado y la Casa Blanca.

—Repito, ¿por qué se lo han creído?

—Porque han decidido hacerlo.

Sir Adrian había pasado su carrera profesional como funcionario en una de las disciplinas más rigurosas que existen: el servicio secreto. Estaba convencido de que la mayoría de los políticos y demasiados altos cargos poseían un ego del tamaño del Himalaya. Esa vanidad podía dar lugar a un autoengaño que provocaba escasos perjuicios, con la salvedad del gasto de enormes sumas de dinero de los contribuyentes sin propósito alguno. El despilfarro gubernamental es un hecho probado. Pero si te autoengañas durante una misión encubierta en el corazón de una dictadura enemiga, puedes acabar muerto. El motivo por el que estaba dispuesto a trabajar para Marjory Graham era porque sabía que la primera ministra era una rara excepción en la regla del ego.

—¿Tan mal concepto tiene de nosotros?

—En 1938 yo ni siquiera había nacido. Soy de la generación de 1948.

—Yo nací diez años después, en 1958. ¿Y eso a qué viene ahora?

—En 1938 nosotros ya teníamos el MI6, pero los estadounidenses todavía no habían fundado la CIA y su país estaba sumido en el aislacionismo. Nuestros agentes ya actuaban en la Alemania nazi. Conocían la existencia de los primeros campos de concentración: Dachau, Sachsenhausen y Buchenwald. Descubrimos qué eran, dónde estaban y qué sucedía dentro. Informamos de ello, pero nadie se dio por enterado.

»Denunciamos que Hitler estaba fabricando quillas para unos acorazados que se suponía que la pacífica Alemania nunca necesitaría. De nuevo, en Londres nadie quiso saber nada. Descubrimos que estaban construyendo dos cazas Messerschmitt al día. Dimos parte de ello. Downing Street miró hacia otro lado una vez más.

»El ingenuo primer ministro solo escuchaba al Ministerio de Asuntos Exteriores, donde gobernaban unos fanáticos de la conciliación, y se dejó convencer de que Hitler era un caballero honorable que cumpliría su palabra. Pero, día tras día, el Führer contravenía todos los acuerdos del Tratado de Versalles de 1918, hasta la última promesa que había hecho. Y todo era demostrable.

—Eso fue entonces. Estamos en el presente. ¿Adónde quiere llegar?

—Está ocurriendo otra vez. La mayor potencia occidental ha decidido tragarse que un monstruo oriental manifiestamente salvaje se convertirá en un socio amante de la paz a cambio de un puñado de arroz. Es un triunfo más del autoengaño.

La señora Graham dejó la taza de café sobre la mesa y contempló los campos verdes de Inglaterra, tan alejados de las montañas destripadas de Corea del Norte.

—Y esa montaña...

—Punggye-ri.

—Como se llame. ¿Es cierto que no tiene valor?

—Ninguno en absoluto. Ya no es una zona de pruebas. Lo que dinamitarán entre los aplausos del mundo son poco más que escombros. No sirve para sus fines. Pero tienen otros. Y, en cualquier caso, ahora mismo no necesitan realizar más ensayos nucleares. Tienen reservas suficientes como para amenazar al mundo civilizado.

»Destruir Punggye-ri no es problema, pero tienen otros dos. No es muy lógico fabricar y almacenar bombas nucleares si no puedes alcanzar un objetivo lejano, incluso a miles de kilómetros de distancia. Su mayor misil balístico intercontinental todavía no tiene la potencia suficiente para lanzar su cabeza termonuclear más pequeña. Están intentando reducir la cabeza explosiva y aumentar el misil. Al final lo conseguirán.

»Mejorarán el misil Hwasong-15 para que transporte la cabeza termonuclear, lo cual no solo les dará la oportunidad de alcanzar la isla estadounidense de Guam, sino cualquier punto del territorio continental de Estados Unidos. Cuando lo consigan, ya no tendrán que pedir favores; los exigirán. O de lo contrario...

—Entonces, si la destrucción pública de una montaña ya destruida no es más que una atracción secundaria, ¿qué quieren en realidad?

—Una especie de crédito puente. Muchos millones de toneladas de cereales, miles de millones de litros de gasóleo. Pero un crédito hay que devolverlo, lo que en este caso no ocurriría. Por tanto, sería algo así como un regalo por buena conducta. Mientras dure; es decir, mientras les convenga. Durante años, China ha sido el salvador de Corea del Norte, pero al presidente Xi se le está agotando la paciencia. De ahí el cortejo desesperado a la Casa Blanca.

—¿Y si el dictador norcoreano no obtiene su «crédito puente»?

—Entonces, Kim Jong-un se enfrentará al problema número dos. A diferencia de la opinión de nuestro Ministerio de Asuntos Exteriores, yo estoy convencido de que ese pequeño regordete es mucho más débil de lo que aparenta. Lo único que vemos son grandes escuadrones de partidarios del régimen ultraentrenados y ultrafanáticos desfilando a paso de ganso por Pyongyang. Pero solo un millón de fieles privilegiados pueden vivir en la capital y tener buenas casas, buenos alimentos y buenos empleos. Solo esas personas cuidadosamente seleccionadas pueden aparecer ante las cámaras occidentales. Además, está la guardia pretoriana, un ejército de doscientos mil efectivos dispuestos a dar la vida por él y por el régimen.

»Pero fuera de la capital hay veinte millones de personas que habitan en zonas rurales, además de otro millón de soldados. Sobreviven en el umbral de la hambruna. Los soldados no; esos reciben alimentos. Pero tienen madres, padres, hermanos y hermanas debilitados por la desnutrición, aferrándose a la vida y engendrando niños raquíticos. Primera ministra, ¿recuerda usted a Nicolae Ceausescu?

—Vino aquí en una ocasión, ¿verdad?

—En efecto. Cometimos la estupidez de nombrarlo caballero honorario del reino porque supuestamente se había enfrentado a Moscú. Otra ocurrencia del Ministerio de Asuntos Exteriores. Por lo visto, en King Charles Street les gustan los dictadores. Le retiramos el título tras su muerte. Un poco tarde.

—¿Y qué tiene que ver con todo esto?

—Antes de morir, Kim Jong-il, el padre de Kim Jong-un, le confesó a Condoleezza Rice que su temor más oculto era lo que él denominaba el «momento Ceausescu».

—¿Qué significa eso?

—Igual que los Kim, Ceausescu era un tirano comunista

despiadado. Gobernaba Rumanía con mano de hierro. Era cruel y corrupto, y se enriqueció de manera ilegítima. Y, como los Kim, bombardeaba de manera incesante a su población con propaganda para convencerla de que lo adorara.

»Un día, mientras pronunciaba un discurso en la ciudad de Timisoara, escuchó un sonido que no había oído en su vida. Las cámaras grabaron el momento. No daba crédito a lo que estaba sucediendo. Intentó continuar, pero perdió el hilo. Terminó por abandonar el estrado, subir corriendo a la azotea y huir en helicóptero. La gente lo estaba abucheando.

—No le gustó.

—Peor aún, señora. Al cabo de tres días, su propio ejército lo había arrestado, juzgado, condenado y fusilado junto a su abominable esposa. Ese era el momento temido por Kim Jong-il, que la gente se volviera en tu contra y el ejército actuara para salvar el pellejo.

—¿Podría ocurrirle lo mismo al pequeño barrigón?

—¿Quién sabe cuánta hambre y miseria pueden soportar los norcoreanos? A menos que Occidente capitule y lo rescate, por supuesto.

—¿Y en ese caso?

—Entonces tendrá tiempo suficiente para aumentar la carga explosiva del misil Hwasong-15 y reducir la cabeza termonuclear a un tamaño manejable. Y podrá chantajear al mundo. Se acabaron las concesiones por hacer estallar montañas inútiles.

—Por tanto, los envíos de cereales son su verdadero talón de Aquiles.

—En parte. La clave no son las bombas atómicas o de hidrógeno, sino los misiles. Tiene que perfeccionar sus sistemas de lanzamiento. Sospecho que llevará a cabo más pruebas durante dos años, o quizá tres. En este momento, los Hwasong están esperando en sus silos.

—Autoengaño o no, Adrian, no puedo iniciar una guerra

dialéctica con la Casa Blanca. Al margen de eso, ¿qué podemos hacer?

—Creo que los Hwasong están controlados por superordenadores fuertemente protegidos, pero son la prueba de las ambiciones nucleares de Corea del Norte. Igual que los archivos del FEDAT en Teherán, que acabaron por convencer a la Casa Blanca de que estaba siendo víctima de un engaño. Si pudiéramos demostrar que el pequeño barrigón miente...

—¿Podemos?

—Contamos con un arma peculiar: un chico impaciente con un talento espectacular. Me gustaría que se centrara en Corea del Norte.

—De acuerdo, permiso concedido. Pero llévelo con mucha discreción y manténgame informada. E intente no empezar una guerra. Hay un hombre al otro lado del charco que quiere el Premio Nobel de la Paz.

En su círculo interno, Marjory Graham era conocida por su sardónico sentido del humor.

16

El mar Amarillo no es amarillo, sino gris, frío y hostil, y los cuatro hombres agazapados en el ruinoso esquife pesquero estaban tiritando. Era un amanecer desolador, pero ni el frío ni el cielo encapotado que bloqueaba el sol que se elevaba al este de Corea eran el motivo de sus miserias, sino el miedo.

Huir de Corea del Norte, cuya costa seguía siendo visible a través de la neblina matinal, es extremadamente peligroso. No era el mar embravecido lo que los hacía temblar, sino saber que, en caso de ser descubiertos por una de las numerosas patrulleras norcoreanas, serían condenados de por vida a un campo de trabajos forzados o ejecutados ante un pelotón de fusilamiento, un final mucho más misericordioso.

Tres de ellos eran pescadores y estaban habituados a las aguas de la bahía de Corea, en la parte septentrional del mar Amarillo. Habían recibido un sustancioso soborno por parte del cuarto hombre para que evitaran a las patrullas y lo condujeran hasta la costa de Corea del Sur, desde donde podrían volver a casa antes de que amaneciera. Pero habían fracasado. El destartalado motor de su embarcación se había averiado a mitad de trayecto. Aunque remaron con todas sus fuerzas durante horas, el viento y las olas llegaban desde el sur, lo que los inmovilizó frente al litoral de la temible península norcoreana.

Oyeron la embarcación antes de distinguir la mancha gris en el horizonte o una bandera o gallardete que determinara su identidad. El ruido estaba cada vez más cerca. Intentaron camuflarse bajo las redes con la optimista esperanza de que las olas ocultaran su pequeño casco. Pero lo más probable era que la patrullera dispusiera de radar y viera algo en su pantalla. Se estaba acercando. Llegó hasta ellos cinco minutos después y un megáfono les ordenó que se aproximaran.

En línea recta se distinguía otra mancha bajo la luz, que era cada vez más intensa. Rezaron para que fueran la isla de Kaul-li y el pequeño puerto de Mudu; era solo un punto en el océano, pero estarían en Corea del Sur. Oyeron de nuevo la voz a través del megáfono y los pescadores alzaron la vista con semblante esperanzado.

El idioma, por supuesto, era coreano, pero no les pareció el acento propio de la costa que se extendía más allá del alba, sino de mucho más al sur. Los pescadores miraron por debajo de las redes y descubrieron la bandera que ondeaba en la popa: era la doble lágrima de Corea del Sur. No verían nunca más a sus mujeres, pero tampoco se enfrentarían a un pelotón de fusilamiento. Contra todo pronóstico, lo habían conseguido. Les ofrecerían asilo. Después de todo, no serían apresados por la policía secreta del norte.

Dos marineros del barco de la armada surcoreana, uno de los nuevos Chamsuri, los ayudaron a subir a bordo y les ofrecieron mantas. Un tercero ató su esquife inundado a la popa. El timonel puso en marcha el motor y viró hacia el sur, rumbo a Kaul-li. El joven capitán con acento sureño encendió la radio y se puso en contacto con la base. Aquello era un incidente y se abriría una investigación. Las deserciones eran imposibles por tierra y muy infrecuentes por mar. Tenía que cubrirse las espaldas e informar del suceso lo antes posible, así que les pidió sus nombres.

El de mayor edad, que era quien había sobornado a los pescadores para que lo llevaran al sur pese a los riesgos que ello entrañaba, seguía temblando bajo la manta que lo cubría. ¿Era frío? ¿Miedo? Más bien el alivio que reemplaza a la certidumbre de un interrogatorio y la muerte. La tripulación había determinado que tres de los refugiados eran pescadores sin un centavo. Uno de los miembros de la armada se acercó al hombre de la manta.

—¿Su nombre? —preguntó, carpeta en mano.

El aludido levantó la cabeza.

—Me llamo Li Song-Rhee —respondió.

En ese momento, la manta se deslizó hacia abajo y las hombreras de su uniforme, que lo habían ayudado a superar los controles de carreteras desde Pyongyang hasta la costa, centellearon bajo el sol mortecino. No era un soldado insatisfecho en busca de una vida mejor en Corea del Norte, sino un general de cuatro estrellas perteneciente al ejército de la República Popular Democrática de Corea, un miembro de la élite de la dictadura de Kim.

El capitán escuchó a su tripulante y observó las hombreras manchadas por el mar. Luego siguió hablando por radio. No bordearían la isla de Kaul-li. La fragata contaba con un helipuerto, así que un aparato de la base de la armada en Incheon podría recoger a su invitado. La historia de la península de las dos Coreas estaba a punto de cambiar.

Nueve horas después y otros tantos husos horarios en dirección oeste, también despuntaba el alba cuando sonó un teléfono en un modesto apartamento cerca del Arco del Almirantazgo. Sir Adrian descolgó.

—Sí, primera ministra.

—Ha ocurrido algo. ¿Recuerda lo que hablamos hace un par de semanas? Pues parece que un general norcoreano ha desertado a Corea del Sur. Está vinculado al programa de misiles de Kim.

Desde su paso por el SIS, sir Adrian sabía que existía un proceso por el cual los asuntos considerados de enorme relevancia podían ser enviados a Downing Street antes del habitual parte matinal, las notas sin demasiada importancia que leían los primeros ministros mientras desayunaban. Si la noticia era urgente podían despertar al primer ministro a cualquier hora, aunque con la actual titular del cargo no había problema. Su gabinete se preguntaba cuándo dormía.

—Pediré a nuestra gente en la zona que esté atenta —dijo.

—Muy inteligente, primera ministra.

Sir Adrian suspiró cuando colgó el teléfono. Sabía que la primera ministra se refería al jefe del equipo del SIS británico en la embajada de Seúl, la capital de Corea del Sur. Se levantó, se puso una bata y fue a prepararse unas tostadas con mantequilla. Y café. Por supuesto, café arábica bien cargado, su predilecto.

No tenía sentido mencionar a la primera ministra el tiempo que había pasado con las agudas mentes norcoreanas reclutadas por el instituto de estudios estratégicos. Dedicó horas a escuchar informes antes de decantarse por el general Li Song-Rhee. Aun así, era improbable que el cerebro del programa de misiles recibiera el correo electrónico falso, y más aún que se lo creyera. Sin embargo, como suele decirse, el que no arriesga...

Fue Luke Jennings quien, de nuevo, consiguió los códigos de acceso a la base de datos norcoreana de teléfonos móviles. Era casi inexpugnable y estaba fuertemente custodiada. Además, los norcoreanos no eran unos principiantes en los asuntos del ciberespacio. De hecho, eran brillantes y atacaban sin descanso a Occidente con software malicioso, troyanos y cualquier trampa que se les ocurriera. Pero no eran un chico de dieciocho años con síndrome de Asperger.

En esa dictadura paranoica solo existen un millón ochocientas mil líneas fijas, exclusivas para las más altas esferas del gobierno y la administración. Los teléfonos pueden ser una fuente de complots y conspiraciones; no están hechos para las masas. Incluso el personal de confianza debe rellenar numerosos formularios para conseguir una línea fija, y todas están pinchadas de forma permanente. Los controles para la posesión de un teléfono móvil son aún más estrictos.

El servicio estatal es Koryolink, una empresa participada por Orascom, de propiedad egipcia. Unas cuatrocientas mil personas están autorizadas para poseer un teléfono móvil, y casi la totalidad son privilegiados que viven en la capital. Entre la auténtica élite, el servicio es aún más reducido. Fue allí donde se infiltró Luke Jennings tras varias semanas de trabajo. Después cogieron el testigo los miembros del RUSI que hablaban coreano, el Ministerio de Asuntos Exteriores y el SIS, que escrutaron los datos hasta descubrir el número personal del general Li Song-Rhee.

Un desertor norcoreano aislado en un piso franco en permanente vigilancia fue el encargado de redactar el mensaje. En 2013, Kim había ordenado el arresto y ejecución de su tío y mentor, Jang Song Thaek, probablemente el hombre más poderoso del Estado después del propio líder, por una falsa acusación de traición. Fue despedazado por un intenso fuego de ametralladora. El mensaje para el general Li, anónimo pero sin duda obra de un amigo de la élite, le advertía de que su destino también estaba escrito.

Mientras disfrutaba de su café, Weston decidió que todavía no había necesidad de contárselo a la primera ministra. Era material sensible. Los estadounidenses aceptarían a Li, por supuesto. Estaría loco si se quedara en Corea del Sur. Un piso franco cerca de las oficinas de la CIA en McLean sería más seguro e igual de cómodo para afrontar las horas de exhaustivas sesiones informativas en coreano.

¿Qué revelaría el general Li? ¿Permitirían los estadounidenses que estuviera presente un británico? Había pasado tanto tiempo que muchos de sus mejores amigos de la Empresa también estaban jubilados. O al menos decían estarlo. Pero algunas viejas alianzas forjadas en su día detrás del Telón de Acero seguían muy vigentes. Peligros y brindis compartidos. Como decían los veteranos en el bar del Club de las Fuerzas Especiales, «lo pasamos bien». Hablaría con unos cuantos.

Sir Adrian descubrió que, una vez más, su intuición era acertada. Desde la base naval surcoreana en Incheon, el desertor fue trasladado rápidamente a la capital, Seúl, situada muy cerca de allí. Ningún comandante local quería hacerse cargo de aquella granada potencial más tiempo del necesario.

Lo mismo ocurrió con el gobierno surcoreano. Aunque se suponía que vivían una época de tregua entre el norte y el sur, publicitada y elogiada en todo el mundo, de pronto se encontraron con una bomba diplomática entre las manos que podía hacer saltar por los aires todo el proceso y degenerar en una guerra abierta.

El desprestigio de Pyongyang sería abrumador. A última hora de la mañana, el gobierno norcoreano tuvo noticia de la pérdida que había sufrido. La orden de repatriación del general Li llegó de inmediato. Lejos de tomárselo como un insulto, para los surcoreanos fue un alivio que interviniera la CIA, y con toda su fuerza, desde la embajada estadounidense en Seúl. Todavía enfundado en su uniforme manchado de sal, el general aceptó el traslado a Estados Unidos.

El viaje en un avión de pasajeros de las fuerzas aéreas estadounidenses tuvo lugar aquella misma noche. Al cabo de una hora, mientras el general Li dormía en el avión, Seúl hizo correr la voz de que toda la operación había sido orquestada por la CIA. La agencia no movió un dedo para desmentirlo. De ser cierto, se trataría de un golpe maestro.

En una segunda predicción formulada en privado, el veterano británico volvió a demostrar su clarividencia. Horas después del aterrizaje, el general Li Song-Rhee fue alojado en una vivienda muy cómoda y fuertemente vigilada por hombres de la división de actividades especiales dentro del enorme complejo de la agencia en Langley, Virginia.

Expertos en Corea del Norte, en su gobierno, en su programa armamentístico y en su cultura e idioma reclutados en la CIA, el Pentágono, el departamento de Estado y el mundo académico fueron convocados a toda prisa para formar el principal equipo de interrogadores y su correspondiente grupo de observadores. No fue necesario advertir al general, ni siquiera con delicadeza, que la plena cooperación sería el precio que debería pagar por su salvación y protección. No era tonto.

La Casa Blanca exigió que se procediera sin más dilaciones. Fueran cuales fuesen las revelaciones de un hombre que había estado en el corazón mismo del poder y la maquinaria armamentística norcoreanos, el presidente de Estados Unidos las quería cuanto antes.

La diplomacia y los medios de comunicación se vieron sobrepasados. Pronto, a Estados Unidos le resultó imposible planificar más cumbres de jefes de Estado. El ajetreo provocado por el encuentro entre el presidente y el dictador coreano en una pequeña isla situada frente a las costas de Singapur empezó a diluirse. Su curiosidad por lo que tuviera que decir el general desertor pudo más que su afán por ofrecer un nuevo espectáculo al mundo.

El gobierno de Corea del Norte optó por guardar un silencio amenazador. Tras una sola denuncia a las artimañas de Occidente y un tímido intento por tachar al desertor de farsante, se cerraron en banda. Sin duda, como narraron los analistas occidentales al mundo, la máxima prioridad de Pyongyang era que el pueblo norcoreano no se enterara del desastre. Funcionó durante un tiempo, pero fue inevitable que poco a poco saliera a la luz.

El interrogatorio del general Li, que fue calificado como reunión informativa, comenzó dos días después en la base de la CIA, en un entorno hermético bajo la vigilancia de las fuerzas de seguridad de la división de actividades especiales.

El general decidió ponerse un traje oscuro hecho a medida, camisa y corbata, la misma indumentaria que eligieron sus interrogadores. Eran cuatro, además de dos intérpretes: un académico estadounidense que hablaba coreano y un desertor nacido en Corea que residía en Estados Unidos desde hacía treinta años. Otros veinte observadores asistieron a la reunión a través de un circuito cerrado de televisión.

La intención era que el general Li se encontrara en un lugar relajado, cómodo y exento de estrés y mantuviera una charla amigable con cinco profesionales. El principal interrogador era un profesor de estudios coreanos que hablaba su idioma con fluidez. Le habían explicado con todo detalle lo que el ejército necesitaba saber de manera urgente.

Descubrieron con sorpresa que el general Li pertenecía a ese porcentaje infinitesimal de norcoreanos que hablaban inglés casi a la perfección. Los dos intérpretes se quedaron para verificar la exactitud de sus palabras y para ayudar de vez en cuando con algún tecnicismo. Todos, incluidos los que no estaban presentes en la sala, habían recibido una autorización de seguridad de alto nivel. Uno de ellos era un anciano inglés que se sentó al fondo sin mediar palabra; era su posición favorita.

Aunque el autoengaño seguía muy extendido entre los políticos y los altos cargos, que se arriesgaban a ser destituidos casi en el acto por discrepar del presidente, la CIA conservaba su núcleo de expertos con los pies en la tierra y gran experiencia trabajando a tiempo completo. Era allí donde sus homólogos del MI6 tenían muy buenos contactos, y fueron ellos quienes se impusieron a sus colegas estadounidenses para incluir al británico retirado en una lista de invitados muy restringida.

El impulsor de todo aquello fue el director de la CIA, a quien le comunicaron de manera totalmente confidencial que, de no ser por un adolescente que ahora mismo estaba trasteando con su ordenador en el corazón de Warwickshire, el general Li Song-Rhee seguiría en Pyongyang. Ni Washington ni el propio general sabían que el mensaje de móvil que había empujado al norcoreano a desertar era un fraude.

Las reuniones informativas no se limitan a una sesión, aunque se prolongue durante horas, sino que duran varios días. En la segunda jornada se le permitió al general Li ahondar en su auténtica especialidad, el programa de misiles de Kim, del cual estaba al mando. Fue entonces cuando dejó caer la bomba, probablemente sin saber que lo era. Ignoraba cuánto sabían en realidad sus nuevos aliados occidentales, y también que era menos de lo que ellos mismos pensaban.

Primero confirmó lo que sir Adrian ya había advertido: la destrucción de la zona de pruebas nucleares de Punggye-ri había sido una farsa, aunque consiguieron engañar a los medios internacionales, que anunciaron con deleite a sus lectores, oyentes y espectadores una importante concesión por parte de Corea del Norte.

El general les aseguró que la zona de pruebas ya era una ruina cuando se simuló su destrucción. Las excesivas perforaciones, los ensayos armamentísticos y un terremoto la habían convertido en una colección de túneles, cuevas y galerías derrumbados. Detrás de los accesos, cerrados con cargas explosivas, tan solo había montones de escombros.

También confirmó que el tan cacareado misil balístico intercontinental Hwasong-15 era demasiado endeble para transportar la cabeza termonuclear que convertiría a su país en una auténtica potencia nuclear.

Al día siguiente desveló dos cosas que Occidente ignoraba por completo. Por un lado, que el dictador Kim Jong-un era más débil de lo que todos sospechaban. El general Li aseguró que era una especie de testaferro ascendido y mantenido en el cargo por lo que se conoce como el «selectorado», formado por unos dos mil generales y altos burócratas. Estos eran en realidad los propietarios y gestores del país, y vivían rodeados de lujos inimaginables mientras el pueblo se moría de hambre. Mientras, le permitían a Kim hacer lo que mejor se le daba: posar ante los medios de comunicación, regodearse en la adoración del proletariado y comer.

Su segunda revelación fue que las deficiencias del Hwasong-15 no suponían el fin del programa nuclear coreano. En las profundidades de una montaña secreta y resguardada del mundo exterior había otra cueva en la que, en ese mismo instante, estaban preparando a su potente sucesor, el Hwasong-20, capaz sin duda de transportar la cabeza termonuclear más pesada a cualquier lugar del mundo. Solo faltaban los motores multietapas, que en cualquier momento estarían disponibles y en funcionamiento.

Al concluir la jornada de interrogatorios, Washington canceló el encuentro previsto entre Kim y el presidente estadounidense aduciendo mala fe.

Por su parte, sir Adrian regresó al Reino Unido al anochecer de la segunda jornada. Tenía una mujer ante la que rendir cuentas, aunque primero debía investigar un poco más.

17

Todas las grandes ciudades tienen bibliotecas en las que los eruditos pueden consultar archivos y textos antiguos, pero Londres es el sueño de cualquier investigador. En algún rincón de esa gigantesca metrópolis hay documentos que abarcan todo lo que ha pensado, escrito o hecho el ser humano desde que el primer troglodita salió de su caverna.

Algunos se encuentran en nuevas y relucientes bibliotecas de acero, cemento y vidrio. Otros son arcaicos sótanos en los que las calaveras de quienes murieron hace siglos a causa de las plagas miran a los vivos como si quisieran decirles: «Aquí estuvimos una vez. Vivimos, amamos, luchamos, sufrimos y morimos. Somos tu historia. Descúbrenos, recuérdanos».

Sir Adrian eligió el Real Instituto de Servicios Unidos, resguardado entre Whitehall y el ondulante Támesis. El hombre al que seleccionó tras diligentes indagaciones le pareció extraordinariamente joven, aunque de un tiempo a esta parte siempre le pasaba lo mismo. Los años no perdonan. El profesor Martin Dixon tenía cuarenta años y se interesaba por los misiles desde que se obsesionó con ellos siendo un adolescente. De ahí, el camino lógico lo llevó al estudio de las dos Coreas.

—El apetito del régimen norcoreano por las armas nucleares y los misiles que las transportan empezó hace más de cincuenta años con el padre fundador, Kim Il-sung —le explicó—. En 1945, cuando el derrotado Japón se retiró de la península coreana, Stalin seleccionó en persona al primer Kim para crear el estado comunista de Corea del Norte e invadir a su vecino del sur. Tres años después, el callejón sin salida coreano precipitó la división permanente de la península.

»Kim Il-sung se aseguró de crear antes de su muerte, en 1994, la primera dinastía comunista del mundo, y pudo legar el poder a su hijo, Kim Jong-il. También estableció un código de veneración absoluta hacia él y su familia en un pueblo bombardeado con propaganda y al que habían lavado el cerebro y entrenado cual marioneta para adorarlo y no cuestionar jamás su semidivinidad. Para lograrlo, aisló a Corea del Norte de cualquier influencia externa, convirtiéndolo en el actual estado ermitaño.

»Al hacerlo se dio cuenta de que un estado pequeño y casi infértil de veintitrés millones de habitantes incapaces de alimentarse por sí solos no podría ser jamás una potencia temida en todo el mundo a menos que contara con armas nucleares y los misiles que les permitieran lanzarlas a cualquier punto del planeta. Esto se convirtió en una obsesión persistente, y sigue siéndolo para su nieto. Todo, absolutamente todo lo que Corea del Norte es o podría haber sido, se ha sacrificado por ese anhelo de amenazar al mundo.

—¿Y los misiles?

—Primero llegó la bomba, sir Adrian —respondió el joven erudito—. Los coreanos, tanto del norte como del sur, son gente muy inteligente. El norte resolvió los sucesivos problemas técnicos hasta refinar el suficiente uranio-235 y más tarde de plutonio para crear sus propias armas atómicas y ahora termonucleares. En la actualidad dispone de reservas de ambas. Hasta el último penique de sus recursos en moneda extranjera se invirtió en esa cruzada.

»Pero quedó claro que tener una bomba atómica no sirve de nada si solo puedes hacerla estallar debajo de tus posaderas. Para ser amenazante de verdad y, por tanto, conseguir que se postren ante ti, debes poder lanzarla y detonarla a muchos kilómetros de distancia. Así que importaron tecnología balística y fabricaron una serie de misiles conocidos como Musudan. Las cabezas eran capaces de transportar bombas de un tamaño modesto, pero solo a distancias limitadas.

»En Occidente los vimos poner a prueba el programa de bombas atómicas una y otra vez, siempre bajo tierra, hasta que provocaron cráteres enormes por todo el país. Al mismo tiempo, el programa evolucionó de los Musudan a un nuevo tipo de misiles con una carga explosiva y un alcance mucho mayores. Los conocidos Hwasong.

—¿Hasta dónde han llegado exactamente?

—Kim Jong-il dio continuidad a las políticas de su padre. Los científicos siguieron adelante con el programa de misiles Hwasong hasta que falleció el segundo Kim, en 2011. En ese momento se produjo una breve lucha por el poder que el hijo predilecto del difunto dictador ganó con creces. Gordo, feo y con un extraño corte de pelo que se niega a cambiar; da igual. Su crueldad es total y su obsesión consigo mismo, absoluta.

»Desde que llegó al poder se ha dado mucha prisa en desarrollar programas para fabricar bombas y misiles. Prueba tras prueba, lanzamiento tras lanzamiento. Han sido increíblemente caros y muchos de ellos un fracaso, y el comportamiento de Kim es cada vez más errático, pero no parece importarle a nadie. Les imponen embargos comerciales que luego se suavizan. El hecho es que el mundo le tiene miedo.

»Estados Unidos podría derrocarlos a él y a su régimen de una sola tacada, igual que China, su gran vecino y mecenas. Pero ambos temen que pueda hacer estallar suficientes dispositivos termonucleares como para arrasar toda la península y gran parte del noreste de China. De ahí las continuas indulgencias y su ascenso a hombre de Estado de talla mundial.

»En cuanto al programa de misiles, esa es mi especialidad.

El último, con el mayor alcance y carga explosiva, es el Hwasong-15. Es enorme, pero todavía no puede transportar la cabeza termonuclear que Kim Jong-un quiere instalar en él para lanzarlo a cualquier lugar del mundo, aunque su objetivo preferido es Washington. ¿Está al corriente de la deserción del general Li Song-Rhee?

—Realicé una pequeña aportación a ella —reconoció sir Adrian.

—Por lo que sé, el general Li ha admitido que Corea del Norte intentará lanzar el dado por última vez. Todo o nada. Se trata del Hwasong-20, que ya está en marcha.

—Eso es justo lo que dijo. Yo estaba allí.

—Qué suerte la suya, sir Adrian. Espero poder acceder al general más adelante. Los estadounidenses tienen prioridad. Pero el Hwasong-20 tendrá que ser bastante distinto de su predecesor.

—¿En qué sentido?

—Los misiles de esa envergadura se suelen guardar en silos subterráneos, desde los que también son lanzados. La cubierta del silo oculta el misil de miradas curiosas procedentes del cielo hasta que lo sacan al exterior para lanzarlo. Entonces, el misil asoma en vertical y despide una enorme bola de fuego que lo propulsa al espacio. Se aleja de la tierra y emprende su nueva trayectoria, que lo llevará hasta su objetivo, momento en el cual se separa la ojiva, cae y explota.

»Pero el Hwasong-15 necesita un vehículo de treinta y dos ejes para ser transportado. Entre los dos pesan cien toneladas. En Corea del Norte solo hay un puñado de carreteras que pueden soportar esa carga, pero eso tampoco es importante. Para dispararlo solo hace falta esconder uno en una cueva con unos cuantos kilómetros de autopista oculta.

»En cambio, el Hwasong-20 tendrán que lanzarlo desde un silo. Habrá que fabricarlo y ocultarlo en un complejo subterráneo que todavía desconocemos.

—Sí, eso tengo entendido —comentó sir Adrian—. Y ahí es donde interviene el general Li. Él sí lo sabe.

—Eso son malas noticias para Kim, pero no el último de sus problemas. Ese honor recae en el motor del misil. Corea del Norte nunca ha sido capaz de fabricar unidades de alimentación lo bastante grandes para los Hwasong.

—¿Y quién se las proporciona? ¿China?

—No, Rusia. El potencial de los misiles de Corea del Norte ha aumentado muy deprisa desde que Kim Jong-un llegó al poder. El motivo es que cambió las unidades de alimentación. En la vieja URSS había dos fábricas que producían los motores soviéticos. Una estaba en Ucrania y la otra a las afueras de Moscú. Con la caída de la URSS, la fábrica ucraniana desapareció. La rusa siguió produciendo el motor del cohete RD250, el que se utilizaba para alimentar el Hwasong-12, 14 y 15, y el responsable del repentino incremento del nivel de amenaza norcoreano bajo el liderazgo del Gordo.

»Entonces se produjo el desastre. En Moscú, el gobierno creó un programa de rearme dotado con un presupuesto de un billón de rublos y obtuvo un nuevo motor para sus misiles. El fabricante del RD250, Energomash, perdió el contrato; le sobraban unidades del motor, pero no llegaban encargos. Y aquí aparece en escena Kim Jong-un. Según mis informaciones, Energomash está mejorando a marchas forzadas algunos de sus motores RD250 para enviarlos a Pyongyang, donde se convertirán en la unidad de alimentación del Hwasong-20. Si Energomash dejara de hacerlo, Kim estaría acabado. Tendría las bombas, pero no los misiles para lanzarlas.

—El gobierno de Moscú no lo impedirá —reflexionó sir Adrian—. Tal como están los ánimos, no. Ahora mismo, Rusia es tan agresiva con Occidente como lo era durante la Guerra Fría. Por tanto, no recibiremos ayuda por esa parte. ¿Cómo procederá Energomash cuando haya terminado y tenga que efectuar la entrega?

El profesor Dixon meditó unos instantes.

—El cabrón será grande —dijo—. El motor es de propelente líquido, pero de una sola etapa. Y necesitará enormes cantidades de combustible hipergólico, que es muy tóxico e inestable. Dudo que puedan transportarlo en avión; más bien, en un tren cerrado herméticamente, atravesando Siberia y el norte de las fronteras de China y Mongolia y pasando por el istmo hasta el pequeño paso que separa Rusia y Corea del Norte.

—Ha mencionado usted que es inestable. ¿Algo podría salir mal?

—Solo si fuera provocado.

Sir Adrian le dio las gracias y se fue.

Cuando la primera ministra y sir Adrian volvieron a reunirse, el sol estival seguía brillando y la terraza de Chequers aún era un lugar agradable para almorzar.

—¿Qué tal es su desertor coreano? —preguntó ella en cuanto se quedaron a solas.

—Muy inteligente. Y está muy enfadado. Aunque, por supuesto, tenía que guardar las apariencias y se contuvo.

—¿Eso es bueno?

—Mucho, primera ministra. Cuando un hombre está convencido de que lo han tratado injustamente se pone furioso y, por tanto, no se calla nada. El general Li contará todo lo que sepa, y será mucho.

—¿Él sabe por qué tenían intención de detenerlo?

—No, no lo sabe. Era absolutamente leal al régimen de Kim.

—¿Y tiene idea de quién lo avisó a tiempo para escapar? —Sir Adrian guardó silencio mientras pensaba su respuesta—. El general no tiene ni idea, ¿verdad?

—Por suerte, no. Y el gobierno norcoreano tampoco. La denuncia y el soplo siguen siendo un misterio para ambos.

—Fue usted. ¿No es así?

—Uno hace lo que puede, primera ministra.

Una pensativa Marjory Graham bebió un largo trago de vino mientras se esforzaba por mantener la compostura.

—¿Intervino algún zorro?

—Me temo que podría estar usted en lo cierto.

—¿Y qué noticias trae el general?

—La perla es que el régimen de Kim nunca tuvo intención de desnuclearizar Corea del Norte a cambio de concesiones comerciales, algunas de ellas vitales. A los estadounidenses no les ha gustado nada que les tomaran por tontos.

—¿De ahí la cancelación de esas concesiones y de las futuras cumbres?

—Así es.

—Se avecinan tiempos difíciles. Sin grandes importaciones, que no pueden pagar, el pueblo volverá a pasar hambre.

—Eso al régimen de Kim no le importa.

—¿Y cuál será su siguiente paso?

—Al parecer, o eso afirmó el general Li, y tengo información que lo corrobora, está supervisando la fabricación de un misil enorme en una cueva secreta que los aviones estadounidenses todavía no han localizado.

—¿Podría dar con ella su joven pirata informático desde Chandler's?

—Siempre podemos intentarlo.

—Sí, Adrian. Hágalo, por favor. ¿Café?

Sir Adrian encontró al doctor Hendricks en su despacho, situado en el ala de informática de la vieja casa de campo, donde las hileras de ordenadores de última generación emitían un leve zumbido. Le puso una hoja de papel delante de las narices.

—Existe una fábrica en Rusia llamada Energomash —le explicó—. ¿Es de dominio público?

Jeremy Hendricks se acercó su ordenador, se conectó y empezó a teclear.

—Aquí está, sí —respondió—. Cotiza en Bolsa y dicen que fabrican material y componentes para el sector espacial.

—Es una manera de decirlo.

—Junta directiva, emisión de acciones, una referencia a contratos con el gobierno y el Ministerio de Defensa. Muchos encabezamientos están clasificados, lo cual significa «encubierto». Por tanto, es probable que la mayoría de las consultas sean rechazadas por motivos de seguridad. Nosotros haríamos lo mismo. Por lo visto, fabrican piezas para misiles.

—La estructura corporativa es irrelevante. ¿Podemos averiguar algo de la vertiente técnica?

—Aquí no. Para consultar nuestra información clasificada sobre esa gente tendremos que ir a la sala contigua. No es para consumo público.

En la sala principal, el doctor Hendricks se situó frente a otro ordenador y volvió a teclear en busca de información.

—Todas las fases de sus mecanismos de seguridad son rigurosas y, en efecto, están controladas informáticamente con cortafuegos ultracomplejos para protegerlas de escrutinios e interferencias.

—Pero, aunque en teoría es imposible, si alguien superara esos cortafuegos y cruzara el *air gap*, ¿sería factible insertar un pequeño código malintencionado y retirarse sin que nadie se diese cuenta?

—En el mundo solo existe un pirata informático capaz de hacerlo, y ambos sabemos quién es.

Luke Jennings llegó del ala residencial con su madre. Como siempre, se mostraba patológicamente tímido en compañía de otros y se negó a estrechar manos o establecer contacto visual pese a que su madre lo animó a hacerlo. Sir Adrian no insistió.

Solo se relajó en la sala de informática, después de verificar que todo estaba en su lugar exacto. El simple rumor de los ordenadores actuaba como un sedante para él. El doctor Hendricks le enseñó un papel con líneas y más líneas de cifras y jeroglíficos. Eran los cortafuegos de un superordenador de la lejana Rusia.

Sir Adrian se dio cuenta de que se había producido un cambio en la relación entre el chico y el adulto. Parecían estar aún más unidos, y creía saber por qué. Por primera vez en su vida, Luke Jennings tenía un compañero. Había pasado toda su juventud tecleando a solas en la buhardilla de Luton. Al principio, en Chandler's Court todos eran unos desconocidos, pero ahora parecía que otro ser humano había entrado por fin en el mundo hermético del chico y este le había permitido quedarse. Sin embargo, a pesar de sus conocimientos sobre el cibermundo, de sus años en el GCHQ y de las semanas que había pasado observando a Luke por encima de su hombro, Jeremy Hendricks seguía sin comprender, y menos aún emular, lo que hacía el chico para obrar lo imposible.

—Esta gente es peligrosa para nuestro país, Luke —le dijo Hendricks—. ¿Crees que podemos averiguar qué se traen entre manos?

Al chico se le iluminaron los ojos y estudió las cifras que sostenía en la mano. Otro desafío. Cuando oyó la advertencia «supongo que es imposible», cobró vida. Aquello era su razón de ser.

Sir Adrian pasó la noche en una hospedería cercana: enladrillado antiguo, vigas de madera ennegrecidas por el paso del tiempo y pastel de carne de ganado local. Mientras tomaba café y calvados, encontró un ejemplar del *Daily Telegraph* que alguien había dejado allí e intentó resolver el crucigrama difícil; consiguió completar dos tercios antes de reconocer que su cerebro no daba para más. Sabía que el Zorro trabajaría toda la noche envuelto en la semioscuridad.

Regresó a la casa a las ocho de la mañana. En la casa, el adolescente que tenía desconcertadas a las superpotencias mundiales se había quedado dormido. En los bosques colindantes, los soldados de la escolta personal realizaron el relevo. El equipo nocturno no había dormido. El doctor Hendricks seguía despierto, a la espera.

—He observado todos sus movimientos —le comentó a sir Adrian— y sigo sin entender cómo lo ha conseguido. —Sostuvo en alto otra hoja de papel—. Estos son los códigos de acceso al ordenador central de Energomash. Esa computadora controla las secuencias de fabricación y montaje del último modelo del motor para misiles RD250. Su talón de Aquiles radica en el proceso de montaje. Con todo ese combustible hipergólico derramándose por todas partes, una pequeña chispa... En cualquier caso, Luke se ha hecho con los códigos y parece que allí no se han dado cuenta de nada.

En el trayecto de vuelta a Londres, sir Adrian tenía motivos para agradecer a Ciaran Martin, del Centro Nacional de Ciberseguridad, que le hubiera permitido arrebatarle a Jeremy Hendricks de su plantilla. Era la persona idónea para mediar entre el vulnerable muchacho de dieciocho años que lo entendía todo sobre el cibermundo y muy poco acerca del mundo real y el longevo jefe de espías, que había visto y en ocasiones ejecutado trucos y engaños del mundo secreto pero se veía tan capaz de volar a través del ciberespacio como de llegar a la Luna.

Sin embargo, había algo que preocupaba a Weston más que nada. La unidad clandestina de Chandler's Court debería ser disuelta en algún momento. Igual que Alejandro Magno lloró cuando no quedaron más mundos que conquistar, llegaría un día en que no habría más rompecabezas que resolver, al menos a petición del gobierno.

Para los delincuentes, Luke Jennings no tenía precio: podía infiltrarse en los bancos. Pero eso no debía ocurrir jamás. Tampoco podían contratarlo para que trabajara en un edificio de oficinas con otros cien compañeros; era demasiado frágil. Jeremy Hendricks tal vez quisiera seguir siendo su mentor, su padre adoptivo profesional, pero la Operación Troya tocaría a su fin. Entonces ¿qué sería de Luke? Weston seguía preocupado cuando llegó al Arco del Almirantazgo.

18

A menudo se piensa que, como Corea del Norte se anuncia como un estado comunista, reniega de cualquier religión y debe promover el ateísmo. No es así. La República Popular Democrática es profundamente religiosa y exige a sus ciudadanos una devoción forzosa.

Todos los norcoreanos están obligados por ley a adorar a tres dioses mortales, uno vivo y dos difuntos. Se trata de los tres Kim: abuelo, padre e hijo. En todas las casas debe haber retratos de los dos muertos, Kim Il-sung y Kim Jong-il, que han de colgar de una pared igual que lo haría el crucifijo en una casa de católicos devotos. Se realizan inspecciones periódicas para garantizar que están expuestos y son adorados.

Las insignias del dios viviente, Kim Jong-un, también son pandémicas. Cualquier referencia a su persona sin el título «El Mariscal» es punible. Todo beneficio personal emana de él.

Como sucede con todas las religiones, se han fraguado leyendas para cimentar la fe nacional. En el caso de Corea del Norte, una de ellas es la santificación de una montaña en la cual se dice que nació el Kim medio, hijo del Fundador. Es territorio sagrado y se llama Paektu.

Se trata de un volcán extinto situado en el extremo noroeste del país, al norte del mar Amarillo y de la bahía de Corea y cerca de la frontera china. Fue allí donde el régimen decidió construir un silo ultrasecreto para dar cobijo al Hwasong-20, que ya estaba en fase de desarrollo.

Justo debajo del borde de la chimenea del volcán hay una humilde cabaña de madera, el supuesto lugar de nacimiento de Kim Número Dos. El propósito de la leyenda es demostrar que este Kim tuvo unos orígenes humildes pero sagrados en territorio coreano y ascendió por méritos propios, lo que lo hace merecedor de la adoración del pueblo como un dios viviente. Huelga decir que es todo una falacia.

En realidad, el segundo Kim nació bajo la protección de Stalin en Siberia, donde su padre lideraba una unidad militar de exiliados chinos y coreanos. Su infancia y educación gozaron de todas las comodidades. Fue el genocida Stalin quien, tras la derrota de Japón en 1945, prácticamente creó Corea del Norte e impuso a Kim Il-sung como dictador comunista. Y fue este quien inició la guerra de Corea con el apoyo soviético.

En su condición de lugar sagrado, el monte Paektu sigue vetado al pueblo norcoreano y está totalmente ocupado por el ejército; eso permitió mantener en secreto las excavaciones. Buena parte se llevó a cabo de forma manual, utilizando a miles de esclavos procedentes de los numerosos campos de concentración. Nadie sabe cuántos murieron por sobreesfuerzo, desnutrición, enfermedad y exposición a los duros inviernos a temperaturas bajo cero que azotan la cumbre cinco meses al año.

El general Li reveló todo esto a los estadounidenses, pero no se tomaron las medidas pertinentes. Los intentos por mantener un diálogo constructivo con el tercer Kim continuaron, decididos a lograr el esquivo premio de la desnuclearización voluntaria de Corea del Norte a cambio de concesiones comerciales en forma de donaciones de comida y gasóleo por parte de Occidente. Al mismo tiempo, la fabricación del Hwasong-20

continuó hasta que solo faltaron los motores cruciales procedentes de Rusia.

El frío invernal llegó muy pronto a Moscú ese año, presagia-
do por los vientos afilados de las estepas orientales, mientras
gran parte de Europa seguía disfrutando del sol de finales de
verano.

En una solitaria vía muerta situada detrás de la estación
ferroviaria de Yaroslavl estaban preparando un tren con gran
secretismo. El Transiberiano es una red célebre, pero solo uno
de sus ramales cubre de forma ininterrumpida el trayecto entre Moscú y Pyongyang sin adentrarse en ningún momento
en territorio mongol o chino. Ese tren, gestionado por los propios norcoreanos, era el vehículo estacionado en secreto en la
vía muerta.

La escena parecía sacada de un libro de Tolstói. El enorme
motor estaba envuelto en volutas de humo. En la vía ferroviaria más larga del mundo, con casi seis mil quinientos kilómetros que abarcan siete husos horarios, existen largos tramos en los que no hay motores alimentados por gasóleo o
cables y todavía se utilizan trenes a carbón.

Para superar algunos desniveles y en caso de avería en un
lugar remoto, el convoy incluía dos locomotoras enormes de-
coradas con las banderas cruzadas de Rusia y Corea del Norte. El personal estaba formado por coreanos. Detrás de las
locomotoras y sus carboneras había tres vagones de carga
herméticamente cerrados que contenían los nuevos motores
RD250 de Energomash, todavía pendientes de montaje. Guardias de seguridad rusos y norcoreanos rodeaban el tren para
impedir que cualquier persona no autorizada intentara siquiera acercarse.

Por fin se cumplieron todos los requisitos burocráticos,
se tranquilizó al último funcionario y se concedió permiso

para iniciar la marcha. Las ruedas de hierro chirriaron y empezaron a girar. El monstruo que escupía vapor salió de la vía muerta, pasó junto a los trenes de pasajeros con sus presurosos cargamentos humanos y puso rumbo al este.

Quienes hayan viajado en el Transiberiano podrán atestiguar que no es el tren más cómodo del mundo. Solo lo utilizan los más devotos de ese medio de transporte.

A lo largo de unos tramos que parecen interminables, atraviesa envolventes bosques de pinos, alerces y píceas. Esas son las vistas, hora tras hora y día tras día, para los que deciden mirar por la ventana. El aburrimiento es mortal. En esa ocasión, los únicos humanos que ocupaban ese tren eran los guardias de seguridad: dóciles, impasibles, obedientes, carentes de material de lectura pero en apariencia inmunes al tedio.

En el vagón destinado a los vigilantes había unas literas en las que la mayoría dormitaron todo el viaje. Se les ofrecía una comida básica e insípida, pero al menos no era escasa, lo cual era una bendición en sí mismo, e infinitas tazas de té del inagotable samovar. Nunca sabremos si eran conscientes del increíble poder de lo que custodiaban o de lo inestables que eran las grandes latas de combustible hipergólico para cohetes. Lo más probable sea que no, ni por asomo. Se limitaban a cumplir órdenes y a desempeñar su trabajo.

La noche dio paso al día, y este de nuevo a la noche. Abandonaron la Rusia europea y surcaron los Urales hasta su Asia natal. Cruzaron ciudades pobremente iluminadas y rodeadas de nubes de contaminación hasta llegar a Ekaterimburgo; ninguno sabía, ni le interesaba, que fue en un sótano de esa ciudad donde en 1918 fueron asesinados el último zar y su familia.

Los días y las noches transcurrían muy despacio, al tiempo que el frío siberiano se apoderaba de los insondables bosques. Lanzaban paladas de carbón en la caldera, el motor rugía, el agua hervía y los pistones y las ruedas giraban.

Pasaron por ciudades cuyos nombres los guardias coreanos no sabían leer ni pronunciar: Novosibirsk, Krasnoyarsk e Irkutsk, donde en 1960 fue abatido el piloto estadounidense Gary Powers con su avión espía U-2. Vieron por las ventanas un lago enorme. Era el Baikal, el más profundo del mundo; tampoco lo sabían.

Al sur se encontraba Mongolia, pero no cruzaron la frontera. No podían arriesgarse a que el cargamento fuera incautado, ni siquiera inspeccionado. Más adelante, el país situado al sur era China, pero la vía discurría en todo momento por territorio ruso. Dejaron atrás Jabárovsk y siguieron bajando, hacia la frontera de su hogar. Cuando pasaron Vladivostok, el tren se detuvo por fin.

Pero solo era Tumangang, el paso fronterizo entre Rusia y Corea. Pese a haber hecho turnos durante siete días y seis noches, los tripulantes estaban agotados, y fueron relevados por los nuevos equipos que subieron a bordo. Si el vehículo hubiera sido un tren de pasajeros que transportaba a los pocos turistas occidentales que hacían ese viaje, habrían recorrido los últimos cientos de kilómetros que los separaban de la capital.

Pero aquel era un cargamento especial con un destino especial. El monte Paektu estaba a muchos kilómetros de distancia de la principal línea entre Pyongyang y Moscú, así que desviaron el tren y su cargamento a una vía secundaria. La estación fronteriza estaba atestada de agentes de la policía secreta del departamento de Seguridad Estatal.

Con sus nuevas órdenes, recorrió el estuario del río Tumen y luego giró hacia el oeste, rumbo a las tierras del interior que albergaban la montaña sagrada y el silo secreto que protegía al Hwasong-20 de miradas curiosas.

El Mariscal no cabía en sí de alegría cuando se enteró de la noticia en su palacio de Pyongyang. Su doble juego había funcionado. Más al sur, el presidente Moon, ansioso por firmar una tregua, había empezado a enviar maíz, trigo y arroz. Corea del Sur había tenido una buena cosecha y contaba con abundantes excedentes que podía donar. Él, el Amado Líder, estaba a una semana de convertirse en una potencia termonuclear verdaderamente global.

Sir Adrian estaba suscrito a varias revistas de pequeña tirada especializadas en asuntos exteriores y análisis de espionaje. Fue en una de ellas donde leyó unas líneas sobre un hombre llamado Song Ji-wei, del cual nunca había oído hablar. El visitante iba a dar una conferencia sobre Corea y se esperaban pocos asistentes. No obstante, el jefe de espías retirado decidió reunirse con él.

La vida del señor Song era extraordinaria. Había nacido cincuenta años antes en Corea del Norte y, cuando tenía solo diez, sus padres huyeron a China y de allí, a Occidente. Pero en su periplo se habían separado de su hijo, que fue capturado por la policía. Semanas después lo dejaron en libertad.

En parte, los gobiernos de Kim ejercen su control sobre el pueblo castigando sin piedad a la familia de un desertor. Padres, hermanos e hijos son apresados y enviados a campos de concentración si alguien intenta o, peor aún, si logra escapar al extranjero. El mero hecho de desear marcharse es un delito.

Cuando le retiraron la custodia policial, el niño se convirtió en lo que se conoce como «golondrinas revoloteadoras», pillos callejeros que viven a la intemperie, duermen en callejones, buscan comida en la basura y no reciben educación. Estaban lejos de la capital, así que los turistas no los veían nunca. Al cumplir los dieciocho años, Song también se dirigió a la frontera china y la cruzó envuelto en la negrura de una noche sin luna, pero dos días después lo descubrieron robando comida. En aquella época, las autoridades chinas entregaban a los refugiados a Corea del Norte. Song fue condenado de por vida a un campo de trabajos forzados, donde fue torturado, golpeado y obligado a trabajar. Sufrió durante once años antes de conseguir escapar de nuevo.

Esta vez lo hizo con tres compañeros, y en lugar de la frontera surcoreana se dirigió de nuevo a la frontera septentrional con China, la llamada zona desmilitarizada, situada más al sur. Lejos de estar desmilitarizada, es la frontera más letal del mundo. En realidad son dos fronteras separadas por un kilómetro y medio salpicado de minas, torres de vigilancia y nidos de ametralladora. Muy pocos consiguen cruzar.

Los cuatro lograron entrar en China. Uno de ellos había trabajado allí y hablaba bien el mandarín. Los otros tres mantuvieron la boca cerrada mientras su compañero les conseguía viajes en camiones y en el vagón de carga de un tren sumamente lento. Se adentraron cada vez más en China y se alejaron de la frontera y sus numerosos guardias. Después pusieron rumbo al sur hasta llegar por fin a Shangai.

Hace mucho que esta ciudad dejó de ser una aldea de pescadores. Hoy es inmensa. Sus varios kilómetros de dársenas, embarcaderos y malecones dan cobijo a todo tipo de barcos comerciales. La mayoría son grandes cargueros, pero todavía quedan unos cuantos barcos costeros. Encontraron uno que zarpaba hacia Corea del Sur a través del mar de la China Oriental.

Se escondieron bajo la lona de un bote salvavidas. Un tripulante los descubrió en alta mar, pero lograron convencerlo de que volviera a colocar la lona y guardara silencio. Muy debilitados por el hambre, desembarcaron en Busan, Corea del Sur, y solicitaron asilo.

Song Ji-Wei era inteligente. Recuperó la salud y consiguió un trabajo que le permitió ganarse el pan. Diez años después, con los ahorros de toda su vida y cierto respaldo económico local, contraatacó fundando el movimiento Sin Cadenas. Cuando él y Weston se reunieron después de la conferencia, le explicó lo que se traía entre manos.

Estaba convencido de que el motivo principal de la desconcertante docilidad de las masas norcoreanas era su total ignorancia sobre lo que acontecía en el mundo exterior. Había una absoluta desconexión entre su país y sus vidas respecto de todo lo demás.

No tenían radios para sintonizar emisoras extranjeras, ni televisores, ni iPad. Desde la mañana hasta la noche, e incluso la madrugada, y durante toda su vida, eran acribillados con propaganda favorable al gobierno. Sin posibilidad de hacer comparaciones, creían que su vida era normal en lugar de considerarla grotescamente distorsionada.

De sus veintitrés millones de habitantes, alrededor de un millón de privilegiados vivían bien. No padecían las hambrunas periódicas que provocaban que los cadáveres se amontonaran en las calles porque los supervivientes estaban demasiado débiles para enterrarlos. El precio era una lealtad total y absoluta a la dinastía Kim.

Alrededor de un veinte por ciento de los ciudadanos, niños incluidos, eran informadores, respaldados por cerca de un millón de policías secretos siempre atentos a cualquier atisbo de deslealtad o desobediencia. Podían cambiar, y cambiarían, afirmaba el señor Song, si alguien les contaba que con libertad era posible una vida maravillosa. Su labor era tratar de informarlos.

Cerca de la frontera tenía apostados a varios voluntarios que esperaban a que soplara el viento del sur. Entonces soltaban pequeños globos de helio con mensajes e imágenes que describían la vida al otro lado de la frontera. Esos globos viajaban hacia el norte, se elevaban hasta explotar y derramaban sus mensajes sobre el paisaje. Aunque era delito leerlos, sabía que muchos lo hacían.

Sir Adrian recordó la historia del ya difunto Kim Jong-il

y su temor secreto al «momento Ceausescu», cuando los ciudadanos dejan de lanzar vítores y uno tras otro empiezan a abuchearte.

—¿Qué necesitaría para ampliar su iniciativa? —preguntó.

El señor Song se encogió de hombros y sonrió.

—Financiación —respondió—. El movimiento Sin Cadenas no recibe ayuda material, ni del gobierno surcoreano ni del extranjero. Tenemos que pagar de nuestro bolsillo los globos y el helio. Con algo de dinero, incluso me plantearía cambiar los globos por drones, que podríamos recuperar intactos y utilizar de nuevo. Una y otra vez. Además —añadió—, con los drones podría usar reproductores de cintas a pilas, que son pequeños y baratos. La palabra y la imagen en movimiento son mucho más convincentes. Los norcoreanos podrían ver la vida en el sur tal y como es. Las libertades, los derechos humanos, la capacidad para expresar lo que piensas y lo que quieres. Pero eso queda muy lejos.

—¿Cree que sus antiguos conciudadanos podrían cambiar, sublevarse?

—No de forma inmediata —reflexionó el señor Song—. Y no lo haría la masa. Como ocurrió en Rumanía hace años, los primeros serían los generales que vemos adulando al gordo. Son ellos quienes controlan de verdad la maquinaria de represión y esclavización. Les gusta vivir rodeados de riquezas, comodidades y privilegios. En este momento, adorar a los Kim permite que eso ocurra.

»Y no olvide el factor de la edad; en mi cultura se venera a los ancianos. Cualquier miembro del alto mando podría ser el padre de Kim. No les gusta que los traten con desprecio. La deserción del general Li los ha inquietado mucho, así que Kim tiene que cumplir. Como Occidente es tan ingenuo y cree que Kim renunciará algún día a todo su armamento nuclear, eso le permite seguir cumpliendo. Así que los generales estarán con él... hasta que se vean amenazados. Entonces atacarán, igual que hicieron los generales en Rumanía.

—Es usted convincente, señor Song —reconoció sir Adrian—. Personalmente no puedo ayudarlo, pero tal vez conozca a alguien que sí puede hacerlo.

Sabía que no debía endosar al ya asfixiado contribuyente británico otra contribución a una causa extranjera, pero no mentía cuando dijo que se le ocurría un posible donante.

Nadie sabrá nunca qué salió mal en el corazón de la montaña sagrada de Paektu aquel día de septiembre.

El misil Hwasong-20 se elevó desde la base del silo subterráneo. Era enorme. Con sumo cuidado y pieza a pieza, instalaron la nueva unidad de alimentación RD250 llegada desde Rusia. Con más cuidado aún, insertaron el líquido hipergólico, un propelente muy inestable que lo ayudaría a recorrer medio mundo. Todavía no contaban con la cabeza termonuclear, y las puertas de acero de alta resistencia que franqueaban el paso hacia el cielo seguían cerradas.

Pero todos los sistemas complejos deben ser sometidos a una fase de pruebas. Fue durante una de ellas cuando algo se torció. En teoría, nada podía salir mal. Conectar y desconectar circuitos y asegurarse de que dichas conexiones no fallen en un momento de necesidad no debería entrañar peligro alguno.

La explosión arrasó la montaña entera. A su lado, las detonaciones provocadas en Punggye-ri, presenciadas con entusiasmo por los medios de comunicación y los observadores estadounidenses, parecían un espectáculo de fuegos artificiales.

No había extranjeros en Paektu, pero los generales norcoreanos se refugiaron en sus búnkeres. Habían acudido a presenciar un triunfo, pero volvieron a sus limusinas tambaleándose y limpiándose el polvo de los uniformes.

Muy lejos de allí, varios detectores sísmicos registraron un temblor en el norte de Corea cuya procedencia se achacó al único volcán existente en aquella región. La conclusión fue que el monte Paektu estaba rugiendo. Pero ¿no se hallaba inactivo?

El mundo exterior, los observadores de las pantallas de los sismógrafos, solo podían especular sobre los motivos por los que un volcán que creían extinto había despertado de súbito. En el palacio del Mariscal en Pyongyang no hubo enigmas, tan solo demoras.

Los generales que presenciaron el desastre de Paektu volvieron a la capital en sus limusinas, atravesando aldeas llenas de campesinos flacos y desnutridos que los aclamaron porque no osaban dejar de hacerlo. Al llegar, nadie tuvo valor de ser el primero en dar la noticia. Después de un insistente interrogatorio por parte del rollizo dictador, uno de ellos reconoció que había habido un «problema». Cuando trascendieron todos los detalles, el desdichado mensajero perdió su trabajo y su libertad. Fue enviado a un campo de trabajos forzados.

En esa cultura, gritar de rabia significa perder el honor, pero gritar fue justo lo que hizo el Mariscal. Durante una hora. Sus aduladores huyeron aterrorizados. Cuando se calmó, exigió conocer hasta el último detalle y, por fin, ordenó una investigación a fondo. Análisis posteriores de los restos determinarían que el fallo estaba en el motor RD250 ruso, un error de fabricación que provocó una pequeña chispa que, a su vez, incendió el combustible. Pero para eso faltaban aún varias semanas.

En ese momento, el Mariscal solo sabía que su apuesta había fracasado. El Hwasong-20, el misil equipado con la cabeza termonuclear más letal que poseía, debería haberlo convertido en una verdadera potencia nuclear que habría sido invitada a participar en las cumbres más importantes. Ahora, sus científicos afirmaban que serían necesarios años y cantidades astronómicas de dinero para reconstruir el misil y el silo en otra montaña. Fue entonces cuando hizo llamar al embajador ruso, que se marchó pálido muy poco después.

19

Sir Adrian tardó tres días en encontrar un benefactor para el movimiento de resistencia coreano, los voluntarios de Sin Cadenas que trabajaban a las órdenes del señor Song. Empezó hablando discretamente con dos viejos contactos de la agencia nacional contra el crimen. En su día era la agencia contra el crimen organizado y, aunque no forma parte de la policía metropolitana de la capital, trabaja en estrecha relación con ella, aunque tiene jurisdicción en todo el país.

También cuenta con departamentos dedicados a los narcóticos y a la conocida mafia rusa. Habló con los directores de esos departamentos antes de decidirse por el señor Ilya Stepanovich, un exjefe de la mafia rusa que, como el difunto Vladímir Vinogradov, había utilizado dinero, sobornos y violencia durante el derrumbamiento económico de Rusia años atrás para obtener una participación mayoritaria en el negocio del platino. Hoy era multimillonario.

Ese enriquecimiento le permitió apoyar con fondos e influencia al *vozhd* durante su ascenso; después de hacerse con el cargo en unas elecciones amañadas, su presidencia se había convertido en algo permanente. Aquellos lazos no se rompieron nunca. Los tentáculos de Stepanovich seguían penetrando en el Kremlin y el mundo de la mafia. Su historial delictivo fue borrado y se trasladó a Londres para vivir como un ruso millonario al que permitieron instalarse como «no residente».

Vivía en una mansión de veinte millones de libras en Belgravia, el enclave más acomodado de la ciudad, guardaba su jet privado en Northolt y su entrada en la alta sociedad no fue a través de un equipo de fútbol, sino con una cuadra de caballos de carreras entrenados en Newmarket. Tenía varios números de teléfono no secretos para amigos y contactos, y otro privado y protegido con cortafuegos instalados por algunos de los mejores ciberexpertos del mercado. Daba por hecho que era imposible pincharlo. Luke Jennings descifró los códigos de acceso en solo unos días. El doctor Hendricks, una vez más sin tener la menor idea de cómo lo había conseguido, organizó una escucha indetectable que por fin registró una llamada a un número de la ciudad de Panamá identificado como una entidad bancaria.

El mentor de Chandler's Court puso al joven genio a trabajar de nuevo. En pocos días entró en la base de datos y en sus archivos confidenciales sobre titulares de cuentas en el extranjero. La base de datos preguntó al visitante, que se identificó como el propio señor Stepanovich, ya que todos los códigos eran correctos, qué suma deseaba transferir y a qué cuenta bancaria.

No se utilizó ningún teléfono; era un ordenador hablando con otro. Sir Adrian se atribuyó el papel de «interlocutor». Él y el doctor Hendricks se sentaron frente a la pantalla de la sala de informática de Chandler's Court y pidieron instrucciones. Sir Adrian miró la hoja de papel que tenía en la mano. Contenía los datos electrónicos de una nueva cuenta en un reputado banco comercial de las islas del Canal. Letra a letra y número a número, sir Adrian leyó en voz alta los detalles. El doctor Hendricks los introdujo y las instrucciones llegaron a Panamá en un nanosegundo. Después levantó la mirada.

—Panamá pregunta cuánto desea transferir desde esta cuenta.

Sir Adrian no había pensado en ello y se encogió de hombros.

—Todo —respondió.

La transferencia fue ejecutada en un segundo.

—Madre de Dios —murmuró Hendricks mirando a la pantalla—. Son trescientos millones de libras.

El falso señor Stepanovich finalizó la conexión. Se cercioraron de que ninguna investigación de ingeniería inversa pudiera llevar hasta Chandler's Cross. Entonces, el doctor Hendricks soltó una carcajada. Al otro lado de la sala, Luke Jennings, que permanecía sentado en una silla, sonrió. Estaba contento por haber complacido a su amigo. Sir Adrian volvió a Londres en coche.

Por supuesto, aquello excedía las necesidades del señor Song en Seúl. Sir Adrian le transfirió unos cuantiosos fondos operativos para que inundara Corea del Norte de propaganda subversiva y se permitió el lujo de ofrecer grandes donaciones anónimas a organizaciones benéficas de todo el mundo que trabajaban con niños que habían sufrido hambre o abusos, y con soldados lisiados.

Al finalizar la jornada, el personal doméstico de la mansión de Belgravia disfrutaba de unas cervezas en el Crown and Anchor que había a la vuelta de la esquina y mencionó que aquella noche, después de cenar, oyó un sonido como de animal herido procedente del salón de su jefe.

Lo que no divulgaron, porque no lo sabían, era que la fortuna que se había evaporado no pertenecía al señor Stepanovich, sino que se trataba del dinero que guardaba a buen recaudo para los *vori v zakone*. Eran ganancias de la cocaína propiedad del hampa rusa, que no suele aceptar excusas cuando desaparece su dinero. El señor Stepanovich salvó su vida abonando la totalidad de lo perdido, para lo que tuvo que vender los caballos de carreras.

Un día después de las animadas cervezas bajo las vigas del pub de Belgravia se celebró una reunión a puerta cerrada en Chequers. Entre los políticos asistentes figuraba la primera ministra, que apenas medió palabra y, como siempre, prefirió escuchar a los verdaderos expertos: el secretario de Asuntos Exteriores, su homólogo de Defensa y miembros de menor jerarquía de otros tres ministerios. Pero estaban allí para escuchar a funcionarios de muy alto nivel, como el jefe del Estado Mayor de la Defensa, el jefe del SIS, el director del Centro Nacional de Ciberseguridad y su compañero del GCHQ, además de un representante del SIS y otro del Ministerio de Asuntos Exteriores que habían dedicado toda su carrera profesional a estudiar Europa del Este y Rusia. Habían recibido noticias de varias fuentes, y ninguna era positiva.

Después de años de investigación, un equipo de científicos holandeses concluyó sin lugar a dudas que el vuelo 17 de Malaysian Airlines que se estrelló en Ucrania en julio de 2014 y en el que perdieron la vida doscientos ochenta y tres pasajeros y quince miembros de la tripulación había sido abatido de manera deliberada por un equipo de artilleros rusos, que dispararon un misil Buk en una zona del este del país ocupada por Rusia.

Las conversaciones radiofónicas interceptadas confirmaban que los responsables no eran rebeldes ucranianos y que sabían perfectamente que su objetivo era un avión civil. La mayoría de los pasajeros eran holandeses.

—Debe haber represalias —exigió el jefe del Estado Mayor de la Defensa—. O, como mínimo, medidas disuasorias. Hay una escalada en las provocaciones, que están llegando a unos niveles intolerables.

Se produjeron gruñidos y gestos de aprobación alrededor de la mesa. El siguiente orador pertenecía al Ministerio de Asuntos Exteriores, al que siguió el hombre del NCSC.

Se había producido un ciberataque devastador contra los

bancos, el gobierno y la red eléctrica de Ucrania. La ofensiva se denominó NotPetya y fue enmascarada como un acto delictivo que pretendía obtener un rescate a cambio de su cese, pero ningún organismo occidental que luchara contra los ciberdelitos tenía dudas de que detrás de aquello estaba el gobierno ruso. Es más, según aseguró el jefe del NCSC, los ciberataques rusos contra Gran Bretaña eran más virulentos y frecuentes con el paso de las semanas. Todos provocaban daños, y la defensa estaba costando mucho dinero. El secretario de Asuntos Exteriores fue el encargado de resumir la situación a instancias de la primera ministra.

—Vivimos el momento más peligroso de nuestra época —empezó—. Los titulares están dominados por el terrorismo internacional de una secta extraña y pseudorreligiosa nacida de un islam pervertido. Pero, pese a los terroristas suicidas, esa no es la principal amenaza. El ISIS no es una nación, no es un estado.

»En la actualidad, una docena de países posee bombas nucleares y los misiles necesarios para lanzarlas. Cuatro son extremadamente inestables. Otros tres no solo están bajo un yugo dictatorial a nivel interno, sino que son muy agresivos hacia el exterior. Corea del Norte e Irán son dos de ellos, pero en la actualidad el cabecilla es Rusia, y por decisión propia. Las cosas no estaban tan mal desde la época de Stalin.

—¿Y cuál es la postura de la defensa nacional? —preguntó la señora Graham.

—Coincido con el secretario de Asuntos Exteriores —intervino su homólogo de Defensa—. Los intentos de los submarinos y barcos rusos por penetrar en nuestras aguas costeras y los de sus bombarderos nucleares por invadir nuestro espacio aéreo son constantes, semanales cuando menos. Raro es el día que nuestros cazas y submarinos interceptores no se encuentran en estado de alerta. Reino Unido no es el único objetivo en Europa Occidental, sino el principal. Tal como ha dicho el secretario de Asuntos Exteriores, la Guerra Fría ha vuelto, y no por decisión nuestra, sino de Moscú. Occidente está sufriendo un ataque encubierto y disfrazado de provocaciones a todos los niveles.

—¿Y dentro de Rusia? —inquirió la primera ministra.

—Es igual o peor —respondió la funcionaria del Ministerio de Asuntos Exteriores especializada en Europa del Este—. El control del Kremlin sobre la vida en Rusia es cada vez más cruento. Ahora, la mayoría de los medios de comunicación del país son sus esclavos. Los periodistas críticos son asesinados con frecuencia por sicarios de la mafia. Han acabado por aprender la lección: que ni se te pase por la cabeza criticar al Kremlin. No lo pagarás con tu carrera, sino con tu vida. Como todos sabemos, también han eliminado de forma selectiva a sus detractores fuera de Rusia. Por lo visto, no tenemos más remedio que seguir aceptando las agresiones, a no ser que iniciemos una guerra abierta, lo cual es impensable.

La pesimista reunión finalizó treinta minutos después. Los ministros y altos funcionarios salieron a almorzar, mientras los que estaban sentados en la parte trasera aguardaban su turno. En el umbral, la señora Graham cruzó una mirada con sir Adrian y señaló con la cabeza la biblioteca. Se encontraron allí poco después.

—No puedo quedarme mucho rato —se excusó la primera ministra—. Ya ha escuchado usted la valoración. ¿Cuáles son sus primeras impresiones?

—Tienen bastante razón, por supuesto. Las perspectivas son muy desalentadoras.

—¿Y la última oradora? ¿Está en lo cierto? ¿No podemos hacer nada?

—Abiertamente no, primera ministra. Pero si Rusia sufriera un accidente catastrófico y se informara con discreción al Kremlin de que si cesan las provocaciones también lo harán los accidentes, tal vez nos escuchen. Pero no podemos hacer nada a la vista de todos. Los gobiernos deben guardar las apariencias.

—Por favor, hágame llegar sus conclusiones por escrito. Entrega especial. Solo en papel. Dentro de una semana. Discúlpeme, pero debo irme.

Cuando la primera ministra se fue, sir Adrian se montó en el coche y volvió a casa. Se le había ocurrido una idea.

Sir Adrian prefería investigar a conciencia antes de abrir la boca o empezar a escribir. En su profesión, si los altos mandos se equivocaban, los de abajo podían morir. Rastreó fuentes de información sobre oleoductos, cómo se construían y cómo funcionaban; se concentró en el instituto internacional de estudios estratégicos, o IISS, y el Real Instituto de Servicios Unidos, y eligió al doctor Bob Langley, del primero.

—Rusia está echando el resto e invirtiendo una tremenda cantidad de dinero y esfuerzos en TurkStream, y nadie parece estar prestando la menor atención a eso —dijo el doctor Langley—. Lo cual es raro, porque afectará a toda Europa Occidental durante décadas.

—¿Qué es TurkStream?

—El gasoducto más grande que el mundo haya visto nunca. Ahora mismo están inmersos en su construcción, y el plan es que esté acabado a finales de 2020. Entonces, nuestro mundo cambiará, y no a mejor.

—Cuénteme todo lo que sepa sobre TurkStream, doctor.

—El gas natural, también conocido como gas petróleo, se utiliza cada vez más en nuestras industrias. Parte de él llega en barcos desde Oriente Próximo en forma de gas licuado del petróleo, pero la mayoría llega a Occidente a través de una serie de oleoductos rusos. Alemania depende casi por completo del gas licuado ruso, lo cual explicaría por qué Berlín ahora es tan servicial con Moscú. Los oleoductos atraviesan Ucrania, Polonia, Moldavia, Rumanía y Bulgaria. Todos perciben pagos por derechos de tránsito, dinero que juega un papel importante en su economía. TurkStream los sustituirá a todos. Cuando el gas licuado ruso empiece a circular de verdad, Europa dependerá de Rusia y, en la práctica, será su siervo.

—¿Y si no lo compramos?

—El producto industrial europeo perderá competitividad en los mercados internacionales. ¿Quién cree que ganará? ¿Los principios morales o los beneficios? TurkStream consiste básicamente en dos gasoductos. Ambos salen del corazón de Rusia y se hunden en la tierra en Krasnodar, cerca de la costa del mar Negro, en Rusia Occidental. Blue Stream se sumerge en el mar Negro, sale a la superficie en Turquía y se dirige a Ankara. Ello, sumado a una bajada de precios, es un aliciente para Turquía y el motivo por el que ahora comparte cama con Rusia.

»El segundo oleoducto, South Stream, es mucho más largo y también discurre bajo el mar Negro, pero emerge en Turquía Occidental, cerca de la frontera griega. Ahí es donde se construirá la isla para recibir a las flotas de cargueros que abastecerán de gas a Europa Occidental. Entonces, la dependencia será absoluta.

—Parece que el hombre del Kremlin sabe lo que se hace.

—Sabe exactamente lo que se hace —ratificó el doctor Langley—. Primero, amenaza militar combinada con continuos ciberataques, y después, dominio energético. Un antecesor suyo utilizó al Ejército Rojo. Cambie «estrella roja» por gas licuado.

Bob Langley se había formado como estratega y técnico. Según explicó a sir Adrian, que era lego en la materia, aunque las excavadoras submarinas solo habían llegado a la mitad de su trayecto, el gas licuado ya fluía por ellas. Pero, para hacerlo, tenía que conservar su estado líquido y no reevaporizarse.

Para mantenerse en estado líquido y bajo presión al tiempo que avanzaba, necesitaba estaciones compresoras aproximadamente cada ochenta kilómetros. Había tres tipos de compresores, pero todos desempeñaban la misma labor.

—¿Cómo se controlan?

—Por ordenador, por supuesto. Los ordenadores centrales se encuentran en unas instalaciones situadas en Krasnodar, en la Rusia continental. En las profundidades del subsuelo y bajo el mar Rojo, la cadena de compresores recibe el gas licuado, lo represuriza y lo envía a la siguiente estación hasta que emerge en la costa turca. Para funcionar, cogen un «sangrado» de gas natural y lo utilizan como fuente de energía para sus necesidades. Ingenioso, ¿no le parece? Se autofinancia, y en Siberia, muy lejos de allí, el gas sigue fluyendo.

Sir Adrian recordó el viejo dicho: «Quien paga manda». O, en este caso, quien hace girar las ruedas de la industria. En su búnker del Kremlin, el *vozhd* podía presidir una paupérrima economía en lo tocante a bienes de consumo, pero con una sola arma aspiraba a doblegar algún día al continente europeo.

El anciano caballero disponía ahora de información suficiente para redactar y enviar su misiva a la primera ministra. Después, pasó dos días realizando investigaciones técnicas y, cuando obtuvo respuesta por parte de la señora Graham, se dirigió a Chandler's Court, en el norte, donde hablaría con el doctor Hendricks.

Apreciada primera ministra:

Tal como solicitó, aquí tiene el informe con mis conclusiones.

El futuro de Europa Occidental en general y de nuestro país en particular no depende de la seguridad. Eso viene después, porque primero debemos poder permitírnosla. La prosperidad es la máxima preocupación de la gente. Lucharán si se ven abocados a una pobreza perpetua.

Lo que empujó a Hitler a invadir a sus vecinos fue la bancarrota inminente de Alemania. Necesitaba sus activos para hacer frente a la quiebra nacional que provocaron sus continuos derroches. La gente habría dejado de adorarlo si hubiera vuelto a la hambruna de los años veinte. Han cambiado pocas cosas.

Hoy en día, la clave de la prosperidad es la energía; energía barata y constante, a raudales. Hemos intentado aprovechar el viento, el agua y la luz del sol, lo cual es ingenioso y moderno, pero es solo la punta del iceberg de nuestras necesidades.

El carbón y el lignito se han agotado. Los pellets de madera y el petróleo son muy contaminantes. El futuro es el gas natural. Bajo la corteza del planeta hay suficiente como para garantizar un siglo de calor, luz y potencia motriz. Todo ello genera riqueza, comodidades y alimento. La gente estará satisfecha y no se rebelará.

Sabemos dónde encontrar grandes depósitos sin explotar, y se descubren otros nuevos continuamente. Pero la naturaleza, que es una dama perversa, no los ha ubicado debajo de las grandes concentraciones de gente que los necesita.

Hace poco se ha producido un gran descubrimiento de gas natural frente a las costas de Israel (se adentra en otros tres territorios nacionales submarinos, pero el hallazgo principal pertenece a los hebreos). Pero hay un problema.

En distancias cortas, el gas natural puede transportarse desde la fuente hasta el consumidor aprovechando su propia presión. El nuevo campo de Israel se encuentra a ochenta kilómetros del litoral. Con unas cuantas estaciones de bombeo, es poca distancia. En trayectos más largos, el gas debe ser licuado y congelado para convertirlo en gas licuado del petróleo. Entonces puede trasladarse en cargueros, como cualquier otra mercancía. A su llegada, se reevaporiza para multiplicar por varios miles su volumen y puede enviarse a través de un gasoducto y utilizarse como energía barata y limpia en todo el país.

Sería lógico que Reino Unido cerrara un acuerdo exclusivo y a largo plazo con Israel, que tiene gas, pero no una central de licuado. Nosotros contamos con el dinero y la tecnología necesarios para construir una en una plataforma marítima. Sería una asociación que beneficiaría a ambas partes y nos libraría de décadas de dependencia con respecto a países potencialmente hostiles. Pero este informe no trata sobre Israel. Existen depósitos aún más grandes en el interior de Rusia, pero están a muchos kilómetros de la gallina de los huevos de oro que es Europa Occidental.

Para llevar ese océano de gas al mercado, Rusia, a través de Gazprom, su monopolio de petróleo y gas, debe construir uno o dos gasoductos gigantescos desde sus campos en Europa del Este hasta puertos marítimos en los que los petroleros puedan abastecer a la mitad occidental del continente.

Se han propuesto gasoductos más pequeños que podrían cruzar Bielorrusia, Polonia y Ucrania, y puertos para petroleros en las costas de Rumanía y Bulgaria. Pero Rusia prácticamente ha invadido Ucrania y las relaciones son tensas con Polonia, Rumanía y Bulgaria, que pertenecen a la Unión Europea y están preocupados por la reciente agresividad del Kremlin. La elección nueva y definitiva es Turquía, lo cual explica el feroz cortejo a ese país, cuya pertenencia a la OTAN pende de un hilo, y a su presidente, un hombre muy autoritario.

Ahora, Rusia ha depositado todas sus esperanzas en inundar Europa Occidental con su gas natural y, gracias a nuestra dependencia energética, convertirse en nuestro dueño. Su plan es conseguirlo mediante los gasoductos que llegarán hasta Turquía. Se están construyendo dos, el South Stream y el Blue Stream.

El principal problema es de carácter técnico. Para llegar a territorio turco desde Rusia, ambos tienen que recorrer cientos de kilómetros bajo el mar Negro. Mientras lee estas líneas, están realizando excavaciones.

Las excavadoras son unas máquinas de enorme complejidad y, como todas hoy en día, se controlan a través de un ordenador. Como sabemos, los ordenadores son capaces de resolver muchos problemas, pero también pueden averiarse.

Su humilde servidor queda a su disposición, primera ministra.

ADRIAN WESTON

En Chandler's Court, sir Adrian informó al doctor Hendricks.

—Estará muy bien protegido de interferencias —meditó el gurú del GCHQ—. Aunque lográramos entrar, ¿qué software malicioso podríamos insertar? ¿Qué instrucciones le daríamos?

—He recibido asesoramiento al respecto —respondió sir Adrian—. Un solo error de funcionamiento tendría consecuencias nefastas.

Una hora después, ambos hablaban con un chico tímido sentado en la sala de operaciones delante de sus ordenadores.

—Luke, hay una computadora central cerca de una ciudad llamada Krasnodar...

Al cabo de una semana, en las profundidades del mar Negro, algo sucedió en un compresor oscilante K15 del Blue Stream. La letra K hacía referencia a la palabra rusa *kompressor*. La presión deseada e indicada empezó a variar. No disminuía, sino que aumentaba sin cesar.

A quinientos kilómetros de distancia, en un centro informático situado en un complejo de edificios de acero a las afueras de Krasnodar, unos dedos hábiles hicieron una corrección. No tuvo efecto. La presión de una máquina en las profundidades del mar Negro seguía aumentando. Los informáticos introdujeron instrucciones más urgentes, pero el K15 se negaba a obedecer. Uno de los indicadores de presión se estaba elevando hacia la línea roja.

El K15 se aproximaba al límite permitido. Las uniones se tensaron y los remaches empezaron a saltar. Se habían tenido en cuenta unos márgenes de tolerancia durante la fabricación, pero ya se habían superado. El K15 era como el motor de un coche gigante cuyos pistones giraban sobre un cigüeñal y necesitaba un aceite denso para lubricarse. La máquina empezó a humear; había dejado de lubricarse.

Fuera de Krasnodar, la honda preocupación se mezcló con una confusión absoluta que acabó degenerando en pánico. Cuando el lejano compresor estalló, nadie oyó nada, gracias a que en el punto más profundo del mar Negro, donde estaba situado el K15, el agua alcanza los dos mil doscientos metros de profundidad y ninguna máquina puede soportar la presión.

El agua del mar, salada, corrosiva y alimentada por la increíble fuerza de la presión, se coló por las fisuras y entró en el gasoducto kilómetro a kilómetro hasta bloquear las juntas de ambos extremos.

Las excavadoras se vieron superadas, dejaron de girar y se detuvieron. Al anochecer, el TurkStream fue clausurado.

—Esto no debería haber ocurrido —masculló el científico jefe del centro de informática de Krasnodar—. No es posible. Yo creé este sistema. Era infalible, impenetrable.

Pero el examen *post mortem* del desastre submarino, como calificaron lo ocurrido, reveló que alguien había accedido al ordenador central de Krasnodar e instalado un pequeño software malicioso.

20

Se redactaron dos informes. Uno llegó al despacho más privado del Kremlin por la mañana, y el otro por la tarde. Entre los dos provocaron al señor de toda Rusia el mayor arrebato de furia que había presenciado su gabinete.

Cuando se enfadaba no gritaba, ni montaba en cólera, ni pataleaba en público. Empalidecía como un muerto y se quedaba inmóvil. Respondía con sequedad a los insensatos que osaban hablarle porque no habían advertido las señales; lo más inteligente era alejarse de él.

El primer informe procedía de la empresa armamentística Energomash, un fabricante de combustible y motores para misiles, concretamente el RD250, que había sido incorporado a los modelos balísticos intercontinentales de Rusia hasta que la política del Ministerio de Defensa sustituyó los principales cohetes del país por los de otro proveedor. Fue el ministerio el que facilitó al Kremlin el informe de Energomash por precaución.

La empresa afirmaba que un nuevo cliente le había remitido una queja relacionada con sus motores para cohetes. Había vendido el RD250 a Corea del Norte y el cliente había protestado. Al parecer, un componente defectuoso de un motor que formaba parte de un gran pedido que transportaron hasta el monte Paektu en un tren herméticamente cerrado había provocado una catastrófica explosión durante las pruebas del misil Hwasong-20. La detonación había destruido el misil y, con él, el silo en el que estaba llevándose a cabo el montaje.

Energomash abrió una investigación exhaustiva y concluyó que solo cabía una explicación: alguien se había colado en su base de datos de control de calidad y había realizado cambios prácticamente imperceptibles en la secuencia de fabricación.

Los cortafuegos que protegían los datos eran tan densos que se creían a salvo de cualquier acción de piratería informática externa. Era inexplicable que algo hubiera salido mal. Alguien había conseguido una cosa técnicamente imposible.

Las repercusiones directas fueron el desastre que sufrieron Corea del Norte y su programa secreto de misiles y su posterior negativa a hacer más encargos a Rusia. Ocultar esa humillación a la unida comunidad científica que trabajaba con misiles en todo el mundo sería una tarea casi imposible.

Sin embargo, el informe de Energomash perdía toda su importancia si se comparaba con la noticia que llegó aquella tarde desde Krasnodar, el centro operativo del proyecto Turk-Stream. Para el *vozhd*, el fallo en las profundidades del mar Negro fue una auténtica catástrofe.

Carecía de conocimientos técnicos, pero el lenguaje llano del documento no dejaba lugar a dudas. En las profundidades del océano, cerca del punto medio entre las costas rusa y turca, un compresor se había descontrolado pese a los frenéticos esfuerzos por enmendar el error. De nuevo, unos ordenadores que siempre habían funcionado a la perfección se negaron a aceptar órdenes.

Los directores técnicos de TurkStream llegaron a la conclusión de que se había producido una interferencia de origen externo. Pero eso era imposible. Los códigos de control eran tan complejos, con miles de millones de computaciones y permutaciones, que ninguna mente humana podía atravesar esos cortafuegos hasta llegar a los algoritmos. Sin embargo, alguien había logrado lo imposible. Las consecuencias fueron un perjuicio que tardarían años en reparar.

Sobre Moscú, la ola de calor que padecían había formado una tormenta de nubes negras, pero, pese a su oscuridad, los cumulonimbos que engullían las cúpulas doradas de la catedral de San Basilio no eran nada comparados con el ambiente que reinaba en el despacho del señor de Rusia. En un solo día había leído un informe del Ministerio de Asuntos Exteriores que detallaba una entrevista horrenda con el dictador de Corea del Norte y había recibido aquella noticia devastadora.

Para el hombre del Kremlin, la restitución de su amada Rusia al lugar que le correspondía como única superpotencia del continente europeo no era un simple capricho, sino la misión de su vida. La deseada supremacía ya no dependía de las enormes divisiones de carros de combate de Stalin, sino del dominio total del suministro de gas ruso a Europa occidental a un precio que ningún otro proveedor ni energía alternativa pudiera igualar. De eso se ocupaba TurkStream.

Durante años, el *vozhd* había autorizado una ciberguerra cada vez más intensa contra Occidente. A las afueras de su San Petersburgo natal se eleva un rascacielos habitado desde la primera planta hasta la azotea por piratas informáticos que sembraban a diario software malicioso y troyanos en los ordenadores de occidentales, con especial preferencia por los de Gran Bretaña y Estados Unidos. Era una guerra sin proyectiles ni bombas, y sobre todo, sin una declaración formal. Pero era una guerra... más o menos.

Se habían infligido daños por valor de miles de millones de libras y dólares; sistemas de sanidad, tráfico aéreo y servicios públicos se habían venido abajo; y el *vozhd* se había regodeado en el perjuicio causado a su odiado Occidente, aunque el noventa por ciento de los ciberataques habían sido frustrados por sus defensas informáticas. Sin embargo, el informe de Krasnodar que pormenorizaba los años y el dinero de las arcas del zar que costaría reparar los daños demostró, si es que hacía falta alguna prueba, que alguien estaba contraatacando. Y sabía quién era.

Alguien le había mentido, o esa persona había sido víctima de un engaño. Los iraníes no lo habían conseguido. En algún lugar, ese cibergenio británico seguía vivo. El adolescente que podía obrar lo imposible en el ciberespacio no había muerto en una casa de las afueras de Eilat. El *vozhd* hizo llamar a su jefe de espionaje, el director del SVR.

Yevgeni Krilov tardó una hora en llegar. El *vozhd* le lanzó los dos informes y, mientras Krilov leía, él contempló los tejados de Moscú oriental, al otro lado de los jardines de Alejandro.

—Ha fracasado —masculló—. Sus Lobos Nocturnos fallaron en Inglaterra y el Pasdarán erró en Eilat.

Krilov guardó silencio y pensó que aquello no era lo único que había ido mal. No había desvelado que su rival no se había tragado el plan para incriminar al viceministro de Gabinete como su informante en Londres (y todavía no sabía por qué) y que su verdadero topo, el funcionario Robert Thompson, no había muerto en un accidente de tráfico, sino que había desaparecido junto con su hija, cuyo secuestro había comprado su traición. No conocía los detalles, pero suponía que los cuatro gángsteres albaneses encargados de la operación no volverían a ver Tirana nunca más.

No había comentado nada de esto con su jefe del Kremlin. Los años dedicados a medrar en su profesión le habían enseñado que a los superiores solo les gustan las buenas noticias, y que estas caen pronto en el olvido a menos que se repitan. Los fracasos, en cambio, quedan grabados a fuego en el historial.

Después de la noticia que acababa de conocer, el director del SVR no albergaba la menor duda: su rival era Weston. Era él quien estaba frustrando todos sus intentos por localizar y eliminar al pirata informático adolescente.

Todas las agencias de espionaje tienen sus leyendas. A veces son sus héroes, tal vez desaparecidos hace mucho tiempo, pero en ocasiones son sus oponentes, a menudo también fallecidos. Los británicos recuerdan a Kim Philby y los estadounidenses a Aldrich Ames. Los rusos todavía gruñen al evocar a Oleg Penkovski y Oleg Gordievski, dos grandes espías y unos traidores para su propio bando. Pero, en el otro lado, quienes los reclutaron y dirigieron eran unos héroes.

Cuando solo era una promesa de la antigua KGB, Yevgeni Krilov oyó hablar de un espía británico que había entrado y salido de Alemania Oriental, Checoslovaquia y Hungría y había reclutado y dirigido a un descifrador de códigos en el Ministerio de Asuntos Exteriores y a un coronel de artillería ruso en Hungría.

Krilov sabía, aunque nunca podría demostrarlo, que también estuvo presente cuando la ÁVO tendió una trampa en Budapest para capturar a su espía. Después, el hombre fue apartado del servicio activo, relegado a un trabajo de despacho en Londres y ascendido a número dos del MI6. Luego se jubiló. O eso era lo que pensaba hasta entonces.

Sí, había un superpirata adolescente, pero Weston lo dirigía, seleccionaba los ataques y asestaba a Rusia un golpe tras otro.

Su señor estaba obsesionado con el joven que descifraba códigos, pero el engaño frustrado de Krilov en Liechtenstein, el desenmascaramiento de Robert Thompson y la elección deliberada de objetivos que los estaban llevando a la ruina eran obra de otra mente, y todas sus alarmas gritaban el nombre de Adrian Weston.

El *vozhd* seguía observando las nubes que cubrían Moscú.

—¿Qué quiere? —preguntó Krilov a la figura situada junto a la ventana.

El *vozhd* se dio la vuelta, cruzó el despacho y apoyó las manos en los hombros de Krilov, que permanecía sentado. El jefe del espionaje miró aquellos ojos fríos como el hielo y llenos de ira.

—Quiero que esto acabe, Yevgeni, de una vez por todas. Me da igual cómo lo haga y a quién utilice. Encuentre a ese chico y elimínelo. Una última oportunidad, Yevgeni. La última.

Krilov había recibido sus órdenes. Y también un ultimátum.

En el mundo de los espías todos se conocían, o al menos habían oído hablar los unos de los otros. Al otro lado de la gran línea divisoria, se estudian igual que los maestros ajedrecistas analizan las tácticas y el carácter de los jugadores a los que se enfrentarán sobre un tablero futuro en el que las armas son reinas y peones.

Los aliados quedan para cenar, deliberan, se hacen consultas y a veces colaboran. En las recepciones diplomáticas, al amparo de la Convención de Viena y la inmunidad que conlleva su cargo, los opositores sonríen y brindan, sabedores de quién es el otro y a qué se dedica en realidad, y de que, si es posible, uno destruirá la carrera profesional de su adversario. A veces incluso trabajan juntos, pero solo cuando los políticos, en su estupidez, están yendo demasiado lejos. En la crisis de los misiles cubanos de 1962 cooperaron.

Aquel funesto mes de octubre, mientras Kennedy ordenaba la retirada de los misiles soviéticos en Cuba y Jrushchov se negaba a hacerlo, fue el director de la KGB en la costa Este de Estados Unidos quien buscó un contacto en la CIA. Los rusos propusieron que si los norteamericanos renunciaban a su base de misiles en Incirlik, Turquía, que representaba un peligro para Rusia, Jrushchov estaría en disposición de guardar las apariencias ante su Politburó y convencerlos para abandonar Cuba. Sería un intercambio, no una humillación. Y funcionó. En caso contrario, alguien habría lanzado un misil nuclear.

Yevgeni Krilov, que regresaba a Yasenevo sentado en la parte trasera de la limusina, no había nacido cuando todo eso ocurrió, pero había investigado a fondo el incidente. Más tarde, mientras ascendía vertiginosamente en las filas de la KGB, estudió los rostros de los jefes de departamento británicos, estadounidenses y franceses a los que se enfrentaba en el abismo de la Guerra Fría. Y Weston figuraba entre ellos.

Entonces llegaron Gorbachov, la disolución de la URSS, el abandono del comunismo y el final de la Guerra Fría. Después, años de humillación para Rusia, gran parte de ella autoinfligida, de los que aún se estaba vengando. Y cuando eso terminó, el hombre en el que estaba pensando se había retirado.

Cinco años después, cumplidos ya los cincuenta, Krilov fue ascendido a director del servicio de inteligencia extranjera ruso, el SVR. Creía que estando allí ya no llegaría a producirse un cruce de espadas. Pero Weston había regresado y, desde entonces, las cosas nunca habían ido tan mal.

Muy al oeste, el hombre en el que estaba pensando, más de diez años mayor que él, tomaba una copa con unos amigos en el bar del Club de las Fuerzas Especiales. Los viejos colegas compartían recuerdos y chistes privados en medio del jolgorio. Sir Adrian se había sentado en una esquina con un vaso de clarete en la mano, y asentía y sonreía cuando se dirigían a él, pero volvía a encerrarse en sí mismo poco después. Estaba pensando en un ruso al que no conocía, pero al que se había enfrentado y vencido por primera vez hacía más de veinticinco años. Gracias al memo de Vernon Trubshaw.

Era el final de la Guerra Fría, aunque nadie fuera todavía consciente de eso. Por aquel entonces, cuando era tan difícil llegar a gran parte del territorio que se extendía detrás del Telón de Acero y más aún trabajar en él, era habitual pedir a inocentes hombres de negocios con una razón legítima para ir allí que mantuvieran los ojos y los oídos bien abiertos en busca de cualquier retazo que pudiera interesar a las autoridades, es decir, al mundo del espionaje. A su regreso se celebraba un almuerzo cordial y una agradable sesión informativa. Casi siempre eran infructuosos, pero nunca se sabía.

Vernon Trubshaw era director de ventas de una empresa que iba a asistir a una feria comercial en Sofía, la capital de la Bulgaria comunista. Le pidieron un informe completo; la labor de Adrian Weston era interrogarlo. Trubshaw apuraba el vino pagado por el gobierno cuando empezó a contar una anécdota en su opinión sin importancia.

Lo habían invitado a una recepción en la embajada rusa, y en el transcurso de la misma fue al baño del sótano. Al salir, encontró a cuatro hombres en el pasillo. Uno de ellos, el que sin duda era el líder, estaba soltando una reprimenda a un hombre más joven y de rango inferior, todo ello en ruso, idioma del que Trubshaw no hablaba una sola palabra.

El joven parecía al borde de las lágrimas, ya que su superior estaba tratándolo como si fuera bazofia. Una semana después, al sediento señor Trubshaw le propusieron una segunda comida. Más vino a costa del gobierno... y varias fotos. Adrian Weston había solicitado al equipo del SIS británico en Sofía una pequeña galería de rostros de la embajada rusa en la ciudad. Trubshaw no titubeó, y su índice manchado de nicotina golpeteó dos de ellos.

«Este era el que gritaba, y ese al que estaba despellejando vivo», aseguró. Al cabo de siete días, Adrian Weston estaba en Sofía con protección diplomática. El equipo británico de espionaje lo ayudó con las identificaciones. El ruso que había padecido la humillación era Ilyá Liubimov, el chico de los recados de la embajada. Al día siguiente, Weston llamó a la puerta del joven ruso.

Sabía que las posibilidades eran escasas, y que probablemente estaba abocado al fracaso, pero no tenía tiempo para hacer un seguimiento, darle alcance antes de que llegara a la embajada y cortejarlo durante semanas hasta que aflorara una amistad. Por suerte, él al menos hablaba ruso con fluidez.

Intentar reclutar a alguien a puerta fría casi nunca funciona, pero, una vez más, nunca se sabía. Weston embaucó a Liubimov para que lo dejara entrar en el piso y expuso su propuesta. Funcionó. La humillación que había padecido el joven ruso delante de dos compañeros en la puerta del baño lo había irritado de verdad, y todavía le escocía. El joven estaba desanimado y desilusionado. Una hora después, aceptó pasarse al otro bando y convertirse en un espía para Occidente.

El chico no servía para nada, por supuesto, pero seis meses después volvió a Moscú, todavía como miembro del personal del Ministerio de Asuntos Exteriores. Dos años más tarde, la paciencia tuvo su recompensa. Alguien en Mensajes Cifrados padecía un soplo cardíaco y le concedieron la invalidez. Liubimov fue su sustituto. Era un filón. Londres recibía todos los mensajes descifrados de los telegramas diplomáticos y los compartía con Estados Unidos. Eso duró hasta que, ocho años después, Liubimov visitó a su madre viuda y fue arrollado por un conductor ebrio en la avenida Nevski de San Petersburgo. Murió en el acto. El diplomático que diez años antes le insultaba en la embajada rusa en Sofía era Yevgeni Krilov.

En Londres, el veterano caballero sir Adrian pidió por señas que volvieran a llenarle la copa. En Yasenevo, Krilov decidió cómo llevaría a cabo el encargo que había recibido del *vozhd*. Si no lo hacía, sería su fin.

Había un hombre. Había oído hablar de él y de su reputación, pero no lo conocía en persona. Un hombre de las sombras, del Spetsnaz. Era un secreto incluso entre sus miembros, y prefería que fuera así. Se le conocía solo como Misha, y era el mejor francotirador que habían tenido nunca.

Se decía que en Siria había matado a más de cincuenta terroristas de Al Qaeda y el ISIS y a otros cien combatientes en el este de Ucrania tras la invasión rusa disfrazada de revuelta. Lo comparaban con el legendario Zaitsev de Stalingrado.

Un francotirador es diferente. En combate, los hombres se matan entre sí por aire, por mar, o con proyectiles, granadas y morteros en tierra firme. Pero casi nunca los ven como a seres humanos. Cuando utilizan un rifle, el enemigo también es solo una forma, un contorno que se desploma al morir. Pero el francotirador estudia hasta el último detalle de la víctima antes de apretar el gatillo y acabar con su vida.

No basta con ser bueno disparando. Un as de esa especialidad, tumbado y utilizando la mira telescópica para ubicar a un objetivo en una sala de tiro, puede ganar una medalla de oro olímpica, pero ese trozo de cartón se le presenta inmóvil y desprotegido. El francotirador de combate es un auténtico cazador de hombres.

Ambos pueden alcanzar un estado de concentración total, pero el francotirador debe sumarle la capacidad para quedarse petrificado, incluso durante horas si es necesario. El tirador de competición no necesita esconderse; el francotirador debe ser invisible y reprimir el impulso de relajar músculos doloridos, retorcerse, rascarse o aliviar la vejiga, a menos que lo haga con la ropa puesta.

El camuflaje es su salvavidas, pero nunca es el mismo. En una ciudad son los ladrillos, la piedra, las puertas de madera, las ventanas, los cristales rotos y los escombros. En el campo, su telón de fondo son los árboles, los arbustos, la hierba, el follaje o las ramas caídas. Allí, adornado con hojas y ramitas, debe mimetizarse con las criaturas de la naturaleza. Y luego esperar, hora tras hora, hasta que el objetivo salga de su madriguera o entre en su campo de visión.

Todas esas esperas, todos esos pensamientos, son propios de un hombre muy discreto y poco dado a la conversación, incluso cuando no está de servicio. Zaitsev era hijo de un cazador de Siberia que atravesó las ruinas de Stalingrado abatiendo a un alemán tras otro. Misha era parecido. Era oriundo de Kamchatka, una tierra de nieve y árboles, pero podía desvanecerse entre los ladrillos rotos de Alepo o los matorrales de Lugansk y Donetsk, al otro lado de la frontera con Ucrania.

Yevgeni Krilov levantó el auricular del teléfono de su despacho para ordenar un traslado del Spetsnaz al SVR.

Desde luego, nadie reconoce la existencia de un sexto sentido, pero deberían hacerlo. Adrian Weston estaba vivo gracias a él, y conocía otros casos, como los de los alegres bebedores del club. Hay momentos en los que uno tiene que permanecer quieto y momentos en los que tiene que moverse. Si tomas la decisión correcta, llegarás a viejo.

Recordó un episodio ocurrido en Budapest durante la Guerra Fría. Se dirigía a una reunión con un contacto en una cafetería a orillas del Danubio. No iba en misión oficial y carecía de inmunidad diplomática, y su contacto era un coronel ruso que había perdido la fe en el comunismo y había cambiado de chaqueta. Al aproximarse empezaron a caerle gotas de sudor.

En esos casos siempre había un momento de agitación que había que dominar, pero aquello era distinto. Algo iba mal: había demasiado silencio para ser una calle tan concurrida, y los transeúntes observaban el cielo con excesiva atención. Dobló por un callejón, enfiló otra calle y huyó mezclándose con la multitud. Había abortado la misión, tal vez sin motivo. Más tarde supo que el general fue arrestado e interrogado con extrema dureza, y que un gran número de agentes del temido ÁVO lo estaban esperando. Por eso los transeúntes miraban al cielo. Habían visto a las silenciosas gabardinas acechando.

Ahora tenía la misma sensación con Chandler's Court. Moscú conocía su ubicación y a sus huéspedes. Ya se había producido un ataque, y el capitán Williams y sus hombres habían hecho lo que había que hacer. Krilov sabría desde hace semanas que su equipo no volvería nunca a casa. Pero hacía mucho tiempo que su jefe en el Kremlin se saltaba las reglas.

Seguro que el Kremlin hizo las deducciones correctas cuando conoció las noticias del desastre del monte Paektu y Krasnodar.

Sir Adrian no tenía pruebas, pero sospechaba que la información llegada desde Corea y Krasnodar había llevado al hombre del Kremlin a la conclusión de que Luke seguía vivo y, por tanto, era más que concebible otro intento por acabar con su vida. Puede que se lo hubieran encomendado a Yevgeni Krilov, pero Weston sabía que la orden llegaría desde lo más alto. Durante una larga vida salpicada de peligros había confiado en su instinto, que hasta la fecha nunca le había fallado.

Aunque perturbara a Luke Jennings, era inevitable. Mejor verse trastornado que muerto. Había llegado el momento de trasladar el centro informático a un lugar nuevo y más seguro, así que solicitó otra entrevista con la primera ministra.

—¿Está convencido, Adrian?

—Tanto como puede estarlo alguien en un mundo incierto. Ahora mismo creo que estará mucho más seguro lejos de aquí.

—Muy bien. Permiso concedido. ¿Necesita algo?

—Protección personal del Regimiento. Podré solventarlo directamente a través del general de brigada y el oficial de Hereford, pero necesitaré disponer de cierto presupuesto.

—Bien, este despacho tiene acceso a un fondo de reserva que no hace preguntas. Puede pedir lo que necesite. ¿Tiene nuevos objetivos en mente?

—Solo uno, pero vuelve a estar en Corea del Norte. Es un asunto sin resolver, así que me andaré con cuidado.

Con la autorización de la mandataria, sir Adrian retomó su dilema: ¿adónde ir? Buscó por todas partes, hasta que de pronto recordó a un alto mando escocés que tiempo atrás había servido con él en los paracaidistas. En su día era «el honorable nosequé». Heredó el título de conde de Craigleven a la muerte de su padre. Su familia vivía en una enorme finca en Inverness, en las Highlands de Escocia, cuyo centro ocupaba el castillo de Craigleven.

Recordaba una breve visita al lugar cuando ambos eran jóvenes. El castillo se erguía orgulloso y austero al oeste de Inverness: granito medieval con grandes extensiones de césped sobre un promontorio rodeado de cientos de hectáreas de pastos para las ovejas y de bosques en los que podía observarse a los ciervos y cazar faisanes.

En 1745, cuando Carlos Eduardo Estuardo, el gentil príncipe Carlos, lideró el alzamiento contra el rey Jorge II, la mayoría de los jefes de los clanes se alinearon con él. El Craigleven de la época, un hombre más astuto, juró lealtad al monarca. Tras la destrucción del ejército de las Highlands en

Culloden, muchos jefes perdieron sus posesiones y títulos. Craigleven fue recompensado con un condado y aún más fincas.

Sir Adrian localizó a su antiguo compañero de armas y almorzaron en St. James's. El anciano soldado le confirmó que pasaba gran parte del año en su casa de Londres y que el ala sur del castillo de Craigleven estaba vacía y disponible por un modesto alquiler. Solo aquella ala contaba con veintidós habitaciones, además de cocinas y almacenes. Vivían allí varios miembros del servicio, probablemente por la afluencia de huéspedes fuera de temporada.

—Puede que el castillo requiera un poco de atención —añadió el terrateniente—. Lleva años vacío, desde que Millie y yo nos mudamos aquí. Pero si puede darle una mano de pintura, es todo suyo.

Al día siguiente llegó al lugar una reputada firma de interioristas de Inverness. Aquello necesitaba algo más que una mano de pintura, pero sir Adrian y el doctor Hendricks embarcaron en un vuelo al norte para supervisar y dar las instrucciones precisas. El informático recrearía el cibercentro de manera que la sala de operaciones de Chandler's Court pudiera ser trasladada con las mínimas molestias posibles para Luke.

Ambos sabían que además tenían otra misión. Debían crear una réplica exacta de los aposentos del vulnerable Luke Jennings, quien se percataría de la mínima variación en su entorno y sería incapaz de concentrarse.

La mudanza completa les llevaría una semana. Entre tanto, sir Adrian le pidió a Luke que centrara su atención en una base de datos de control ultrasecreta y muy bien custodiada en el subsuelo de Corea del Norte.

En Rusia andaban enfrascados en otro tipo de preparativos. Un hombre llamado Misha fue trasladado del Spetsnaz al SVR, donde recibió abundante información para la que sería su tercera misión en suelo extranjero.

Su inglés era rudimentario, adquirido en un programa obligatorio de aptitudes lingüísticas que formaba parte de la instrucción de los soldados de las fuerzas especiales. Le mostraron una serie de fotografías de una casa de campo oculta en un lugar llamado Warwickshire, en el corazón de la Inglaterra rural. Debería esperar a que una cara asomara tarde o temprano por alguna de sus ventanas. Y le enseñaron la cara en cuestión, enviada desde Teherán. No era la real, por supuesto, pero sí muy parecida.

En Londres, Stepan Kukushkin, el Rezident del SVR, recibió información exhaustiva sobre la futura misión y lo alertaron de que serían necesarios dos de sus agentes durmientes, que vivían como unos ciudadanos británicos más, para acompañar a Misha en sus entradas y salidas del país y en su viaje a la zona en la que estaba su objetivo. Ello implicaría el transporte entre varios aeropuertos y un piso franco temporal en el que podría vivir sin ser visto hasta que se colara en la finca de Chandler's Court.

La labor del francotirador es una especialidad de las fuerzas armadas rusas y, durante mucho tiempo, sus armas tradicionales han sido los rifles Dragunov o Nagant. Pero Misha había elegido el Orsis T-5000, un modelo más moderno y muy superior equipado con una mira telescópica DH5-20x56.

Todos los francotiradores de Rusia se han empapado de la historia de los grandes ases del oficio a lo largo de los años, en especial de la de Vasili Zaitsev, que fue entrenado desde la infancia por su padre para que abatiera a los lobos que merodeaban por los alrededores de su casa y aprendió a esconderse en los ventisqueros. En Stalingrado, que en el invierno de 1942 estaba cubierta de nieve, aniquiló a más de trescientos soldados alemanes, el más destacado de ellos el excepcional comandante Erwin König.

Y todo ello con el rifle estándar de la infantería soviética. Desde entonces se han realizado avances increíbles con los rifles de disparo de precisión, y el más reciente, el Orsis T-5000, es capaz de abatir un objetivo imposible de detectar a simple vista. El que eligió Misha fue empaquetado cuidadosamente bajo su supervisión, junto con la mira telescópica y la munición, hasta que estuvo listo para ser enviado por valija diplomática. La aduana británica no podía examinarlo, e iba recubierto de plomo para eludir las cámaras con rayos X utilizadas por el MI5 británico y la embajada rusa en Londres.

21

Los dos agentes rusos durmientes no necesitaron concertar una cita. Uno era el anfitrión del piso franco alquilado en Staines, una ciudad del extrarradio, y el otro el vigilante y guía.

Misha llegó desde Polonia con pasaporte de dicho país, un documento perfecto en todos sus detalles. El hecho de hablar con acento eslavo y proceder de otro estado miembro de la Unión Europea le evitó tener que pasar el control en Heathrow. En la aduana ni siquiera le registraron la maleta.

Si la hubieran abierto, el agente tampoco se habría alarmado. Un inofensivo turista aficionado a la observación de aves llevaría consigo ropa de campo con estampado de camuflaje, redes, botas para caminar y una cantimplora. Varios libros de ornitología y unos prismáticos completaban el disfraz. Pero nadie tocó nada.

En el vestíbulo situado frente a la sala de aduanas lo esperaba su anfitrión, vestido con la americana y la corbata apropiadas para la ocasión. Intercambiaron las habituales frases banales de saludo y se dirigieron hacia el coche, que había estacionado en el aparcamiento para estancias cortas. El hombre que lo recibió era, a todos los efectos, un ciudadano británico con un acento inglés impecable. Hasta que el coche arrancó con las ventanillas cerradas no hablaron en ruso. Dos horas después de aterrizar, Misha ya se había instalado en su apartamento de Staines.

Una hora después, el anfitrión llamó a las oficinas centrales de Russian TV, la cadena en lengua inglesa que emitía propaganda pro rusa, habló con el técnico pertinente y utilizó la frase adecuada. En la embajada, Stepan Kukushkin fue informado de que el tirador había llegado y estaba esperando su rifle. Utilizando los habituales códigos diplomáticos, Kukushkin informó a su vez a Yevgeni Krilov de que el asesino había aterrizado sano y salvo. A Misha le habían ordenado que no saliera del piso, cosa que no tenía intención de hacer mientras pudiera ver el fútbol por televisión.

La rutina del vigilante no estaba tan exenta de fricciones, y se acercó a Chandler's Court a comprobar cuál sería la mejor manera de infiltrar al francotirador en el bosque. Al pasar junto a las rejas de la entrada le llamó la atención que se levantara la barrera para permitir el paso a una furgoneta con los colores de una conocida empresa de mudanzas. ¿Quién se estaba trasladando? ¿Un químico de los laboratorios del gobierno o algún residente?

Pasó la noche en su casa, situada a dos condados de distancia, pero volvió al amanecer, aparcó el coche en un lugar discreto y continuó a pie. En aquel momento salió de la finca otra gran furgoneta de mudanzas, perteneciente a la misma compañía pero con distinta matrícula, y enfiló la carretera que atravesaba el pueblo. El vigilante corrió hasta su coche y dio alcance al vehículo cuando entraba en la autopista M40 en dirección norte. La siguió por Oxford y luego tomó un desvío, volvió hacia el sur e informó a su supervisor.

Al día siguiente, los rusos tuvieron un golpe de suerte. Una tercera furgoneta salió de la finca, también en dirección norte. Esta vez la siguieron. En la primera parada que hicieron los conductores en una estación de servicio, adosaron un imperceptible dispositivo de radiolocalización debajo de uno de los guardabarros traseros.

El localizador los guio en un extenuante viaje de setecientos kilómetros hasta los bosques del condado de Inverness, en las Highlands escocesas, y la extensa finca del castillo de Craigleven. Pese a los habituales cortes en la comunicación, los agentes de Moscú dieron parte a Stepan Kukushkin, quien supo que, por la gracia de una deidad en la que no creía, la operación del Kremlin se había salvado por los pelos. Los pájaros habían volado, pero al menos sabían dónde habían ido.

Con cierto alivio, pudo contar a Krilov, su superior, que había enviado a su agente a vigilar Chandler's Court justo a tiempo para presenciar la marcha del objetivo, y se arrogó el mérito de haber averiguado adónde iban el chico y su séquito. Lejos de ser cancelada, la operación de Misha solo acusaría un leve retraso.

El territorio de Kukushkin era todo Reino Unido. Sin embargo, su única operación permanente en Escocia se centraba en la base de submarinos nucleares de la Armada Real en Faslane, a orillas del río Clyde, pero se encontraba lejos de Inverness. Con todo, los turistas del sur visitaban las Highlands y el durmiente que estaba utilizando como vigía se uniría a ellos. El hombre recibió autorización inmediata para comprar una autocaravana de dos plazas. Así evitarían las reservas hoteleras de última hora en una zona en la que los forasteros podían llamar la atención.

Dos días después, el Rezident del SVR ordenó enviar a Misha el paquete que contenía el rifle. El vigilante se presentó en el piso de Staines y, junto al francotirador, puso rumbo a Inverness.

Por cuestiones de seguridad, Misha no condujo en ningún momento, ya que su carné no tenía validez en aquel país. El vigilante, un supuesto taxista autónomo residente en Londres y cuyo nombre británico era Brian Simmons, tenía la documentación en regla y condujo todo el camino. Recorrió algo más de ochocientos kilómetros en treinta horas, incluyendo una noche en un área de descanso.

Era una luminosa mañana de mediados de octubre cuando una autocaravana de apariencia inofensiva entró en la finca de Craigleven y sus ocupantes vieron los tejados del castillo. Misha se puso al volante. Solo le interesaban las distancias y los ángulos. Surcaban la finca dos carreteras públicas, y circularon por ambas estudiando el castillo desde todos los puntos. Era evidente que el ala sur estaba habitada.

Había salones en la planta baja y, en la cara sur, unos ventanales con vistas a una extensión de césped que culminaba en una especie de precipicio que formaba una cañada surcada por un arroyo. En la otra orilla, el terreno volvía a elevarse hacia unas enormes colinas cubiertas de bosque. Hasta el lado opuesto al césped, el valle tenía mil metros de anchura.

Misha ya sabía dónde ubicaría su nido invisible de francotirador: en la ladera de la montaña situada frente al césped y las ventanas de los dormitorios de la tercera planta. Tarde o temprano, un chico rubio espigado aparecería en una de las ventanas... y moriría. O saldría con alguien a tomar café bajo el sol... y moriría.

El Orsis T-5000 es un arma extraordinaria, capaz de destrozar un cráneo humano a dos mil metros de distancia con sus balas Lapua Magnum del calibre 338. En la tranquilidad de la cañada, donde apenas soplaban corrientes de aire, mil metros garantizaban un disparo certero.

Misha ordenó a su compatriota que volviera a ponerse al volante y avanzara por las curvas hasta salir del campo visual del castillo. En un área de descanso, se apeó de la autocaravana y desapareció en el bosque que cruzaba el valle. Su intención era que no lo viera nadie a partir de entonces. Viviría en el bosque el tiempo que fuera necesario; ya estaba acostumbrado a eso. Antes de irse se puso un mono de camuflaje y se colgó de la parte baja de la espalda un zurrón con sus raciones militares, una cantimplora con agua y varias navajas multiusos. En una funda atada al muslo ocultaba un cuchillo de combate.

El rifle iba envuelto en arpillera de camuflaje, y en los bolsillos llevaba munición de reserva, aunque sabía que no necesitaría más de una bala, la que ya estaba en la recámara. Hacía dos días que no se lavaba ni se cepillaba los dientes. En su profesión, el jabón y el dentífrico pueden acabar contigo. Apestan.

La superficie del uniforme estaba cubierta de pequeñas trabillas en las que ensartaría ramitas de follaje cuando hubiera elegido la posición desde la cual disparar. Echó a andar con mucho sigilo por el bosque hacia la ladera de la montaña que daba a la quebrada situada frente al ala sur del castillo de Craigleven.

El agente que había conducido la caravana desde el sur vio al hombre que tenía a su cargo desaparecer en el bosque, y ahí concluyó su labor. Con cortes intermitentes, informó por teléfono a Kukushkin, que se encontraba en Londres, y al jefe del SVR en Yasenevo. A partir de entonces, los dos jefes de espías no podrían hacer nada.

Les sería imposible saber dónde estaba el francotirador, qué había visto en el bosque o qué estaba haciendo. Solo sabían que tenía aptitudes y destreza para sobrevivir en la naturaleza y que era astuto como un animal salvaje en su entorno natural y el mejor tirador del Spetsnaz.

Cuando concluyera su misión, Misha se desharía del rifle, volvería a convertirse en un inofensivo observador de pájaros, saldría del bosque escocés y haría una llamada utilizando unas cuantas palabras en clave para solicitar transporte. Hasta entonces, solo podían esperar.

El capitán Harry Williams, del regimiento especial del servicio aéreo, no era francotirador, pero había combatido y era un experto en el uso del rifle de largo alcance preferido de su unidad, el Accuracy International AX50, con una mira telescópica Schmidt and Bender. Esa misma mañana estaba instalándose con sus hombres en el piso superior al del personal informático en el ala sur del castillo.

Su equipo de protección personal se había visto reducido a él mismo y otras tres personas, un sargento y dos soldados. Sir Adrian estimaba que el riesgo que corría su protegido adolescente después del traslado al norte era mínimo. No sabía que los habían visto abandonar Warwickshire. En su castillo aislado de las Highlands parecía reinar la paz. En vista de ello, la segunda noche el capitán Williams tomó prestado el todoterreno de la unidad y se dirigió a la única población de la propiedad, la aldea de Ainslie, situada a tres kilómetros de distancia.

No había más de cincuenta casas, pero al menos contaba con una iglesia presbiteriana, un pequeño colmado y un pub. La vida social del pueblo dependía claramente de este último. Harry Williams llevaba vaqueros y camisa de cuadros. El uniforme era innecesario. Los lugareños sabían que el terrateniente tenía invitados, aunque él y su señora no estaban presentes. Los parroquianos se quedaron en silencio cuando entró. Las visitas de forasteros eran inusuales, y Williams saludó con una inclinación de cabeza.

—Buenas noches a todos —dijo, como si fuera un policía de la televisión.

Una docena de clientes asintieron. Si era un invitado del terrateniente, podían aceptarlo.

La gente estaba desperdigada por la única sala del pub, pero en la barra había un hombre solitario que parecía sumido en sus pensamientos. Quedaba un taburete libre y Williams se sentó. Sus miradas se cruzaron.

—Bonito día.

—Sí.

—¿Le va el whisky de malta?

—Sí.

Williams miró al camarero y ladeó la cabeza en dirección al vaso del cliente. El camarero cogió un buen Islay de la selección de whiskies y sirvió una medida. El hombre arqueó una ceja.

—Y lo mismo para mí —pidió Williams.

Su nuevo compañero era mucho mayor que él; debía de rondar al menos los sesenta años. Tenía la tez bronceada por el viento y el sol invernal, profundas patas de gallo y un aspecto despierto e inteligente. Harry tal vez tendría que pasar semanas en Craigleven y solo quería establecer un contacto amigable con los lugareños. En aquel momento ignoraba que estaba a punto de proporcionarle unos enormes dividendos.

Ambos brindaron y bebieron. Entonces Mackie empezó a sospechar que los invitados del terrateniente quizá no fueran meros turistas. El hombre sentado junto a él tenía pinta de soldado.

—¿Se hospedará en el castillo? —preguntó.

—Una temporada.

—¿Conoce las Highlands?

—No muy bien, pero he comido salmón en el Spey.

El guía de caza era un exsoldado astuto. Sabía cuántos huevos hacen una docena. El hombre con el que estaba bebiendo no era un simple oficial de infantería disfrutando de un permiso. Era esbelto y robusto, pero la mayoría de los invitados del terrateniente parecían civiles. Por lo tanto, este estaba bajo su protección.

—Hay otro forastero que acaba de instalarse en el bosque —comentó como si tal cosa; el soldado se puso rígido.

—¿Campista? ¿Turista? ¿Aficionado a los pájaros?

Mackie negó despacio con la cabeza.

Al cabo de unos segundos, Harry Williams salió del bar para hablar por teléfono. El hombre que se encontraba al otro lado de la línea móvil era su sargento.

—Quiero a todo el mundo lejos de las ventanas —ordenó—. Y todas las cortinas echadas. Volveré en breve. Estamos en alerta.

Como jefe de guardabosques en la finca del terrateniente, igual que lo fue su padre antes que él, a Stuart Mackie le preocupaba mucho el control de plagas. Inverness es el hogar de la ardilla roja, pero la variedad gris estaba intentando instalarse allí y tenía intención de impedírselo, así que colocó varias trampas. Cuando atrapaba animales de ambas especies, dejaba en libertad a las rojas y eliminaba a las grises.

Aquella mañana estaba ocupándose de las trampas cuando vio algo que no debía estar allí, un destello blanco sobre un fondo verde. Era una ramita recién cortada en diagonal, y la madera blanca de su interior relucía a la luz de la mañana. Mackie la examinó. No la habían partido ni arrancado, sino que la habían cortado con un cuchillo bien afilado. Por tanto, era un agente humano. Un extraño en su territorio.

En el bosque, un hombre solo corta una rama, incluso una así de pequeña, porque se interpone en su camino. Pero una ramita no puede interponerse en el camino de nadie. Es fácil apartarla. Por tanto, necesitaba el follaje para algo, y solo podía ser una cosa: camuflaje.

¿Quién necesita camuflaje en el bosque? Un observador de aves. Pero estos, con sus prismáticos y cámaras, codician las especies raras, lo exótico. Aquel era el bosque de Stuart Mackie y conocía los pájaros. No había ninguno raro. ¿Quién más utiliza camuflaje para ocultarse en el bosque? Cuando era joven, Mackie perteneció al regimiento Black Watch y conocía bien a los francotiradores.

Harry volvió a la barra y pidió dos whiskies más, aunque no tocó el suyo.

—La gente a la que protegemos mis hombres y yo es muy valiosa —comentó en voz baja—. Puede que necesitemos su ayuda.

Stuart Mackie bebió un sorbo del vaso que acababan de rellenarle y pronunció un discurso.

—Sí.

Apenas despuntaba el alba y Mackie ya estaba en el bosque, silencioso como un árbol, mirando, escuchando. Observaba a las criaturas. Las conocía a todas. Sin hacer ruido, avanzó metro a metro hasta la empinada pendiente que llevaba al arroyo del fondo de la cañada. A mil metros de allí se encontraban el flanco sur del castillo, las ventanas y los parterres de césped.

Fue el animal el que le dio la pista. El pequeño corzo también estaba sorteando los matorrales en busca de un tramo de hierba fresca. Él lo vio, pero el corzo no lo vio a él. Sin embargo, estiró la cabeza, se dio la vuelta, olisqueó y echó a correr. No había visto nada, pero había olido algo que no debía estar allí. Mackie miró en la dirección que había señalado el animal.

Misha había encontrado un nido perfecto: un montón de leños y troncos caídos, una maraña de ramas en la pendiente que daba a la cara sur del castillo. Su telémetro en forma de lupa indicaba mil metros, la mitad del alcance letal del Orsis.

Con su atuendo de camuflaje, cubierto de ramitas y hojas, era prácticamente invisible. Tenía apoyada la culata del rifle en el hombro y las piezas metálicas estaban tapadas con arpillera. Yacía inmóvil, como había hecho toda la noche, y si era necesario no movería un músculo, ni se retorcería, ni se rascaría en horas. Formaba parte de la instrucción, de la disciplina que lo había mantenido con vida en la maleza de Donetsk y Lugansk mientras liquidaba a un ucraniano tras otro.

Había visto al pequeño corzo a tres metros de distancia. Ahora, una ardilla avanzaba hacia la red. No tenía ni idea de que, cincuenta metros más adelante, otro par de ojos estaban buscándolo, de que había en el bosque otra figura inmóvil tan habilidosa como él.

Stuart Mackie intentó ver qué había señalado el corzo. Más adelante, sobre el pedregal, había una pila de troncos caídos. Nada se movía... hasta que lo hizo la ardilla, que saltó encima de los leños y las ramas. Entonces, ella también se detuvo a observar, y luego huyó emitiendo llamadas de alarma. A medio metro había visto un globo ocular humano. Mackie miró fijamente. Los troncos estaban quietos y en silencio.

Ajá. Era bueno, pero allí estaba. Poco a poco distinguió una forma entre el follaje. Ramitas de pino y hojas anchas pasadas por las trabillas de la chaqueta de camuflaje. Debajo de ellas, un perfil: hombros, brazos y una cabeza encapuchada. Resguardado detrás de un árbol, con tela de arpillera para cubrir el gris metal, nada que brillara a la luz de la mañana.

Mackie se alejó en silencio, después de memorizar el lugar. Detrás de un grueso roble, sacó el teléfono móvil del bolsillo e introdujo el código que le habían dado. En el castillo, al otro lado del valle, se estableció una conexión, un susurro.

—¿Stuart?

—Lo tengo —murmuró el guía de caza.

—¿Dónde?

Harry Williams se encontraba en la cara sur, en una habitación de la planta superior. Las ventanas estaban abiertas, pero él se había ubicado en un recoveco invisible desde fuera con la luz del sol. Estaba mirando por los prismáticos Zeiss mientras hablaba por teléfono.

—¿Ve la roca blanca? —preguntó la voz al otro lado de la línea.

Williams escrutó la ladera que se alzaba al otro lado de la cañada. Una roca blanca, solo una.

—Lo tengo —confirmó el capitán Williams.

—Tres metros más arriba y quince a su izquierda. Un montón de troncos caídos. Arpillera y follaje adicional.

—Lo tengo —repitió Williams.

Entonces colgó el teléfono y dejó los prismáticos. Luego se arrodilló en la butaca, colocada en posición vertical, apoyó el rifle encima, se acomodó la culata en el hombro y observó a través de la mira telescópica Schmidt and Bender. El revoltijo de troncos se veía con tanta nitidez como con los prismáticos Zeiss. Un pequeño ajuste y se definió aún más. Parecía que estuviese a diez metros de allí.

La arpillera desentonaba en el bosque, y detrás de ella distinguió el destello de un cristal. Era otra mira telescópica apuntando hacia él. Un centímetro por encima del cristal, invisible bajo la capucha, debía de haber un tirador entornando los ojos.

Oyó voces abajo. Los informáticos estaban abriendo los ventanales. Les había advertido que no se acercaran al césped y que tuvieran las cortinas cerradas, pero alguien iba a salir a tomar el aire. Podía ser Luke. No había tiempo para la piedad. El gatillo del AX50 estaba detrás de su dedo índice. Una suave presión. Una ligera sacudida en el hombro.

La bala del calibre 50 atravesó el valle en tres segundos. El ruso no vio nada, no oyó nada, no sintió nada. El proyectil rebotó en la parte superior de la mira telescópica y le horadó el cerebro. Misha estaba muerto.

En el castillo, Luke Jennings no había salido al césped. Estaba en el centro informático mirando la pantalla. El doctor Hendricks se agachó a su lado. Habían pasado toda la noche despiertos. Para el Zorro no existían la noche ni el día, solo los códigos parpadeantes y las teclas bajo los dedos.

Nueve husos horarios más al este, en una cueva situada bajo una montaña al norte de Pyongyang, los técnicos que custodiaban el secreto del programa de misiles de Kim Jong-un no sospechaban nada. No se dieron cuenta de que sus cortafuegos se habían visto superados, sus códigos de acceso desentrañados y su control cedido al cerebro de alto rendimiento de un muchacho rubio inglés que se encontraba muy lejos de allí.

En otra cueva semioscura de un castillo escocés, sentado junto a Luke, el doctor Hendricks vio cómo se abrían las ciberpuertas y se limitó a murmurar:

—Madre de Dios.

Una hora después del disparo en Craigleven, sir Adrian recibió un informe completo del capitán Williams que planteaba un dilema. Lo que habían hecho los rusos era un acto manifiesto de agresión y, si llegaba a oídos de los medios de comunicación, no habría manera de evitar un escándalo de proporciones mayúsculas.

Moscú lo negaría todo, por supuesto. Como en el caso de los Skripal, padre e hija, dos solicitantes de asilo rusos habían estado a punto de morir al entrar en contacto con el Novichok, un agente nervioso de origen ruso, que alguien había puesto en el pomo de su puerta. Pese a la avalancha de pruebas, Rusia negó tener conocimiento de los hechos y el escándalo se prolongó durante varios meses.

Ahora tenían un cadáver con un trabajo de odontología claramente identificable como ruso. Pero eso también podían negarlo. Había un rifle de francotirador Orsis T-5000, ruso sin ningún género de dudas, pero el Reino Unido sería acusado de haberlo comprado a fuentes especializadas fuera de Rusia. Asimismo, Marjory Graham había ordenado a sir Adrian que no empezara una guerra.

Y, por último, el suceso podía dejar al descubierto al frágil joven alojado en el castillo de Craigleven, y eso era algo que pretendía evitar a toda costa.

Sabía de sobra quién había ordenado el ataque del francotirador en las Highlands. Pero, sin la intervención de un astuto guía de caza escocés, el tirador se habría salido con la suya. Mientras almorzaba solo en el club, se le ocurrió una idea que podía resolver todos sus problemas e infligir un castigo que Yevgeni Krilov merecía hacía mucho tiempo. Llamó por una línea segura al capitán Williams y le dictó sus instrucciones.

En cuanto a Krilov, que esperaba noticias en Yasenevo, prefirió dejar que se pusiera nervioso un rato más.

Una semana después, el secretario de Asuntos Exteriores británico se encaró con el embajador ruso, que había sido citado en King Charles Street. El ministro permaneció de pie para dejar claro que no tenía tiempo para frivolidades. Aquello era una reprimenda formal.

—Es mi triste deber informarle de que las fuerzas de seguridad británicas han capturado a un miembro de las fuerzas especiales rusas, el Spetsnaz, en una misión para agredir a nuestro país. El gobierno de Su Majestad se ha tomado de la peor manera este escándalo. El hombre en cuestión —continuó el secretario— tenía en su haber un rifle de francotirador que pretendía utilizar para cometer un asesinato.

En ese momento se dio la vuelta y señaló una mesa situada al fondo de la sala. En ella había un objeto cubierto con una tela verde que un subalterno apartó. Debajo había un Orsis T-5000 con las patas y la mira telescópica montadas. El embajador, que estaba rojo de ira y a punto de negarlo todo, empalideció.

—Debo informarle, Su Excelencia, de que el hombre ha decidido confesarlo todo con sumo detalle y ha solicitado asilo. En resumen, ha desertado. Al plantearle sus opciones, ha decidido emigrar y labrarse una nueva vida en Estados Unidos. La petición le ha sido concedida. Eso es todo.

El embajador ruso fue acompañado al exterior. Aunque guardó la compostura, por dentro estaba furioso, pero no con los británicos. Su enojo estaba reservado a los idiotas de su país que habían permitido que le infligieran aquella humillación. El informe que remitió aquel mismo día reflejaba su estado de ánimo en todos los aspectos. No llegó a Yasenevo, la sede del SVR, sino al Ministerio de Asuntos Exteriores en la plaza Smolenskaia, y de allí al Kremlin.

Cuatro hombres con el uniforme de la Guardia del Kremlin fueron a buscarlo. El *vozhd* deseaba lanzar un mensaje. Subieron en silencio y sin impedimentos a la séptima planta. Yevgeni Krilov no protestó; habría sido inútil. Todo el mundo sabía quién había dictado la orden. Las puertas permanecieron cerradas cuando lo condujeron al vestíbulo y salió por la puerta principal. La limusina ZiL no estaba disponible. Nunca más fue visto en el bosque de abedul plateado.

22

Para mucha gente, pasear por las montañas y cañadas de las Highlands de Escocia es sinónimo de unas vacaciones placenteras. Pero también es un desafío que exige una espléndida forma física.

Todas las montañas de más de novecientos quince metros de altitud se conocen como «munros», y hay doscientos ochenta y tres, uno de ellos en la finca de lord Craigleven. Aquel mes de octubre el clima todavía no se había endurecido; el sol seguía brillando y el viento era cálido, y ese fue el motivo por el que decidieron subir a la colina.

Debatieron largo y tendido si Luke tenía fuerza y preparación física suficientes para unirse al grupo, y él les aseguró una y otra vez que así era. La madre tenía sus dudas, pero el clima era tan agradable y el aire tan tonificante que pensó que una caminata de ocho kilómetros le vendría bien. Hacía tiempo que la inquietaban las horas que pasaba casi a oscuras tecleando en su ordenador, así que acordaron que iría.

Quizá fue estar en el campo, o la compañía de soldados e informáticos, pero Luke estaba ganando confianza en sí mismo. En ocasiones hacía algún comentario personal en lugar de esperar con timidez a que le hablaran o quedarse callado. Su madre rezaba por que estuviera tomando conciencia del mundo lejos de una pantalla de ordenador y la tormenta de códigos que había constituido su universo durante tanto tiempo.

El grupo estaba formado por seis miembros. En cabeza

iban Stuart Mackie, que conocía cada palmo de aquellas montañas y valles, y el sargento Eamonn Davis, del Regimiento, que estaba acostumbrado a los Brecon Beacons de Gales, su tierra natal. El resto eran dos de los soldados, un especialista en ordenadores y Luke Jennings.

Para el guía de caza y el sargento Davis, la caminata no era más que un paseo por el parque; ambos poseían una forma física envidiable. Lo mismo podía decirse de los soldados del SAS. Todos ellos podían dejar atrás a cualquier habitante de las tierras bajas, así que se situaron respectivamente delante y detrás del técnico y Luke Jennings.

Los soldados estaban habituados a las enormes mochilas de montaña, pero para aquella salida solo necesitaron unas bolsas ligeras con barritas energéticas, cantimploras de agua y calcetines extra. Cargaban incluso con las pertenencias de los dos informáticos, que solo llevaban la ropa necesaria para caminar. Todo debería haber transcurrido sin incidentes.

Al cabo de una hora hicieron un alto y después reemprendieron la subida al Ben Duill. La pendiente era cada vez más pronunciada, pero el camino tenía un metro de ancho y era fácil de transitar. A un lado estaba la ladera del munro, que ascendía hacia el pico. Al otro, una caída bastante suave en dirección al valle. No había motivo aparente para que Luke perdiera el equilibrio en un tramo de gravilla. Todo sucedió muy rápido.

Si el hombre que llevaba detrás hubiera sido soldado, tal vez lo habría agarrado a tiempo, pero era el informático, que se abalanzó sobre el chico sin éxito. Aun así, Luke cayó solo unos metros y fue rebotando contra el brezo hasta que se detuvo. Pero la única roca que había fue implacable. Estaba oculta entre la maleza, y cuando la cabeza del chico impactó en ella se oyó un crujido sordo. El sargento Davis llegó hasta él en dos segundos.

Por supuesto, tenía conocimientos en primeros auxilios.

Examinó el rasguño de la sien izquierda, se echó la figura flácida al hombro y subió los diez metros que lo separaban del sendero, donde lo ayudaron sus compañeros. En terreno llano pudo observar la herida con más detenimiento.

El moratón empezó a hincharse y ponerse azul. El sargento David lo frotó suavemente con agua, pero el chico seguía inconsciente. Podría habérselo echado a la espalda, como haría un bombero, y llevarlo de vuelta al castillo. Los otros dos soldados podrían haberlo sustituido a ratos, pero eso habría llevado su tiempo, y no sabía si lo tenía. Levantó la cabeza y vio a Stuart Mackie.

—Helicóptero —pidió.

El guía de caza asintió y sacó el teléfono móvil. La unidad de rescate alpino más cercana se encontraba en Glenmore, a sesenta y cinco kilómetros, y tenía un helicóptero. En cuarenta minutos, el grupo oyó desde la ladera el motor del S-92 de la Guardia Costera de Glenmore descendiendo hacia la cañada.

Bajaron una camilla y el cuerpo inmóvil de Luke Jennings fue izado a bordo. Sesenta minutos después, todavía inconsciente, fue conducido a la recepción de urgencias del Hospital Raigmore de Inverness, la gran ciudad más cercana.

Tras un escáner cerebral decidieron que lo mejor sería trasladarlo a la Real Enfermería de Edimburgo, o ERI, situada mucho más al sur. La ERI cuenta con una unidad de cuidados intensivos con especialistas en neurología. Hicieron el trayecto hacia el sur en avión.

Luke tuvo suerte. El profesor Calum McAvoy, considerado el mejor neurocirujano de Escocia, había vuelto de sus vacaciones anuales dos días antes. Pidió un segundo escáner y no le gustó lo que vio. Las apariencias, que habían llevado al sargento Davis a subestimar los daños, eran engañosas. La fisura en la sien había provocado una hemorragia cerebral. McAvoy decidió operar sin demora.

Se cercioró de que su paciente estuviera en coma profundo inducido antes de practicar una hemicraniectomía y extirparle un fragmento considerable del cráneo. Lo que descubrió confirmó sus peores temores; la única buena noticia era que había llegado justo a tiempo.

Era un hematoma extradural, un sangrado en el cerebro, y si hubieran tardado más en actuar podría haber ocasionado daños permanentes. McAvoy pudo contener la hemorragia y agradeció en voz baja a Inverness que enviaran al muchacho a aquella unidad de Edimburgo pese al tiempo que habían perdido.

Después de suturar la herida, mantuvo en coma a Luke tres días más antes de despertarlo. En total, el adolescente pasó dos semanas en cuidados intensivos antes de que lo enviaran, todavía vendado, de vuelta al castillo de Craigleven.

Iba acompañado de su madre y el capitán Harry Williams. Sue Jennings se alojó en un pequeño hotel de Edimburgo para poder visitarlo a diario y pasar un rato con él. Harry Williams viajó al sur para estar con ellos.

Aparte de los vendajes, Luke parecía el mismo que antes de la caída. Seguía buscando el apoyo de su madre cuando estaban con más gente, pero su cerebro parecía estar lúcido. A su llegada, se sintió aliviado por encontrarse de nuevo en un entorno conocido, en el que todo lo que le pertenecía estaba exactamente donde él insistía en que debía estar.

Se quedó una hora en su habitación del flanco sur, contemplando la hierba y las espectaculares vistas del valle, donde, sin saberlo, había estado a punto de morir por segunda vez. Nadie le contó que ahora había un francotirador ruso enterrado en el bosque.

El doctor Hendricks estaba preocupado por él y ansioso por llevarlo de nuevo a la sala de ordenadores, su entorno preferido. En la primavera y el verano que habían pasado juntos, su relación había llegado a un punto en que el hombre del GCHQ era casi una figura paterna, hasta el punto de que los recuerdos de Luke sobre su difunto padre empezaban a difuminarse; lo cierto era que su verdadero progenitor jamás había mostrado el menor interés por la única afición de su hijo, el misterioso mundo del ciberespacio.

El doctor Hendricks se dio cuenta de que, aunque controlaba su habitación y verificaba una y otra vez la ubicación de todas sus posesiones, el joven no parecía tener ganas de volver a la sala de ordenadores. «Ya llegará», pensó. «Ya llegará. Después de la lesión cerebral solo necesita tiempo.»

Las primeras señales de alarma empezaron a sonar después de que Luke pasara una hora delante del teclado de su ordenador predilecto. Era competente, como cualquier joven de la era moderna. Sus dedos bailaban sobre las teclas y superó varias pruebas sencillas de destreza. Entonces, el doctor Hendricks le planteó un reto más complicado.

Más al sur, en el cuadrante noroccidental de Londres, se encuentra el barrio de Northwood. Bajo sus calles, con sus hileras de tranquilas avenidas jalonadas de árboles y viviendas de gente que cada mañana va a trabajar al centro, se halla el casi invisible cuartel general de operaciones de la Armada Real.

Puede que el almirantazgo esté en el centro de Londres, los acorazados en Devonport, los grandes portaaviones *Queen Elizabeth* y *Prince of Wales* realizando pruebas en las costas de Portsmouth y los submarinos con misiles nucleares en el estuario de Clyde, frente a Faslane, pero el corazón de la guerra cibernética de la armada se encuentra en Northwood. Allí, debajo de las calles del extrarradio, es donde parpadea la base de datos, protegida por unos temibles cortafuegos que custodian sus vitales códigos de acceso.

Sir Adrian obtuvo permiso del jefe de la armada para comprobar si el cibergenio lograba hacerse con los códigos. Luke lo intentó durante una semana, pero cada una de sus tentativas fue repelida. Al parecer, el sexto sentido, la clarividencia o lo que fuera que poseía había desaparecido. En los ejercicios teóricos, otros miembros del GCHQ habían hecho más progresos, aunque ninguno llegó nunca al núcleo sagrado.

Sir Adrian tomó un vuelo de Londres a Inverness y fue trasladado en coche hasta el castillo, donde mantuvo largas y agradables conversaciones con Luke y su madre, y otras de carácter más técnico con el doctor Hendricks, quien le explicó que algo había cambiado. El chico que había participado en la caminata por la montaña dos semanas antes no era el joven confuso que ahora titubeaba frente al teclado.

Una vez más, sir Adrian consultó al profesor Simon Baron-Cohen en su oficina de Cambridge. El académico y experto en neurología no fue nada optimista. A pesar de toda la experiencia del mundo, los efectos de los daños cerebrales seguían siendo impredecibles.

Lo que le había sucedido a Luke Jennings no era un simple golpecito que había provocado una inconsciencia temporal, lo que se conoce como «perder el conocimiento» o «quedarse KO». Eso le ocurría a mucha gente en un ring de boxeo, en su trabajo o en casa, y la recuperación era rápida y completa.

Pero las repercusiones del golpe contra aquella roca en una ladera escocesa parecían más graves. El profesor confirmó que una lesión cerebral podía ocasionar cambios permanentes. No había garantías de que el tiempo pudiera devolver un cerebro humano dañado a su estado anterior.

Sir Adrian volvió a Londres para informar a la primera ministra de que la Operación Troya, basada en las increíbles habilidades del Zorro, había concluido.

—¿El muchacho ha sufrido algún otro daño? —preguntó.

—No, señora. De hecho, desde que salió del hospital y volvió a las Highlands parece un joven mucho más equilibrado, pero debemos aceptar que ha perdido el asombroso talento que tenía para penetrar en los cortafuegos más enrevesados del mundo.

—Entonces ¿nuestra arma secreta ha dejado de existir?

—En efecto.

—¿Quién está al corriente de que existió alguna vez?

—Muy pocas personas. De nuestros aliados, la Casa Blanca y algunos estadounidenses de las altas esferas. A este lado del charco, usted, dos o tres miembros del gabinete y varios directivos de la sección de inteligencia. Todos hacemos un juramento de silencio que acatamos siempre. No preveo ninguna filtración si el centro es desmantelado y dispersado. En cuanto al Kremlin, intuyo que su deseo será dejar las cosas como están.

—¿Y qué hay de la familia Jennings? Sin duda, hemos causado estragos en ella.

—Sospecho que la señora Jennings desea casarse otra vez. Mi consejo es que todos firmen la Ley de Secretos Oficiales y que se destinen fondos a buscar un trabajo para Luke y a completar la educación de Marcus, y un pago libre de impuestos por los trastornos que les hemos causado durante la primavera y el verano.

—Muy bien, Adrian. Dejo en sus manos la resolución de este asunto. Resumiendo, nunca ha ocurrido o, al menos, no tuvo nada que ver con el gobierno de Su Majestad.

—Como desee, primera ministra.

El cierre debía ser muy discreto. Con el permiso de la primera ministra, sir Adrian ordenó al doctor Hendricks que iniciara el desmontaje del centro informático en el castillo de las Highlands y que el personal regresara a sus puestos en Cheltenham.

Tal como Weston había pronosticado, Sue Jennings y el capitán Harry Williams decidieron casarse. Se convertiría en la esposa de un soldado e invertiría las ganancias de la residencia de Luton en una casa familiar situada a las afueras de Hereford, cerca de la base del regimiento del SAS.

Les contó su decisión a sus dos hijos, que mantenían una buena relación con Harry Williams. Marcus se tomó con filosofía otro cambio de escuela; al fin y al cabo, todavía le faltaban un par de años para tener que enfrentarse al GCSE, los exámenes del sistema británico de educación. Para sorpresa de Sue, incluso Luke aceptó los cambios. Las variaciones de conducta más duras causadas por su afección parecían haberse atenuado. Lo único que él quería era su sala de informática, donde podía disfrutar con sus juegos online. Todo indicaba que ya no volvería a sembrar el caos en las bases de datos de amigos o enemigos.

Eso le planteó al doctor Hendricks un último dilema mientras desmantelaban el cuartel general del castillo escocés. Aún tenía en su haber la información generada por el último triunfo de Luke antes de la lesión, los códigos de acceso al corazón del programa de misiles norcoreano, cuya captura Pyongyang seguía ignorando. Dejó la decisión en manos de sir Adrian.

El viejo caballero había vivido siete meses emocionantes, pero agotadores. Estaba harto de Londres, del ruido y la presión, del humo y el bullicio. Añoraba su casa de campo en la inmaculada Dorset. Una vecina había cuidado de su spaniel, pero ahora quería pasear de nuevo por los bosques con su perro, vivir entre sus libros y recuerdos y encender una hoguera las noches de invierno. Sin embargo, le quedaba un asunto pendiente antes de abandonar la metrópolis.

Todavía podían controlar de manera encubierta los sistemas de guía del programa de misiles norcoreano, y llegó a la conclusión de que sería una lástima desaprovechar semejante oportunidad.

Aquel otoño, los norcoreanos probaron otro misil. No era el Hwasong-15, sino el Taepodong-2, un modelo más pequeño y antiguo. Su lógica era sencilla: pese a las promesas de Pyongyang, el desarrollo secreto de cabezas nucleares miniaturizadas había seguido adelante en laboratorios de investigación subterráneos. En la superficie se llevaron a cabo aparatosas demoliciones para justificar las ayudas comerciales que permitía Estados Unidos.

Después de la desastrosa experiencia del Hwasong-20, se decidió realizar una mejora fundamental en el Taepodong y acoplarle una cabeza atómica más reducida. La tapadera era que el Taepodong, un misil de cuatro etapas, se destinaría a la investigación espacial; por eso, el misil de prueba no llevaba cabeza explosiva.

Para no levantar sospechas fue disparado desde Tonghae, unas instalaciones que ya se habían utilizado en el pasado para lanzar misiles no armamentísticos.

El flamante Taepodong funcionó a la perfección. Al principio. Se elevó vertical y lentamente hacia la estratosfera. Estaba concebido para ascender hasta la exosfera y después virar hacia el este, rumbo al mar de Japón. Cuando hubiera sobrevolado la isla japonesa de Hokkaido, se quedaría sin combustible y se estrellaría en el Pacífico occidental. Sin embargo, en el cénit de su ascenso algo salió mal. El misil vaciló, se inclinó y realizó un viraje al oeste. Hacia China.

En Tonghae, los científicos teclearon frenéticamente las instrucciones necesarias para devolver el misil a su trayectoria, pero los sensores no respondían. Cuando quedó claro que el Taepodong estaba fuera de control, programaron a toda velocidad los códigos para garantizar su detonación. Pero el misil siguió adelante, empezó a vibrar, se inclinó e inició la caída.

Aterrizó en el campo y provocó una gran explosión que dejó un enorme cráter, pero no hubo víctimas y apenas se contabilizaron desperfectos, al margen de los temblores que sintieron en sus casas una docena de campesinos del norte de Pekín. Pero los sistemas de radar chinos habían hecho saltar todas las alarmas y las medidas defensivas se elevaron a código rojo. En su despacho de la Ciudad Prohibida, el presidente Xi fue informado de la alerta y la rápida falsa alarma.

Por casualidad, aquella mañana estallaron revueltas en tres ciudades de otras tantas provincias de Corea del Norte. Los ciudadanos, desesperados por el hambre, saquearon las tiendas de alimentos estatales que suministraban a los escasos privilegiados. El ejército pretoriano intervino con brutales represalias, pero varios generales ordenaron a sus mandos que se quedaran en los cuarteles. Se dio parte de lo sucedido a Pekín. Algunos informes aseguraban que durante semanas se había inundado al pueblo con panfletos transportados en globos de helio aprovechando los vientos que en otoño soplaban de sur a norte.

El presidente Kim se retiró a su lujosa residencia fortificada de la bahía de Wonsan, en la costa Este. En cada punto de acceso se apostó a una división completa de guardias ultraleales.

Una semana después de la caída del misil, tropas anfibias de élite chinas llegaron a la costa occidental de la bahía de Corea. Los desembarcos no hallaron oposición. Gran parte del ejército norcoreano, al que reiterados mensajes en fluido coreano transmitidos en todas las ondas de radio aconsejaban permanecer en los cuarteles por cuestiones de seguridad, no actuó.

Para el dictador de Corea del Norte había llegado el momento Ceausescu al que se refería su difunto padre en la conversación que mantuvo con Condoleezza Rice, el instante en el que las masas de siervos con el cerebro lavado por fin dejarían de vitorearle y empezarían a abuchearlo.

Una semana después salió bajo arresto de su fortaleza en la bahía de Wonsan. Drones fotográficos controlados desde dos acorazados de la armada estadounidense anclados cerca de la costa surcoreana retransmitieron los hechos al mundo.

Cerca de un castillo de las Highlands escocesas, una casa de campo en Dorset y la base del SAS en Hereford, los paseantes oían frecuentes disparos. La temporada del faisán estaba en pleno apogeo.

Lista de personajes y organizaciones

Reino Unido

Profesor Simon Baron-Cohen, académico y especialista en fragilidad mental

Lucinda Berry, inspectora de la Policía Metropolitana

Sir Richard Dearlove, director del MI5 hasta su jubilación en 2004

Profesor Martin Dixon, del Real Instituto de Servicios Unidos

Señora Marjory Graham, primera ministra

Doctor Jeremy Hendricks, informático del GCHQ y mentor de Luke Jennings

Familia Jennings: Harold, Sue y sus dos hijos, Luke (18) y Marcus (13)

Doctor Bob Langley, del Instituto Internacional de Estudios Estratégicos

Julian Marshall, viceministro de Gabinete

Ciaran Martin, director del NCSC

Jessica Thompson, hija de Robert Thompson (10)

Robert Thompson, secretario personal del ministro de Interior

Sir Adrian Weston, asesor de seguridad de la primera ministra

Capitán Harry Williams, oficial del equipo de guardaespaldas del SAS

Centro nacional de ciberseguridad británico (NCSC), con sede en Victoria

Sala de reuniones de la oficina del Gabinete (COBRA)

Cuartel general de comunicaciones del gobierno (GCHQ), con sede en Cheltenham

Instituto internacional de estudios estratégicos (IISS)

Real instituto de servicios unidos para estudios de defensa y estratégicos (RUSI)

Servicio secreto de inteligencia (SIS), o MI6, con sede en Vauxhall Cross

Servicio de seguridad, o MI5

Servicio especial aéreo (SAS)

Servicio especial de la Marina (SBS)

Regimiento de reconocimiento especial (SRR)

Europa

Herr Ludwig Fritsch, banquero del Vaduz Bank, en Liechtenstein

Estados Unidos

Graydon Bennett, del Departamento de Estado

Wesley Carter III, embajador de Estados Unidos en Londres

Sean Devlin, agente del Departamento de Policía de Nueva York

John Owen, agregado legal (representante del FBI)

Presidente de los Estados Unidos de América

Agencia Central de Inteligencia (CIA)

Departamento de Seguridad Nacional

Oficina Federal de Investigación, la Oficina (FBI)

Servicio de inmigración y control de aduanas (ICE)

Agencia de seguridad nacional (NSA), con sede en Fort Meade

División de actividades especiales (SAD)

Rusia

Piotr Denísovich, capitán del *Almirante Najímov*

Yevgeni Krilov, jefe del SVR en Yasenevo

Stepan Kukushkin, jefe de delegación de la unidad del SVR de Krilov en la embajada rusa en Londres

Oleg Politovski, segundo al mando de Kukushkin

Ilyá Stepanovich, antiguo miembro destacado de la mafia rusa, actualmente millonario

Víktor Uliánov, delincuente ruso afincado en Nueva York

Vladímir Vinogradov, exjefe de una banda y delincuente profesional, actual oligarca y multimillonario residente en Londres

Dmitri Volkov (señor Burke), líder de una red de agentes durmientes rusos en Reino Unido

Presidente de Rusia (el *vozhd*)

Yakovenko, embajador ruso en Reino Unido

Bujar Zogu, asesino albano reclutado por Vinogradov

Departamento V, u Otdel Mokrie Dela, asesinos profesionales, antes conocidos como Departamento 13

FSB, rebautizado segunda jefatura del directorio de la KGB

KGB, agencia de seguridad de la URSS (1954-1991)

Servicio de Inteligencia Extranjera de la Federación Rusa, o SVR, con sede en Yasenevo

Lobos Nocturnos, asaltantes y asesinos

Spetsnaz, soldados de las fuerzas especiales

SVR, rama de inteligencia exterior de la Federación Rusa, con sede en Yasenevo

vori v zakone, o «ladrones legales», banda criminal organizada

Energomash, fabricante del motor para el cohete RD250

Israel

Avigdor (Avi) Hirsch, embajador israelí en Londres

Meyer Ben-Avi (nombre en clave Mancuernas), director del Mosad

Duvdevan, unidad de infiltrados en países enemigos

Kidon (bayoneta o punta de lanza), asesinos en suelo extranjero

Mosad (la Institución), servicio secreto de inteligencia

Mosad Le'aliyah Bet, antiguo nombre del Mosad
Sayanim (los colaboradores)
Sayeret Matkal, unidad de las fuerzas especiales
Shmone Matayim, o Unidad 8200, comité de ciberexpertos

Irán
Ali Fadavi, jefe de la armada del Pasdarán
Coronel Mohamed Jalq, jefe de operaciones de Taeb
Ayatolá Jamenei, Líder Supremo
Hosein Taeb, jefe de espionaje del Pasdarán
Brigada Al Quds, núcleo interno del Pasdarán
Basij, reserva de voluntarios del Pasdarán
FEDAT, cuartel general de investigación y desarrollo de armas
    nucleares, perteneciente al Ministerio de Defensa
Pasdarán, cuerpos de la Guardia Revolucionaria Islámica
SAVAMA, policía secreta
VAJA, Ministerio de Inteligencia iraní

Fordow, planta de procesamiento de uranio

Corea
Song Ji-wei, fundador del movimiento Sin Cadenas
Jang Song Thaek, tío y mentor de Kim Jong-un
Dinastía Kim: Kim Il-sung, Kim Jong-il y Kim Jong-un
Li Song-Rhee, general de cuatro estrellas del ejército, desertor a
    Corea del Sur y luego a Estados Unidos.

Koryolink, red de telefonía móvil estatal
Paektu, montaña sagrada, supuesto lugar de nacimiento de Kim
    Jong-il
Punggye-ri, zona de pruebas nucleares, actualmente destruida

Frederick Forsyth, expiloto de la RAF y periodista de investigación, modernizó el género del thriller cuando publicó *Chacal*, una novela que combina a la perfección la documentación periodística con un estilo narrativo ágil y rápido. Desde entonces ha escrito numerosas novelas que se han convertido en auténticos best sellers mundiales: *Odessa*, *Los perros de la guerra*, *La alternativa del diablo*, *El cuarto protocolo*, *El negociador*, *El manipulador*, *El Manifiesto Negro*, *El puño de Dios*, *El veterano*, *Vengador*, *El afgano*, *Cobra* o *La lista*. Además, ha publicado recientemente *El intruso*, sus memorias. Vive en Buckinghamshire, Inglaterra.